# 오직 두 사람

김영하
소설

복복서가

이십 년을 함께해온 아내 은수에게, 사랑과 경의를 담아.

# 차례

오직 두 사람

보고 싶은 언니에게

어제는 재미있는 기사를 하나 읽었어요. 한번 상상해보세요. 언니는 희귀 언어를 사용하는 중앙아시아 산악 지대의 소수민족 출신으로, 스탈린 치하를 피해 미국 뉴욕으로 이민을 떠난 수십 명 중 하나예요. 뉴욕에서 이 언어를 쓰는 사람은 언니네가 전부예요. 고향에서는 러시아어가 표준어가 되었고, 언니네 언어는 이미 소멸되었다는 소식도 들려와요. 하지만 언니네가 정착한 뉴욕은 달라요. 수백 개의 화석 언어들이 아직도 활발하게 사용되고 있어요. 고향에서조차 잊힌 말을 그대로 쓰는 이들이 있기 때문이에요. 그래서 뉴욕을 언어의 박물관이라고도 한대요. 하지만 자식들은 영어로만 소통하고 처음에 같이 고향을 떠나왔던 사람들은 하나둘 세상을 등져요.

마침내 오직 언니하고 다른 한 명만 남아요. 둘은 어쩌면 전 세계에서 이 언어로 대화를 나눌 수 있는 유일한 생존자들일지도 몰라요. 그러던 어느 날 이 둘, 최후의 두 사람이 사소한 말다툼 끝에 의절을 해요. 그러곤 수십 년 동안 대화를 나누지 않아요. 결국 한 사람이 먼저 세상을 떠나요. 저는 생각했어요. 아무와도 대화할 수 없는 언어가 모국어인 사람의 고독에 대해서요. 이제 그만 화해하지 그래, 라고 참견할 사람도 없는 외로움. 세상에서 가장 치명적인 말다툼. 만약 제가 사용하는 언어의 사용자가 오직 두 사람만 남았다면 말을 조심해야겠어요. 수십 년 동안 언어의 독방에 갇힐 수도 있을 테니까. 그치만 사소한 언쟁조차 할 수 없는 모국어라니, 그게 웬 사치품이에요?

아빠는 어제 일반 병실로 옮겼어요. 보험이 되는 다인실은 자리가 없어서 일단 일인실로 모셨어요. 다시 저에게 돌아온 거죠. 아니, 제가 아빠에게 돌아간 걸까요? 병실은 잠깐만 앉아 있어도 숨이 막힐 것 같아요. 얇은 환자복을 입은 환자들이 추위를 느낄까봐 난방을 세게 하고는 너무 건조해질 것을 염려해서 가습기를 틀어대니까, 관리가 잘 되지 않는 식당 주방에 들어와 있는 기분이에요. 아빠는 이제 완전히 노인이에요. 물 좀 드릴까요, 물어도 고개만 저어요. 의미 있는 말을 전혀 하지 못해요. 열한 시간에 걸친 대수술을 마치고 나온 뒤로는 더이상 제가 알던 그 아빠가 아니에요. 오빠한테 이런 말을 했더니 뭐라는지 알아요?

"전신마취를 하면 인간은 그때 그냥 죽는 거야. 문서를 복사하면

열화가 일어나듯이 오랜 시간 마취됐다가 깨어난 사람은 원래의 그 사람이 아니야. 일종의 복사물인 거지. 도마뱀의 꼬리도 잘리면 다시 자라나긴 하지만 원래 크기로는 자라지 않는다잖아."

오빠다운 말이죠. 오빠가 거제도의 조선소에서 일했던 건 아시죠? 얼마 전 정리해고를 당했어요. 요새 그쪽이 다 어려워요. 회사에서 잘리던 날, 회사 담벼락에 노조가 붙여놓은 플래카드를 봤대요. '해고는 죽음이다.' 그걸 보고 오빠가 뭐라고 했을지 저는 알아요. "아니지, 죽음이 해고지. 해고된다고 죽는 것은 아니지만 죽으면 모든 게 끝나니까." 명언이나 상투어를 뒤집어서 새로운 말을 만드는 것은 오빠의 오랜 버릇이거든요. "해봐. 이상하게 다 말이 된다니까." 오빠가 사람들에게 장담하면 그때마다 사람들이 이것도 해보라, 저것도 해보라며 문장을 던져요. "피할 수 없다면 즐겨라." 누군가 이렇게 말하면 오빠는 빙글빙글 웃으며 "즐길 수 없다면 피하라"고 답하고요. "사막이 아름다운 것은 어딘가에 샘이 숨겨져 있기 때문이다"라고 『어린왕자』의 유명한 구절을 제시하면, "어딘가에 샘이 숨겨져 있다면 그게 바로 사막이다"라고 받아요. 가끔 어떤 격언은 뒤집어놓으면 더 의미심장해 보이기도 하더라고요. 예를 들어, '금이 침묵이다' 같은 말이 그래요. 오빠가 해고를 당하던 날, 인사팀의 입사 동기가 그러더래요. "힘내라. 위기가 기회라잖아." 오빠가 뭐라고 했을지 언니도 이제 아시겠죠? "웃기시네. 기회가 위기야."

아빠를 복사한 누군가가 환자복을 입고 저기 누워 있어요. 저는 그 사람 딸을 연기하고 있고요. 어딘가 어색하고 익숙하지가 않아요. 저는 생각해요. 거기 누워 있는 당신은 누구고, 나는 또 여기서 뭘 하고 있는 거지? 우리 아빠는 수술실에서 이미 죽었는데요. 주말마다 같이 영화를 보고, 근사한 식당에서 저녁을 먹으며 철학에 대해 토론하고, 제 몸매의 단점을 가장 잘 가려줄 수 있는 패션에 대해 여자친구처럼 수다를 떨고, 때로는 아예 쇼핑까지 함께 나서던, 젊고 자신만만하던 그 사람은 어디 갔을까요?

이미 돌아가신 거겠죠. 오빠 말마따나.

병원에 있으니 옛날 생각이 많이 나요. 근데 다른 가족들과 있었던 일은 잘 떠오르질 않아요. 엄마도, 오빠도, 그리고 동생인 현정이도 희끄무레한 안개 속에 묻혀 있는 것만 같아요. 기억 속에서는 아빠와 저, 오직 두 사람만 도드라져요. 그때 아빠가 뭘 했는지, 무슨 말을 했는지, 어떤 선물을 사왔는지 다 생생해요. 다른 가족들은 뭘 하고 있었을까요? 아마 같이 생일 축하 노래를 부르고 있었을 거야, 아마 옆에서 웃고 있었을 거야, 아마 집에 없었을 거야. 그들은 모두 '아마'의 영역에 속해 있어요.

엄마는 입버릇처럼, 현주는 아빠 딸이야, 엄마 딸 아니야, 라고 말하곤 했어요. 근데 그게 이상하게도 엄청난 칭찬처럼 들렸어요. 이십대에 일찌감치 모교의 교수로 임용된 아빠는 운동으로 단련된 탄탄한 몸의 소유자였어요. 그런 아빠가 어린 딸의 우상이었다고 해도 이상할 일은 아니었어요. 다만 아빠와 저는 유독 가까웠어요. 저만 아빠를 따른 게 아니고 아빠도 저만 편애했으니까요. 다른 형제들이 소외감을 느낀 건 당연해요. 너희들 모두가 소중하단다, 라고 아빠는 누누이 말씀하셨지만 누가 봐도 명백한 차별이 있긴 했어요. 고3 겨울방학에 아빠가 유럽 여행 얘기를 꺼냈어요. 제가 입시를 무사히 마치고 대학에도 합격했으니 이제 유럽의 여러 미술관들을 둘러보면서 교양을 쌓아야 한다는 거였어요. 당연히 온 가족이 다 가는 걸로 생각하고 있던 엄마는 갑자기 군에 가 있는 아들 생각이 났던 모양이에요.

"현석이는 군대에 있잖아, 여보."

오빠 얘기에 오히려 아빠가 조금 놀란 것 같았어요.

"제대 안 했으니까 당연히 군대에 있지."

"현정이는 고3 올라가고."

"그렇지. 그러니까 이번에는 현주하고 나만 가는 거야. 현주가 노력해서 좋은 대학 들어갔으니 보상이 있어야지. 현정이는 고3이니 꼼짝 못하고 당신도 마찬가지일 테고…… 안 그래? 현정이도 내년에 대학 잘 가면 또 가지, 뭐. 그땐 현석이도 제대했겠네."

"그럼 내년에 다 같이 가. 꼭 이번에 가야 돼?"

"이번에도 가고 다음에도 또 가면 되잖아. 현주는 전공이 전공이니만큼 이번에 가보는 게 장래를 위해서도 좋아."

"사학과하고 미술이 무슨 관련이 있어?"

아빠는 한심하다는 듯 엄마를 내려다보며 단호하게 말했어요.

"현주는 예술사를 전공하게 될 거야."

저는 그때 예술사라는 전공이 있다는 걸 처음 알았지만 어쩐지 탁월한 선택 같았어요. '사학' 하면 먼지 풀풀 날리는 침침한 서고 같은 게 떠오르지만 그 앞에 '예술'이 붙으니까 샹들리에가 빛나는 우아한 갤러리가 연상됐거든요.

"너 정말 아빠하고 둘만 여행갈 거야? 가고 싶어?"

엄마는 저를 따로 불러 물었어요. 엄중하고 단호했던 그 표정이 지금도 생생해요.

"아빠가 그러자고 했잖아."

"중요한 건 네 뜻이야. 너도 이제 어른이니까 판단에 책임을 질 줄 알아야 돼. 너만 유럽 가면 군대에서 고생하는 오빠나 곧 고3 되는 동생이 많이 실망할 거야. 그런데도 꼭 가야겠느냐는 거야. 엄마 말 무슨 말인지 알지?"

열아홉 살짜리에게는 참 어려운 선택이었어요.

"아빠가 나중에 같이 간다잖아. 그땐 내가 안 갈게. 그럼 되잖아?"

"그럼 이번에는 기어이 가겠다는 거니? 확실해?"

엄마가 재차 확인을 했어요. 하지만 전 이미 결정을 내린 상태였어요. 엄마의 눈에 실망의 빛이 역력했어요. 제 삶에서 엄마를 잃어버린 순간이 있다면 바로 그때일 거예요. 그후로 엄마는 단 한 번도 제게 따뜻한 눈빛을 보여준 적이 없었어요. 엄마가 방을 나가며 말했어요.

"네가 선택한 거야, 아빠가 아니라. 그건 분명히 기억해둬."

맞아요. 제가 선택한 거죠. 지금의 제 삶은 어쩌면 그때 내린 결정에 대한 벌일지도 몰라요. 모든 선택에는 책임이 따르니까요. 어쨌든 그로부터 일주일이 넘도록 부모님은 냉전을 벌였어요. 저는 아빠의 말에 일리가 있는데 엄마가 왜 저렇게 뾰족하게 구나 생각했어요. 정확히 일 년 후에 현정이가 저만큼이나 입시를 잘 치르기 전까지는요. 현정이는 아빠가 일 년 전의 약속을 지킬 거라 믿었지만 아빠는 학교에서 새로 보직을 맡아 바쁘다며 다음으로 미뤘어요. 대신 아빠는 정치외교학과에 들어간 현정이에게 홉스의 『리바이어던』이나 마키아벨리의 『군주론』 같은 고전을 몇 권 건네주면서, 정치의 본질은 고래로 달라진 게 없으니 입학 전에 꼭 읽어보라고 당부했어요. 나중에 현정이가 그러더라고요. 하루라도 빨리 집을 떠나야겠다고 결심한 게 바로 그 순간이었다고요. 어쩌면 그 결심 덕분에 현정이는 집으로부터, 그리고 아빠로부터 아주 멀어질 수 있었을 거예요. 현정이는 이제 뉴저지에 완전히 자리를 잡았어요. 일찌감치 주립대학의 교수가 돼서 한국에는 거의 들어오지 않아요. 엄마도 아빠와 이혼한 후엔 현정이한테로 갔어요. 오빠는 대학을 졸업하자마자 거제도로 내려가 조선소에 취직했고요. 설계 부문이었죠.

그래서 저만 남았죠, 아빠에게는.

대학 입학을 앞둔 그해 겨울, 유럽은 참 춥고 을씨년스러웠어요. 비는 왜 그렇게 자주 흩뿌리는지. 밖에만 나서면 한기가 옷 솔기마다 파고드는 느낌이었어요. 그래도 그때 저는 세상의 멋진 것들을 다 보고 있다고 생각했어요. 작고 아담한 호텔에서 아빠와 같이 아침을 먹고는 나뭇잎에 아침이슬이 맺혀 있는 공원을 거닐고, 미술관이 문을 열자마자 들어가 고풍스러운 액자에 담긴 미술사의 걸작들 앞을 서성이며, 왜 어떤 시도는 불멸의 아름다움으로 칭송되는 반면 어떤 노력은 진부함으로 치부되고 마는가 같은 얘기를 주고받던 그 한 달은 꿈만 같았죠. 그래도 사람 마음 참 이상하죠. 아빠가 계획하고 주도하는 여행이 편안하긴 했지만 그것도 너무 익숙해지자 좀 지루한 거예요. 조금씩 나만의 시간을 갖고 싶다는 생각이 싹텄어요. 관광객들이 많이 오가는 유럽의 구도심들은 열아홉 살짜리 여자애가 혼자 돌아다녀도 안전할 것 같았어요. 어느 날 아빠가 감기 기운이 있다며 오후에는 쉬면서 호텔에서 책이나 보겠다고 하길래, 그럼 아빠는 쉬세요, 저는 거리 구경을 좀 하다 올게요, 했어요. 아빠는 엄청나게 화를 내셨어요. 아빠는, 도대체 내가 너에게 뭘 잘못했느냐, 거리를 산책하고 싶으면 하자고 말을 하면 될 일이지, 혼자 나가서 돌아다니겠다니 이게 무슨 경우냐며 불같이 화를 내시더라고요. 그 정도는 할 만큼 충분히 컸고, 유럽의 거리도 그동안 다닐 만큼 다녔다고 생각했는데, 아빠 보기에는 그렇지 않은가보다, 정도로 생각하고 넘어갔어요. 그러나 그 일 이후에 아빠가 좀 달리 보이기 시작했어요. 자신만만하게 보이던 아빠의 모습에 얼핏얼핏 불안 같은 것이 엿보였어요. 아빠는 그림 앞에서 저에게 많은 설명을 해주었는데, 전 사실 여행 전에 아빠가 권해준 책들, 예를 들면 곰브리치의 『서양미술사』 같은 책을 읽고 갔기 때문에 가끔 고개를 갸웃거리게 될 때가 있었어요. 나중에 작품의 태그를 확인해보면 아빠의 해설과 딴판일 때가 있었거든요. 한번은, 아빠, 이건 그게 아닌 것 같은데요, 화가가 딴사람이에요, 라고 알려드린 적이 있었어요. 그냥 좋은 마음에서요. 아빠는 다른 사람을 가르치는 사람인데, 틀린 지식을 그대로 갖고 계시면 안 되니까요. 그런데 아빠는 굉장히 불쾌해하셨어요.

"그래? 아, 이 작자는 그 화가의 아류야. 그러니까 사실상 그 화가의 작품이라 해도 틀린 말은 아니란다. 완전히 그대로 베꼈구나. 왜 이런 아류를 그런 대가의 작품과 나란히 놓는 건지……"

그러면서 미술관을 떠날 때까지 예술계의 모든 아류들에게 온갖 저주를 퍼부으셨어요. 진정한 창조성은 정말 드물다. 대부분의 예술가는 그저 남을 따라 하며 평생을 보낼 뿐이라면서 명색이 예술가라는 작자들이 참으로 한심하고 나태하다고 비난하기도 했어요. 그때 제가 비록 어리기는 했어도 아빠의 분노가 순수하지 않다는 것쯤은 알아차릴 수 있었어요. 한편으론 이해도 됐어요. 누군들 안 그러겠어요. 틀리면 당황스럽고 부끄럽죠. 사춘기인 딸과 한 달 동안 여행을 하는 아빠도 얼마나 힘들까 하는 마음에 그냥 가만히 있었어요.

한번은 이런 일도 있었어요. 독일 어딘가였던 것 같은데요. 아빠가 기차 예약을 변경하기 위해 인포메이션에 가시면서 저더러는 짐을 잘 지키고 있으라고 했어요. 그때 한 무리의 한국 배낭여행객들이 다가왔어요. 남자 대학생 세 명이었는데 입대하기 전에 휴학을 하고 같이 여행하는 중이라고 하더군요. 아직 고등학생 티를 벗지 못한 제가 큼직한 여행가방 두 개를 지키고 있으니 눈길을 끌었나봐요. 저는 입시 마치고 아빠와 함께 유럽 전역을 여행중이라고 말했어요. 대학생들이 자기들은 두 달째 여행중인데 아빠와 단둘이 여행하는 딸은 처음 본다며 신기해하더군요. 왠지 자랑스러운 마음이 들어 아빠와 함께 다닌 도시와 미술관들에 대해 얘기했더니 대학생들은 이렇게 말했어요.

"우린 이제 미술관 안 다녀. 다 비슷비슷하잖아? 아, 어린 천사들 궁둥이는 이제 그만……"

키득키득 웃어들 대는데, 좀 한심했어요. 그런데 그런 제 마음을 읽었는지 키가 제일 작은 대학생 하나가(언니, 그 오빠는 개중 좀 귀여웠어요) 미술관 안 가고도 얼마나 재미있게 여행할 수 있는지에 대해 얘기를 했어요. 숙박비가 저렴한 유스호스텔에서 다른 나라의 여행자들과 음식을 해먹기도 하고, 기차역 벤치에서 밤새 얘기를 나누기도 하고, 알프스에서 은하수를 보기도 하고, 그리스로 향하는 페리 갑판 위에서 맥주를 마시면서 아드리아해 위로 떠오르는 아침해를 보기도 했다는 거예요. 그 순간 친구들과 함께하는 여행에 환상이 생겨버렸어요. 그래서 저도 모르게 그들의 여행 계획도 물어보고 그러고 있는데 아빠가 돌아오셨어요. 어느 대학의 누구누구 교수라고 소개를 하자 대학생들이 꾸벅 절을 했어요. 아빠는 그들에게 여행에 대해 간단하게 몇 가지를 물으신 다음, 건강히 여행 잘하라고 다정하게 어깨를 토닥여주셨어요. 그런데 대학생들과 헤어진 뒤로 갑자기 말이 없어지셨어요. 저는 저도 모르게 변명을 했던 것 같아요.

"그냥 얘기중이었어."

아빠는 여행중인 젊은 여성이 처할 수 있는 무서운 위험에 대해, 요즘 대학생들의 한심함에 대해, 보호자인 자신의 허락을 받지 않고 낯선 사람과 어울리는 것이 자신의 위신을 얼마나 떨어뜨리는지에 대해, 언성을 전혀 높이지 않은 채 다소 음울하게 이야기하셨어요.

"죄송해요, 아빠. 다시는 안 그럴게요."

아빠가 화를 낸 것도 아닌데 어느새 저는 아빠께 용서를 빌고 있었어요. 그때부터 여행이 끝날 때까지 저는 다른 사람과는 대화를 나누지 않았어요. 그런데도 아빠는 여전히 어딘가 불편해 보였고, 사소한 일에 짜증을 부렸고, 저는 또 그 모든 게 다 제 잘못인 것만 같아서 안절부절못했어요. 삼 주 차가 되자 여행이 어서 끝나기만을 기다렸던 것 같아요.

뉴저지에 있을 때, 낮에 할 일도 없고 해서 현정이 다니는 대학교에서 영어 회화 수업을 들었어요. 왜 그런 데 가면 레벨 테스트부터 하잖아요? 그거 하러 가서 앉아 있는데, 눈만 내놓고 몸 전체를 가린 무슬림 여성이 남편과 같이 들어왔어요. 복장으로 짐작하건대 굉장히 엄격한 이슬람 국가 출신인 것 같아 보였어요. 남편은 먼저 유학을 와 박사과정을 밟고 있어서 영어가 유창한 편이었지만 아내는 영어를 한마디도 못하는 것 같았어요. 레벨 테스트가 시작되자 문제가 생겼어요. 선생이 남자였거든요. 선생이 영어로 간단한 질문, 예를 들면 "어디에서 왔나요?" 같은 질문을 하면 남편이 대신 "제 아내는 파키스탄에서 왔다고 합니다"라고 대답하는 거예요. 아내의 레벨을 측정해야 되는데 남편이 대답을 하니 제대로 될 리가 있나요. 선생이 여러 차례 부인이 직접 대답하라고 했지만 남편은 완강했어요. "나의 아내는 율법에 따라 외간 남자와 대화할 수 없다고 한다, 그러니 나에게 말을 하면 내가 전해주겠다." 남편도 미국 생활을 오래 해서 그게 얼마나 우스운 건지 잘 알고 있었을 거예요. 엄청 불편해 보였거든요. 하지만 그로서는 다른 방법이 없었던 거예요. 그 역시 그런 문화에서 자랐고, 아내가 왜 그렇게 행동하는지 잘 알고 있었을 테니까요.

그때 문득 아빠와의 유럽 여행이 떠올랐어요. 저만 아니었다면 아빠도 자유로웠겠죠. 어쩌면 가끔은 딸과 여행 온 것을 후회했을지도 몰라요. 그 무슬림 남편 역시 아내만 없었더라면 나름 개방적인 유학생인 척하고 살았을 거예요. 딸이나 아내를 보호하는 근엄한 역할을 맡으면서 동시에 다른 사람들로부터는 무도한 압제자처럼 보이지 않아야 하니, 모든 행동이 부자연스러워졌을 거예요.

여행 이후부터 가족들은 자연스럽게 아빠를 저에게 떠넘기기 시작했어요. 가족들은 아빠와 관련된 일이 있으면 일단 저부터 찾았어요. 아빠한테 말 좀 해줄래? 아빠 언제 오신다니? 아빠가 오늘 왜 저러시니? 점점 저는 아빠의 감정을 책임지는 사람이 되어갔어요. 아빠가 화를 내면 마치 제 잘못인 것처럼 느껴졌고, 반대로 아빠가 기분이 좋으면 제가 잘해서 그런 것 같았어요. 아빠와 저는 적어도 일주일에 한 번은 따로 외식을 했고, 이젠 가족들도 그러려니 하는 것 같았어요.

"혹시 여자 좋아하니?"

대학 신입생 시절, 한 선배 언니가 이렇게 물었던 일이 있어요. 누구 소개시켜주겠다고 얘기할 때마다 제가 거절하고 남자들과 어울리는 것도 통 볼 수 없어서 그렇게 생각했었나봐요. 저는 저도 모르게, 아뇨, 저 남자 좋아해요, 라고 말해버리고 말았어요. 그랬더니 선배 언니가 남자를 소개시켜줬는데 저도 아는 사람이었어요. 교양 과목을 같이 듣는 다른 과 남자였는데 동아리에서 알고 지내던 선배 언니한테 저를 소개시켜달라고 했었다는 거예요. 그런데 실은 수업 시간마다 저를 힐끔거리는 그 남자가 꽤 괜찮다고 생각하고 있던 참이어서 처음엔 분위기가 좋았어요. 저보다 두 살 위였고 밝은 성격에 유머 감각이 있었어요. 하지만 아빠와 저의 특별한 관계를 잘 이해하지 못했어요. 저는 늘 저녁 시간 전에는 귀가하려고 했고, 그때마다 그 이유가 아빠 때문이라고 했거든요.

"아버님이 되게 엄하신가봐?"

그의 말이 아빠에 대한 모욕처럼 들렸어요. 저는 발끈했어요.

"엄한 것과는 정말 거리가 먼 분이에요."

"그런데 왜 이렇게 귀가 시간이 칼 같아?"

"가족 전통이에요. 같이 저녁을 먹고 둘러앉아서 차를 마시며 그날 있었던 일들을 얘기해요."

사실 그건 오래전에 중단된 의식이었어요. 제가 고등학생 때까지만 그랬죠. 이후로는 다른 가족들이 더이상 모이지 않았거든요. 엄마는 저녁을 따로 차려 먹고는 안방에 들어가 TV를 보았고, 다른 형제들은 밥만 먹고는 자기 방에 처박혔죠.

"바퀴벌레 가족이구나. 아빠가 오면 다 자기 방으로 재빨리 숨어버리는."

언젠가 아빠가 이런 말씀도 하셨기 때문에 저는 책임감을 느끼지 않을 수 없었어요. 저녁 먹고 차를 마시는 의식은 그래서 아빠와 저만 하는 일이 되었던 거예요. 그 남자는 이런 질문도 했었어요.

"혹시 집안이 무슨 종교 믿니?"

"가족이 같이 저녁 먹고 차 마시라는 종교가 어디 있어요? 우리나라 다른 가정이 이상한 거 아니에요? 식구가 같이 둘러앉아서 대화하는 게 그렇게 이상한 일이에요?"

주말의 일정도 맞추기가 쉽지 않았어요. 아빠가 미리 정해놓은 전시를 보러 가거나, 시네마테크에서 예술영화를 보거나, 새로 오픈한 식당에 가서 브런치를 먹어야 했기 때문이에요. 아빠와 다니던 식당들에 비하면 남자와 가게 되는 곳은 늘 수준 미달이었어요. 물론 그럴 수밖에요. 평범한 대학생 남자가 용돈으로 갈 수 있는 곳이 어떤 곳이겠어요? 들큰한 조미료맛 말고는 아무 맛도 없는 음식들, 가짜 모차렐라 치즈를 얹은 피자 같은 것을 먹는 거죠. 한번은 테마파크에 놀러갔는데 유치하기만 할 뿐, 아무 감흥이 없었어요. 너구리 복장을 한 알바생들이 재롱을 떠는 유럽풍 거리에서 소프트아이스크림을 핥아먹는 것은 열 살 이전에 해야 할 일 같았어요. 아빠 때문에 내가 너무 겉늙어버린 걸까 생각한 적도 있었지만, 재미없는 건 어쩔 수가 없었어요.

어느 날 그 사람이 다른 여자와 교정에서 걷고 있는 걸 봤어요. 남자는 순순히 인정했어요. 새로운 사람을 만나고 있다고.

"그럼 헤어져야겠네요."

제 말에 남자가 웃더군요.

"언제 사귄 적은 있었니?"

듣고 보니 틀린 말도 아닌 것 같았고, 차라리 다행이라는 생각이 들었어요. 아무 일도 없었던 거니까, 상처받을 일도 없는 거잖아요. 그런데 이상하게 그후로 전 좀 아팠어요. 몸과 마음이 다요. 몸에 힘이 하나도 없어서 며칠을 누워 있었어요. 하나도 좋아하지 않았던 남자고, 그와 있었던 시간들이 인상적이었던 것도 아닌데, 자꾸만 떠올라 괴로웠어요.

똑같은 패턴이 반복됐어요. 제게 호감을 느끼는 남자와 만나고, 그 남자가 절 이상해하고, 저는 그 남자에게 실망하고, 그러다 헤어지고, 저는 다시 아빠에게 돌아가는 거예요. 아빠는 제 연애사를 대충은 알고 있었고, 제가 남자들과 멀어질 때마다, 더 좋은 사람 만날 거다, 라고 말해주었지만 현실은 반대였어요. 점점 더 한심한 남자들과만 얽히게 되었어요. 그러는 사이 저는 마흔이 되었고요. 마흔을 넘기자 아예 다가오는 이도 없었고, 때로 저는 일말의 해방감 같은 것도 느꼈어요. 주변에서 남자를 만나보라는 말조차 꺼내지 않게 되었으니까요.

저는 아빠의 예언대로 대학원에 진학해 예술사를 전공하기는 했어요. 그러느라 타 대학으로 옮겨야 했죠. 하지만 결국은 언니도 알다시피 강남의 학원에서 사회탐구영역을 가르치는 강사로 밥을 벌어먹기 시작했지요. 예술사와는 아무 상관도 없는 일을 하며 살아가게 되었고 아빠를 실망시켰죠. 반면 아빠의 사랑을 받지 못했던 동생은 미국에서 책도 여러 권 출간하면서 학문적 입지를 탄탄히 굳혀가고 있었어요. 가끔 제 처지를 동정하는 뉘앙스의 이메일을 보내오곤 했죠. 현정이는 단호하게 충고했어요.

"언니, 아빠에게서 그만 벗어나. 누구도 언니에게 그런 책임을 부과하지 않았어. 아빠는 언니가 그런 희생을 바칠 만한 가치가 없는 인간이야."

미국에 살아서 그런지 현정이는 말투가 딱 부러져요. 영어로 생각하고, 영어로 글을 써서 그런가봐요. 대학 시절 조별 과제 할 때, 준비 모임에는 전혀 안 나오다가 마지막에 뒤늦게 나타나서는 이게 잘못됐네, 저게 문제네, 이러는 애들 있잖아요? 꼭 그런 사람들처럼 얄미웠어요. 어떻게 그래? 우린 가족이잖아. 제가 항변하자 동생은 마지막 카드를 꺼내들었어요.

"그 여자 있잖아. 아니, 여자들인가. 그 여자들더러 책임지라고 해."

여자, 여자들. 그렇습니다. 저는 그들을 알아요. 엄마가 미국으로 떠나자 여자들이 나타나기 시작했어요. 연극이 막을 내리면 스태프들이 나와 무대를 정리하듯이 그녀들은 원래부터 아빠 주변에 있었지만 보이지 않았을 뿐이었죠. 아빠는 여자들을 저에게 소개시켜주었어요. 가끔 셋이 영화를 함께 보기도 했고, 집에서 같이 명절 음식을 준비하거나, 심지어 여행을 떠나 콘도에서 아빠와 여자가 큰방에서 자고 저 혼자 작은방에서 잔 일도 있어요. 처음에는 이런 일을 어떻게 받아들여야 하는지 몰랐어요. 하지만 곧 익숙해졌어요. 아빠의 사생활이니까 그건 내가 상관할 일이 아니야. 엄마가 무책임하게 아빠를 버리고 떠나버렸어. 아빠에게도 성욕은 있을 거고, 그건 내가 어찌할 수 없는 부분이니까.

어색해했던 건 오히려 여자들 쪽이었어요. 그들은 절 어떻게 대해야 할지 몰라 난감했던 것 같아요. 따님이 참 똑똑하다, 요즘 저런 효녀가 없다, 부녀 사이가 정말 돈독하다, 같은 좋은 말로 시작했지만 결론은 제가 얼른 짝을 찾아 결혼을 해야 한다는 것이었고, 어디선가 쉰내 나는 이혼남들을 데려와 저에게 소개시키려 애썼어요.

아빠가 만나던 여자가 하나 있었어요. 미용실을 하는 이혼녀였는데, 초등학교 5학년짜리 아들이 있었어요. 아빠가 저에게 며칠 동안 그 아이를 좀 봐줄 수 있겠냐고 하더라고요. 둘이 일본 온천 여행을 가야 한다면서요. 아빠의 지병인 피부병에 일본의 그 온천이 특효라는데 어떻게 딱 잘라 거절하겠어요. 그리고 원래 제가 아빠의 부탁에는 좀 약해요. 제 엄마 손에 이끌려 저희 집에 온 아이는 좀 심한 수준의 비만인데다 또래치고는 키도 커서 보자마자 저로서는 좀 위압감이 들었어요.

"애가 워낙 착해서 손이 하나도 안 가요."

애 엄마가 그렇게 말하더군요. 아이는 뚱한 얼굴로 제 아파트를 힐끔거렸고요. 아이는 아이대로 저와 지내게 된 게 마음에 안 들었겠죠. 말수도 통 없는 애가 하루종일 아이패드만 끼고 살아요. 밥을 차려줘도 먹지를 않고 치킨이나 피자 같은 배달음식만 먹어요. 어느 날 저녁에 학원에 나가려고 준비를 하는데 기분이 이상해서 돌아보니까 녀석이 제가 옷 갈아입는 걸 훔쳐보고 있다가 후다닥 달아나는 거예요. 나중에 보니 아이패드로 보는 것도 일본인들이 나오는 야한 동영상이더라고요. 어린앤데도 너무 징그러웠어요. 뭐라고 한마디할까 생각도 해봤지만 남의 집 아이를 가르쳐서 뭐하나 싶고 며칠 후면 다시 만날 일도 없을 아이인데 싶어서 그냥 참았어요.

그런데 며칠 후 저녁에 아파트 초인종이 울려서 보니까 웬 남자가 현관문 앞에 서 있더라고요. 애가 뛰어나오더니 자기 아빠라는 거예요. 남자가 그 뚱뚱한 애를 번쩍 안아요. 아빠 맞더라고요. 그러더니 저더러 누구냐는 거예요. 애 전화 받고 왔다면서. 애 엄마가 부탁해서 맡아주고 있다고 둘러댔더니 어떤 사이냐고 또 물어요. 할말이 없었어요. 남자도 모르면서 묻는 눈치가 아니에요. 절 부끄럽게 만들려고 하는 수작이었죠. 제가 끝내 입을 다물고 있자 남자가 그러더군요.

"박교수 딸이죠? 이게 자식이 나서서 할 일입니까? 아버지가 남의 가정을 박살내고 있으면 말리지는 못할망정. 내가 학교 찾아가서 깽판치려다가 곧 정년이라기에 참았어요."

"부인과는 이혼하셨다고 들었는데요."

남자가 어이없어하며 혀를 차더군요.

"아니, 부녀가 그런 얘기도 하세요?"

그들이 떠난 뒤에 아이가 어질러놓은 방을 치우다가 주저앉아 울었어요. 분하고 서러운데, 그게 뭣 때문인지를 모르겠더라고요. 따지고 보면 다 제 잘못이었죠. 처음부터 단호하게 안 되는 건 안 된다

말을 했어야 했는데 그러질 못했잖아요. 내 잘못이다 생각하니 뭔가 억울했어요. 그런데 정확히 뭐가 어떻게 억울한 건지 막막했고 그게 또 화가 났어요. 그래서 또 울었어요.

아빠가 돌아올 때쯤에는 마음이 좀 정리가 됐어요. 이젠 아빠와도 선을 긋도록 하자. 아무리 아빠가 부탁을 해도 안 되는 건 안 되는 거다. 나도 내 생활이 있다. 이렇게 결심을 했어요. 그런데 아빠가 술이 잔뜩 취해서 나타난 거예요. 문을 열자마자 거실 바닥에 몸을 던지듯이 쓰러지시더라고요. 아빠는 그렇게까지 만취하는 일이 드문 사람이에요. 좀 이상했죠. 결심이고 뭐고 다 잊어버렸어요. 왜 그러냐고, 무슨 일이 있었냐고 했더니, 이번에는 아빠가 울어요. 딸 앞에서 대성통곡을 하더라고요.

"그 사람이 날 버렸다."

온천 여행에서 돌아오자마자 미용실 여자가 남편에게 돌아갔다는 거예요. 사소한 다툼이 있었을 뿐이라고, 당신은 그 사람 없이는 못 산다고, 제발 그 사람을 다시 만나게 해달라고 애원하면서 우는 거예요. 젊었을 때 아빠는 사람들이 교수 하면 떠올리는 전형적인 이미지와 참 달랐어요. 두꺼운 뿔테안경을 끼고 연구실에 처박혀 자라목이 되도록 책만 파는 책상물림이 아니었어요. 땀으로 번들거리는 구릿빛 팔뚝을 드러낸 채 테니스 라켓을 마치 사냥총처럼 어깨에 걸치고 교정을 걸어다녔어요. 체육학과 교수로 생각한 사람도 꽤 있었을 정도예요. 아빠는 에너지가 넘치는 이들이들한 당신 육체에 꽤나 자신감이 있었던 것 같아요. 자식들과도 운동을 같이 하는 걸 좋아했고 그때마다 자신의 힘이나 순발력 같은 걸 자랑하곤 했거든요. 아빠는 육십 줄에 들어서도 대학에 갓 부임한 삼십대 후반의 젊은 교수처럼 살았어요. 매일 운동을 거르지 않았고 여자들에게 추파를 던졌죠. 여자들은 예전처럼 쉽게 걸려들지 않았고 그래서 무리를 해야만 했어요. 씀씀이가 커졌고, 화를 잘 내게 되었고, 피부과와 성형외과를 들락거리게 되었어요. 아빠가 뭘 엄청나게 잘못한 건 없어요. 아빤 그냥 살아오던 대로 살았을 뿐이에요. 한번은 아빠의 조교였던 대학원생이 학교 윤리위원회에 아빠를 고발했어요. 당신 젊었을 때나 허용되던 농담들, 행동들. 아빠는 계속했던 거예요. 대학에서 징계를 받게 된 아빠는 '배운 년'들에 대한 엄청난 증오심을 품었지만 적어도 두려워하게는 되었고, 하는 수 없이 이제 캠퍼스 밖으로 시선을 돌렸어요. 외국 유학까지 다녀온 나이 지긋한 교수에게 호감을 보이는 중년 여성들이 없지는 않았어요. 미용실 여자도 그중 하나였을 거예요.

아빠를 겨우 제 침대에 눕히고 저는 거실 소파에 누워 보지도 않는 홈쇼핑 채널을 켜놓고 밤새 생각했어요. 근데 오래 생각한다고 현명한 결론이 나오는 것은 아니더라고요. 그래, 그 여자를 아빠에게 다시 데려다주자. 그리고 나는 아빠에게서 벗어나자. 아빠가 저렇게까지 하는 걸 보니 이번에는 진짜 인연인가보다. 열아홉 살 겨울에 유럽의 미술관들을 찾아다니며 불멸의 아름다움을 논하던 소녀는 어디에 갔을까? 다시 그 아이를 찾아오자. 그런 생각으로 그 여자를 찾아갔던 거예요. 미용실 일이 끝날 때쯤에 가서 만났어요. 여자는 스태프들을 내보내고 제게 커피를 내주었어요. 곤혹스러운 척했지만 승자의 미소 같은 게 입가에 어려 있었어요.

"아버지가 가보라 그래요?"

여자가 물었어요.

"아니요, 제가 그냥 왔어요."

거짓말도 적당히 하라는 투로 여자가 피식 웃었어요.

"그냥 왜 왔어요?"

준비해간 말이 있었지만 하고 싶지 않았어요. 입을 꾹 다물고 커피만 마셨어요.

"한 잔 더 줄까요?"

여자가 커피포트를 가지고 와서 따랐어요. 저는 말없이 한 잔을 더 마셨어요. 그리고 입을 열었어요.

"애가 야동을 봐요."

여자의 웃음기는 바로 사라졌어요.

"뭐라고요?"

"애가 성적으로 조숙하다고요. 아이패드에 야동이 가득해요. 저희 집에서도 야동만 봤어요."

여자의 얼굴이 좀 붉어졌던 것 같아요.

"성교육이 필요할 것 같아요."

"그 얘기 하러 여기까지 온 거예요?"

그렇다고 했죠. 그러자 미용실 여자가 열쇠 꾸러미를 챙기며 자리에서 일어났어요. 저도 따라서 일어날 수밖에 없었어요. 문 앞에서 그 여자가 그러더군요.

"난 못 배웠어요. 그래서 배운 사람들은 나한테는 없는 교양이라는 게 있는 줄 알았어요. 그게 아니라는 걸 아버님 보고 처음 알았고 오늘 또 알았네요. 아버님 잘 모시세요."

거기가 바닥이었어요. 더 내려갈 데가 없는 곳. 정신이 번쩍 들었어요. 집으로 어떻게 돌아왔는지 몰라요. 와서 울지도 않았어요. 슬픔, 서러움, 억울함 이런 마음보다는 위기감이 들었어요. 수렁에 너무 오래 빠져 있어서 수렁인 줄도 몰랐구나 싶었어요. 지금이라도 탈출하자.

처음 학원업계에서 일하기 시작할 때만 해도 인기가 좋은 편이었어요. 족집게 강사 정도는 아니었지만 개념을 쉽게 잘 이해시키는 능력이 있다고들 하더라고요. 하지만 나이가 마흔에 가까워지자 수강생이 눈에 띄게 줄어들기 시작했어요. 아무래도 젊은 강사들을 좋아하잖아요. 강남 변두리에서 시작해 몇 년 후에는 대치동까지 진출했지만 점점 외곽으로 밀려나서 나중에는 신도시의 소규모 학원들을 전전했어요. 나이도 있으니 아예 학원을 하나 차려서 독립하라는 조언을 듣고 계산을 해보니 소형 아파트 전세금을 빼면 가진 자산이라고는 거의 없다시피 한 거예요. 그동안 번 돈은 다 어디로 가버린 건지. 전 사실 미래를 걱정해본 적이 없었어요. 언제나 아빠와의 일에만 매달려 있었던 것 같아요. 주말에 아빠와 영화를 보러 가기로 했는데 뭘 봐야 할까, 아빠가 저녁에 집으로 오라던데 무슨 일일까, 아빠가 건강검진을 받으러 가자고 했는데 결과가 나쁘면 어떡하지,

아빠가 새로 만나는 여자는 괜찮은 사람일까……

학원을 전전하다보면 안정적인 인간관계가 거의 사라져요. 늘 새로운 곳에서 새로 시작하는 기분이고, 언제 어디로 떠날지 모르니 마음을 주지 않게 돼요. 주로 밤에 일을 하니 보통의 직장인과 시간을 맞추기가 어려워 학창 시절 친구들과도 연락이 끊어졌어요. 원래 많지도 않았고요. 어느새 제 주변에는 가족도, 친구도, 직장 동료도 없어져버렸고, 아빠와 관련된 문제들만 남았더라고요. 미용실 여자를 만나고 온 날, 저는 신도시 아파트의 베란다에 서서 아래를 내려다봤어요. 내가 여기서 떨어져 죽는다 해도 슬퍼할 사람이 있을까. 아빠의 얼굴이 잠깐 떠올랐지만, 왠지 확신은 들지 않았어요. 단지 저를 아쉬워할 거라는 생각은 했어요. 아빤 제가 없으면 안 되니까요.

내 인생은 뭐가 남았지? 아빠와의 일 말고는 아무것도 없었어요. 아빠를 기쁘게 해주려 공부해서 아빠가 원하는 대학에 진학해 아빠가 권해준 전공을 선택했고, 주말마다 시간을 같이 보냈어요. 보란 듯이 예술사를 전공하는 학자가 되지 못해 늘 미안했고, 아빠가 친구들에게 자랑할 만한 직업을 갖지 못해 언제나 부끄러웠어요. 아빠는 사귀던 여자들에게 큰딸이 곧 박사학위를 딸 것이고, 그럼 곧 예술사 교수가 될 거라고, 그것도 모교의 교수가 될 거라고 말하곤 했거든요. 터무니없는 소리죠. 박사과정에 입학한 것은 맞지만 그건 오래전 일이었고 학위를 딸 생각은 전혀 없었어요. 요즘 같은 시절에 국내에서 예술사 전공으로 박사학위를 딴다 해도 갈 자리가 없고 설령 갈 자리가 생긴다 해도 그때까지 먹고살 길이 막막하잖아요?

학원 강사는 저로서는 나름 최선의 선택이었지만 아빠는 결코 인정해주지 않았어요.

그 무렵 새로 옮긴 학원에서 언어영역을 가르치는 젊은 여자 강사하고 좀 가까워졌더랬어요. 처음부터 저에게 굉장히 살갑게 굴더라고요. 밝고 명랑한 사람이어서 저도 좋았어요. 하루는 점심을 같이 하자고 하더라고요. 우리는 보통 저녁때가 되어서야 출근을 하니까 낮에는 집 밖으로 잘 나오지 않아요. 인생 상담 같은 것이겠지 싶었는데 맞았어요. 우리는 파스타를 사먹고는 커피집으로 옮겼어요. 이제 본론이 나오겠구나 싶은 타이밍에 언어영역 선생이 이렇게 말하는 거예요.

"저는 아빠랑 좀 가까워요."

갑자기 벌떡 일어나 그 자리를 벗어나고 싶었어요. 뒤에 어떤 이야기가 이어질지 너무도 잘 알고 있다, 그렇지만 그 이야기를 들어서는 안 된다, 뭐 그런 예감 같은 게 강하게 들더라고요. 왜 공포영화보다가 너무 끔찍한 장면이 나올 타이밍에 눈을 감아버리듯이요. 하지만 이건 영화가 아니고 눈을 감아버린다고 지나가지도 않는 거니까, 저는 애써 경청하는 선배의 얼굴을 지어 보였어요.

"가깝다는 게 정확히 무슨 뜻이에요?"

그때부터 그 선생이 풀어낸 얘기는 바로 제 얘기 같았어요. 혹시 제 얘기를 어디서 다 조사해 와서 떠드는 것 아닌가 싶을 정도였죠. 언어영역 강사는 어릴 때부터 '아빠 딸'이었대요. 아빠와 주말마다 영화를 보고, 덕수궁 돌담길을 걷고, 같이 좋은 식당에 가서 밥을 먹고…… 남자를 만난 적이 있지만 결국은 이런저런 이유로 다 헤어지고 여전히 지금도 아빠와 가장 자주 만나 남자친구와 할 법한 일들을 계속하고 있다는 거죠.

"좀 충격받으셨나봐요?"

그녀가 제 눈치를 보더군요. 그러더니 변명하듯 덧붙였어요.

"저도 예전엔 저를 이상하게 보는 사람들을 이해 못했었어요. 아빠하고 친한 게 왜 문제지? 내가 결혼을 못 해서? 아니, 결혼 안 하고 사는 사람에 대한 차별 아닌가? 결혼 안 한 사람은 다 불쌍한 사람이고, 아빠가 원인을 제공했으니 아빠가 나쁜 사람이라는 건가?"

"근데 생각이 변했어요?"

"제가 얼마 전에 좀 아팠어요. 갑상선암 진단을 받았거든요."

언니, 사람 눈이 참 이상하죠? 그때까지는 참 밝고 환한 친구다, 라고만 생각하고 있었는데 암 얘기를 들으니까 갑자기 병색이 있어 보이는 거예요. 그 선생의 얘기는 그 부분부터 좀 격해졌어요.

"아빠한테 제일 먼저 소식을 알렸어요. 아빠, 저, 암이래요, 갑상선암. 너무 걱정 마세요. 아주 초기래요. 수술하면 된대요. 그랬더니 아빠는 대뜸, 갑상선 그거 착한 암이다, 별거 아니다, 그러시는 거예요. 저도 갑상선암은 진행이 느리고 치료도 다른 암에 비해 수월하다는 건 알아요. 그리고 절 안심시키려고 그러나보다 생각은 했어요. 그런데 제가 입원해 있는 동안 아빠는 딱 한 번밖에 안 왔어요. 아빠는 마치 암이 전염병이라도 되는 것처럼 저를 멀리했어요. 언니, 병원에 입원해본 적 있으세요? 거기 누워 있으면 정말 많은 생각이 들어요. 아빠는 제 좋은 모습만 원했던 거예요. 아빠, 아빠, 하고 따라다니는 귀여운 딸. 그런데 딸이 이제 나이들어 암에나 걸리다니 갑자기 무서워진 거죠. 하지만 아빠가 어떻게 저한테 그러실 수가 있을까요? 저 이제 어떻게 살아야 돼요?"

선생이 눈물을 펑펑 쏟는데 전 정말이지 불편해서 미칠 지경이었어요. 결국 못 참고 냉정하게 말해버렸죠.

"다른 사람의 일에 대해서 누가 이래라저래라 할 수 있겠어요. 다 나름의 사정이 있는 거겠죠. 전 선생님 아버님을 잘 모르고, 그러니 그 어떤 조언도 할 수가 없을 것 같아요."

그러고는 다른 약속이 있다며 서둘러 자리를 정리하고 나와버린 거예요. 제가 잘못했죠. 조금만 더 참았으면 되는데…… 혼자 정처 없이 길을 걸었어요. 그 선생이 왠지 얄밉기도 했어요. 화도 났어요. 이유는 잘 모르겠는데 그냥 그랬어요. 아주 불쾌한 비난을 당한 것 같은 기분이었어요.

그런저런 일로 정말 잠깐이라도 한국을 떠나고 싶었어요. 마침 학원도 재계약을 앞두고 있던 참이었어요. 정말 하고 싶지 않았지만 그런 상황에선 부탁할 사람이 현정이밖에 없더라고요. 나 좀 거기 가있을 수 있겠냐고 물었더니 이유를 묻지도 않고 당장 오라고 하더군요. 그래서 갔어요. 뉴어크 공항에 엄마와 현정이, 그리고 현정이 남편이 마중을 나와 있었어요. 엄마가 말없이 저를 한참 껴안아주었는데, 그게 참 따뜻하더라고요. 아무 말 없이도 뭔가 이해받는 느낌? 물론 그건 저만의 착각이었어요. 엄마는 그냥 미국인들이 하는 걸 따라

했던 거예요. 어쨌든 뉴저지 생활은 전반적으로 참 편안했어요. 처음엔 아빠를 혼자 두고 왔다는 죄책감 때문에 괴로울 줄 알았는데 막상 서울을 떠나니까 생각도 잘 안 나는 거예요. 신기하더라고요. 내가 알 게 뭐냐, 아빠 인생 아니냐, 이런 배짱도 생겼어요.

"나 그냥 여기 살면 안 될까?"

현정이한테 얘기했더니 잘 생각했다며 그러라고 하더군요. 남편이 변호사인데 비자 문제가 전문은 아니지만 회사에 그쪽 담당하는 사람들이 있으니 소개시켜주겠다고까지 하더라고요. 모든 게 잘 풀려가는 느낌? 알렉산더 대왕이 칼로 매듭을 확 잘라버렸을 때의 기분? 처음엔 그랬어요. 하지만 며칠이 지나자 아주 미묘하게 불편한 느낌을 떨쳐버리기 어려웠어요. 뭐라고 해야 할까. 무슨 리얼리티 쇼에 출연한 것 같았달까? 이건 내가 아니야. 넌 지금 사람들 앞에서 연기를 하고 있는 거야. 진짜 너는 이렇지 않잖아? 이런 생각을 떨쳐버리기 어려웠어요. 물론 엄마와 현정이는 저한테 잘해줬어요. 그리고 절대 아빠 얘기를 꺼내지 않았어요. 그러니까 저도 아빠 얘기를 안 하게 됐어요. 우리는 같이 쇼핑몰에 가고, 근처 공원으로 소풍도 가고, 주말이면 뉴욕으로 나가 공연도 보고, 그렇게 겉으로는 참 즐겁게 보냈어요.

언니, 수학에 이런 방정식 있잖아요? 예를 들면 $3x+4xy+6xyz=8$ 이라고 해요. 그럼 좌변에서 $x$를 괄호 밖으로 빼낼 수 있잖아요? $x(3+4y+6yz)=8$. 여기서 $x$가 아빠예요. 아빠를 괄호 밖으로 빼내면 수식은 참 단순해져요. 하지만 그런다고 아빠가 어디로 사라지는 건 아니에요. 수식을 잘 보세요. 괄호 밖에서 $x$가 모두를 가두고 있는 것 같지 않아요? 현정이나 엄마가 아빠 얘기를 싫어하니까 저는 아빠에 대한 생각을 혼자 할 수밖에 없었어요. 그러다 문득, 엄마와 동생이 절 어떻게 보는지 깨달았어요. 그들은 저를 아빠라는 저개발 독재국가로부터 탈출한 난민쯤으로 보고 있는 거였어요. 엄청난 트라우마가 있을 거라 짐작하고 그 화제를 피해준 거였어요. 저는 그들이 아빠 얘기를 피한다고 생각해서 꺼내지 않은 거였는데, 사실은 그들이 저를 불쌍히 여겨 배려하고 있었던 거예요. 아마 제가 없었다면 그들은 아주 자연스럽게 아빠 흉을 보고, 아빠에게 붙들려 살아가는 저를 한심해하고 그랬을 것 같더라고요. 확실한 증거는 없지만 제 육감이 그랬다는 거예요. 왜냐하면 언젠가 현정이가 저에게 잘 아는 한국인 세러피스트가 있다며 한번 만나보지 않겠냐고 했거든요. 그때 현정이 표정이 지금도 생생해요. 그런 거 아세요? 잘 배운 미국 백인의 전형적인 미소 같달까. 나는 흠잡을 데 없는 공정함과 바다 같은 너그러움을 갖고 있으며 불쌍한 너에게 작은 도움을 제공하고자 하는데, 이를 받아들이고 아니고는 전적으로 너에게 달렸으니 어서 결정하렴, 같은 뜻을 담은 미소요.

"내가 왜?"

제 말투에 가시가 있었겠죠. 현정이는 바로 물러섰어요.

"별거 아니야. 여기선 조금만 힘들어도 다들 받거든."

"너도 받아?"

"그럼, 받으면 좋아. 스파에서 마사지 받는 기분이야. 하고 나면 개운해."

　일상은 더없이 평온했어요. 엄마는 보기 좋게 늙어가고 있었고 어려운 일은 현정이네가 알아서 처리해주었어요. 결혼 안 하고 산다고 열등한 인간 취급하는 눈길도 없었고, 나이 때문에 못할 일도 없었어요. 그런데 말이에요, 언니. 인간은 참 알 수 없지요. 제가 원래 골초였다는 얘기 안 했죠? 한국에선 그랬어요. 하루에 한 갑 넘게 피웠는데 미국 가선 끊었어요. 거긴 담배 한번 피우기가 정말 힘들거든요. 처음 석 달만 현정이네에 있고 그 이후로는 작은 콘도를 하나 빌려서 혼자 살았는데요. 그 콘도만 해도 입주자가 집 안에서 담배 피우다 걸리면 벌금이 어마어마해요. 건강에도 나쁘고 담뱃값도 비싸니 이참에 끊자고 결심을 하고 성공도 했어요. 그런데 공허해요. 늘 적막한 시골길을 걸어가는 느낌이에요. 공기도 좋고, 경치도 아름답고, 그런데 한량없이 권태롭기만 한 기분. 이 모든 것이 결국은 내 것이 아니라는 느낌. 나를 밀어낸다는 저항감. 그런 기분 언니는 모르시죠? 그런데 미국에 가면서 끊은 게 하나 더 있잖아요? 인생에 도움 하나도 안 되는 유독하고 중독적인 존재. 아빠요. 둘과 거의 동시에 결별했으니 그 공허감이 어디에서 비롯됐는지 알아채기가 어려웠어요. 아빠와 담배. 둘 중 그 어떤 것도 다시 시작하기 싫었어요. 끊는 게 얼마나 어려운지 알았기 때문이에요. 그런데 알고는 싶었어요. 이 공허와 권태는 둘 중 어디로부터 비롯된 것인가. 어느 쪽이 더 치명적인가.

　아빠가 쓰러졌다는 소식을 들었을 때, 분명히 알았어요. 내 삶의 더 커다란 결락, 더 심각한 중독은 아빠였다는 것을. 엄마나 현정이와 나누는 대화에는 어둠이 없어요. 밝고 따뜻해요. 특히 현정이는 모든 면에서 논리적이고 명쾌하죠. 외국어 같았어요. 왜 외국어로 말을 하면 좀더 이성적이 된다잖아요. 아빠하고는 달라요. 저에게는 아빠가 모국어예요. 굳이 말을 하지 않아도 통한다는 느낌이 있어요. 좋고 나쁘고의 문제가 아니에요. 그냥 운명 같은 거예요.

"한국으로 돌아갈래."

엄마는 단호하게 말렸어요.

"그 인간은 그렇게 살다 죽을 거다. 넌 할 만큼 했다. 이제 네가 할 수 있는 일은 없다."

어쩌면 그 말은 저에게라기보다 엄마 자신에게 하는 말이었을 거예요. 그래요. 우리는 모두 자기 자신에게 하고 싶은 어떤 말을 남에게 하고 살지요. 현정이도 냉정하게 만류했어요.

"가지 마, 언니. 이번에 가면 못 돌아와. 다시 아빠한테 매이는 거야."

"너도 같이 가자, 현정아. 아빠 돌아가시기 전에 얼굴은 한번 뵈드려야지. 괜찮아. 아빠는 다 용서해주실 거야."

그때 현정이 표정을 언니도 봤어야 해요. 세상 한심하다는 얼굴로 저를 바라보더니 피식 웃더군요.

"언니는 내가 아빠한테 버림받았다고 생각하는구나. 그런데 어쩌지? 내가 아빠를 버린 거야. 언니는 내가 아직도 아빠한테 사랑받지 못해서 괴로워하고 있다고 생각해? 아빠가 언니한테 준 거, 그게 사랑이야? 그리고 무슨 용서? 용서가 필요한 사람은 아빠야, 내가 아니라."

언니, 제가 좋아하는 농담이 하나 있어요. 전에 어떤 일간신문 만화에서 본 건데요. 어떤 남자가 교통방송에서 뉴스를 들어요. 고속도로 어느어느 구간에 역주행하는 승용차가 있으니 일대를 운행하는 차량들은 모두 주의하라는 거예요. 그는 문득 그 방면으로 출장을 간 친구가 떠올라서 전화를 걸어요. 야, 그 부근에 역주행을 하는 미친놈이 하나 있대. 조심해. 그 친구가 이렇게 대답하는 거예요. 한둘이 아니야. 얼른 전화 끊어.

다들 충고들을 하지요. 인생의 바른길을 자신만은 알고 있다는 확신을 가지고서요. 친구여, 네가 가는 길에 미친놈이 있다니 조심하라. 그런데 알고 보면 그 전화를 받는 친구가 바로 그 미친놈일 수 있는 거예요. 그리고 그 미친놈도 언젠가 또다른 미친놈에게 전화를 걸고 있는 거예요. 인생을 역주행하는 미친놈이 있다는데 너만은 아닐 줄로 믿는다며. 그 농담의 말미처럼 인생에서 맞닥뜨리는 미친놈은 아마 한둘이 아닐 거고 저 역시 그중 하나였을 거예요.

지금 병상에 누워 있는 저 낯선 몸뚱어리를 보고 있노라면, 참으로 허망한 존재에게 인생이 바쳐졌구나 싶어요. 저는 저 사람 잘 모르겠어요. 그런데도 바이털 사인이 꺼지고 더이상 저 육체로부터 아무 반응도 받아오지 못한다면, 아빠가 마침내 의학적으로 사망한다면, 한동안은 좀 막막할 것 같아요. 그래서 요즘은 자주 생각하게 돼요. 뉴욕에 있었다던 그 두 사람, 오직 두 사람만이 느꼈을 어떤 어둠에 대해서요.

어젯밤, 이제 반쯤은 저세상 사람이 되어버린 아빠의 손을 잡고 말했어요.

"아빠, 나 담배 다시 피운다."

아빠가 그 말을 알아들었을 리가 없는데, 어쩐지 희미하게 웃는 것 같기도 했어요.

언니, 쓰던 글을 마무리하지 못하고 다시 이어 쓰려니까 이상하네요. 실은 요전까지 쓰다 담배가 당겨서 잠깐 나갔더랬어요. 담배에 불을 붙이려는데 갑자기 아빠가 생에서 들은 마지막 말이 겨우 딸내미 다시 흡연자 됐다는 말이면 어떡하지 하는 생각이 들었고, 근데 그게 어찌나 웃긴지 혼자 막 웃었어요. 흡연 구역에서 자주 만나는 여자가 저에게 담배를 빌리면서 뭐 좋은 일 있느냐고 말을 걸더라고요. 아니라고, 아무것도 아니라고 했더니 누가 입원했냐고 또 묻더라고요. 아빠라고, 암 말기로 오늘내일한다고 말해줬어요. 미쳤는지 그때까지도 웃음이 멈춰지지가 않는 거예요. 여자가 난감한 얼굴로 저를 쳐다보더니 황급히 병원 안으로 다시 들어가더군요. 미친년인 줄 알았겠죠?

바로 그때 휴대폰이 울렸어요. 확인하기도 전에 알겠더라고요. 바로 그 소식이라는 것을요. 병실로 올라가니 벌써 절차가 진행되고 있었어요. 언니도 아시죠? 그다음부터는 오히려 모든 게 수월하다는 것. 이 사회가 정해놓은 절차대로 착착 진행되더라고요. 오빠가 거제도에서 올라와 상주 노릇을 했어요.

"현주야, '산 사람은 살아야지'라는 말 있지? 이 말은 영 뒤집을 수가 없네. 뒤집어도 똑같아. '산 사람은 살아야지'가 돼."

글로 옮겨놓으니 좀 부적절한 농담 같은데 막상 듣는 순간에는 위로가 됐어요. 오빠 딴에는 '아빠 딸'인 저를 좀 걱정하고 있었던 모양이에요. 엄마는 끝내 들어오지 않았지만 현정이는 발인 직전에야 도착해서 아빠 관에 흙은 같이 덮을 수 있었어요. 현정이가 그러더군요.

"오길 잘했네. 내 마음속의 아빠는 오래전에 죽었지만 이런 의식이 꼭 필요하기는 했던 것 같아."

장례를 다 치르고 오랜만에 노트북을 켜니 언니에게 쓰다 만 메일이 뜨더군요. 불과 며칠이 지났을 뿐인데 아득한 과거처럼 느껴지는 것 있죠. 아빠가 돌아가시던 날 쓴 부분을 다시 읽다가 문득 언니가 있어 참 다행이라는 생각이 들었어요. 아니면 그 순간의 제 감정은 그대로 어디론가 날아가버렸을 거잖아요. 언니, 전 이제 괜찮아요. 너무 걱정 안 하셔도 돼요. 저도 알아요. 한 번도 살아보지 않은 삶이 저를 기다리고 있다는 것을요. 그런데 그게 막 그렇게 두렵지는 않아요. 그냥 좀 허전하고 쓸쓸할 것 같은 예감이에요. 희귀 언어의 마지막 사용자가 된 탓이겠죠.

좀 정리되는 대로 연락 한번 드릴게요. 그때까지 언니도 건강히 잘 지내요.

— 현주

아
이
를
찾
습
니
다

볼트. 정비사 출신의 가수 지망생이 오디션 무대에서 손에 쥐고 있던 볼트. 앳된 청년의 열창이 계속되는 동안 윤석은 그 작고 단단한 금속 부품만 생각했다. 저렇게 손에 아무거라도 쥐고 있다면, 쥘 수 있는 것이 있다면 참 좋겠구나. 하다못해 호두라든가, 아니면 어릴 적 문방구에서 팔던 유리구슬이라든가. 그는 자기 빈손을 내려다보았다.

그해 여름, 주말의 대형마트는 혼잡했다. 명절이 코앞이었다. 윤석과 아내 미라, 그리고 두 돌을 앞둔 아들 성민을 태운 쇼핑 카트가 무빙워크를 타고 지하에 있는 매장을 향해 내려간다. 남은 평생 동안 반복하여 떠올리게 될 장면이지만 그때로서는 알 리가 없다. 세일 행사를 알리는 방송이 이어지는 가운데 아이들이 새된 소리를 질러대며 카트 사이를 질주했다. 윤석은 집 소파에 누워 프로야구나

보고 싶었지만, 정말 그러고 싶었지만, 미라가, 그가 아닌 미라가 마트에 가기를 원했다. 죽고 나면 실컷 누워 있어! 그만 일어나서 애 준비시켜, 좀.

그는 시킨 대로 했다. 그러지 않았더라면, 그냥 소파에 누워 프로야구나 보게 내버려두었다면, 우리는 아무 일 없이, 아직도 남향의 그 햇볕 잘 드는 아파트에서 살고 있었을 것, 이라고, 훗날 그는 몇 번이나 미라에게 말하게 된다. 그럴 때마다 미라는 그의 부주의하고 무신경했던 손, 잡아야 할 것을 놓쳤던, 그래서 인생의 모든 것이 손가락 사이로 빠져나가게 만들었던 그의 손을 비난하게 된다. 그러나 그들은 아직 아무것도 모른 채, 장만한 지 얼마 안 된 소형 SUV 승용차에 오른다. 세 살밖에 되지 않았지만 아이는 벌써 대형마트를 안다. 상품들의 화려한 색깔, 시식 코너에서 풍기는 고소한 냄새, 계산대 근처에서 어서 집어달라며 손짓하는 초콜릿들이 자기를 기다리고 있다는 것을 기억한다. 차에 오르자마자 아이는 벌써 흥분해 있다.

주차장에 차를 세우고 나서야 미라는 사용 실적을 적립해주는 포인트 카드를 가지고 오지 않았다는 것을 발견했다. 그녀는 윤석에게 물었다. 어떡해? 그냥 집에 가? 뭐든지 일단 묻고 보는 것은 그녀의 버릇이었다. 만약 윤석이 다시 집으로 돌아가자고 했으면 미라는 아마 이렇게 되물었을 것이다. 그렇다고 돌아가? 여기까지 왔는데? 윤석은 그런 의미 없는 반복을 피하고 싶었다. 그래서 이렇게 말했다.

"그런 건 미리미리 준비했어야지. 적립 그까짓 것 얼마나 해준다고 그래? 그냥 들어가."

주차장 출구에서 윤석은 성민을 붉은색 쇼핑 카트 위에 앉혔다. 카트에 앉은 성민이 팔을 흔들며 좋아했다. 그들의 카트는 다른 고객들의 카트와 함께 열을 지어 진군했다. 무빙워크를 타고 내려간 그들은 휴대폰 매장 앞에서 발걸음을 멈추었다. 윤석은 약정 기간이 끝난 구형 휴대폰을 바꾸고 싶었지만 잦은 야근과 잔업으로 그럴 시간이 없었다. 최신폰인가요? 그는 점원에게 건네받은 모토로라의 매끈한 표면을 손으로 문질러보았다. 플라스틱이었지만 마치 금속처럼 단단하고 차갑게 느껴졌다. 점원이 설명을 계속했다. 이거 한 대면 다른 게 하나도 필요 없다니까요. 간단한 메모도 할 수 있고, 사진도 찍을 수가 있으니, 만능이죠. 모토로라 아닙니까? 세계 최고의 기술력이니까요. 윤석은 폴더를 열어 화면을 살피느라 카트를 잡고 있던 오른손을 잠깐 놓았다.

한 달에 얼마나 내면 돼요? 윤석의 질문에 점원은 기기 할부금에 이십사 개월 약정을 할 경우 통신사에서 얼마나 큰 혜택을 받을 수 있는지에 대해 줄줄이 떠들어댔다. 윤석은 한 달에 삼만원쯤이 자기가 부담할 수 있는 정도라고 내심 생각하고 있었다. 어쩌면 사만원도 가능할 수 있어. 아파트 대출금리가 지난달부터 내려갔고 잔업이 늘었으니까. 올해 초 회사에서 출시한 신차가 반응이 좋았다. 주문이 석 달 치나 밀려 있었다. 조립라인이 삼교대로 쉬지 않고 돌아가고 있었다.

"이 폰 이거 어때?"

그는 휴대폰에 대한 아내의 의견을 묻기 위해 왼쪽으로 고개를 돌렸다. 그런데 당연히 있으리라고 생각했던 미라가 없었다. 윤석은 오른쪽으로 고개를 돌렸다. 그가 끌고 왔던 카트, 그 위에 앉아 있어야 할 성민 역시 보이지 않았다. 미라가 성민이를 데리고 먼저 매장 안으로 들어간 걸까? 그는 점원에게 휴대폰을 돌려주고 아내를 찾으러 갔다. 도난방지기가 설치된 입구로 들어서려는 순간, 뒤쪽에서 아내의 목소리가 들렸다. 어디 가는 거야? 미라의 손에는 화장품 매장에서 받은 쇼핑백이 들려 있었다. 둘의 시선이 마주쳤고 그와 동시에 둘의 표정이 굳었다. 둘은 서로를 보고 있었지만 엄밀히 말해 아무것도 보고 있지 않았다고 할 수 있었다. 짧은 비명이 미라의 입에서 터져나왔다. 쇼핑백이 바닥에 떨어졌다. 화장솜과 클렌징크림 따위가 굴러나왔다. 미라가 주저앉아 그것들을 다시 주워담고는 무빙워크 쪽으로 달렸다. 윤석은 휴대폰 가게 직원에게 혹시 자기가 데리고 온 아이 못 봤냐고 물었다. 점원은 고개를 저었다. 카트에 태워진 세 살배기 아이가 카트 위에서 스스로 내려와 어딘가를 돌아다니고 있을 가능성은 사실상 없었다. 누군가 카트를 끌고 가버린 것이다. 그런데도 미라는 시식 코너들을 돌아다니며 아이를 찾았다. 사방에서 카트와 충돌했다.

CCTV가 있지 않을까?

보안요원을 따라 들어간 방에는 수십 대의 모니터가 있었다. 하지만 그 모니터들은 오직 대형마트 안의 매대들만을 비추고 있었다. 외부 임대 매장인 휴대폰 가게를 비추는 카메라는 한 대도 없었다.

아이를 찾는다는 방송이 매장 안으로 벌써 세번째 울려퍼졌다. 반향은 없었다. 방목하는 양떼처럼, 수백 대의 카트들이 매장 안을 평화롭게 소요하고 있었다. 미라는 그들 사이로 헤치고 들어가 소리치고 싶었다. 왜 아무도 방송을 듣지 않아요? 여러분도 아이가 있잖아요? 누구나 당할 수 있는 일이잖아요? 안 그래요?

그때도 윤석은 자기 손을 내려다보고 있었다. 정말 잠깐이었다. 누군가 기다리기라도 한 것처럼, 그가 카트 손잡이에서 손을 떼자마자 조용히 카트를 끌고 어디론가 가버린 것이다. 성민이는 왜 아무 소리도 내지 않았던 것일까? 어째서 낯선 사람이 끌고 가는 카트 안에서 아무 저항도 하지 않았을까. 무지는 인간을 암흑 속에 가둔다. 그들 인생에서 사라진 이삼 분이 그 암흑 속에 있었다. 그들은 그 암흑으로 들어가 서로에게 상처를 냈다. 이 무신경한 엄마야, 화장품을 사러 갈 거면 말을 했어야지. 미라는 반격했다. 휴대폰에 정신이 팔려서 애도 내팽개칠 줄 누가 알았나?

그들은 마트와 경찰서를 오가며 그날 하루를 보냈다. 저녁이 되자 그들은 마음속에서 스멀스멀 피어나는 불길한 예감을 직시하지 않을 수 없었다. 하나밖에 없는 아들을 영원히 잃을 수도 있다는 것을.

그 전화가 온 것은 십일 년이 지나서였다. 밤근무를 막 마치고 돌아온 윤석은 언제나처럼 장난전화일 거라 생각했다. 이제는 화도 나지 않았다. 세상에는 남을 괴롭히면서 즐거워하는 이들이 있지. 아니, 아주 많지.

"아드님 이름 조성민이 맞죠?"

"전단지 보고 전화하시는 거예요?"

윤석은 수화기를 잡지 않은 손으로 양말을 벗었다. 한쪽 양말이 잘 벗겨지지 않아 수화기를 다른 손으로 바꿔들고 그 손으로 남은 양말을 벗어 방구석으로 던졌다.

"전단지요? 아닌데요. 아드님 이름 확인 좀 부탁합니다. 조성민 맞죠?"

"맞는데요. 근데 뭐 보고 전화하시는 건데요?"

부스럭부스럭 서류 뒤적이는 소리가 들렸다. 쉴새없이 전화벨이 울리는 대단히 소란스러운 곳 같았다.

"아, 여깄네. 실종 아동 유전자 DB에 아드님 정보 등록해놓으셨죠?"

신종 수법인가?

"네, 맞아요, 성민이. 야구선수하고 이름이 같은 조성민이."

"이름은 다른데 유전자가 일치하는 아이가 있습니다."

"이름이 다르다고요?"

"이름이 바뀐 거죠. 유전자는 거짓말을 안 하니까요. 99.99퍼센트 맞을 겁니다."

"거기 어디시라고요?"

"대굽니다."

"대구라고요? 대구 어딥니까?"

"경찰서고요. 저희 직원이 내일 아이 데리고 수원으로 올라갈 겁니다. 댁에 계실 거죠?"

집에 있을 거냐고?

"성민이만 맞는다면 제가 지금 바로 내려가겠습니다."

"아, 선생님께선 그냥 댁에 계시면 됩니다. 저희 직원이 아이하고 며칠 동안 정이 좀 든 모양입니다. 마침 내일 그쪽으로 올라갈 일이 있어서 같이 보낼 생각입니다."

전화를 끊은 윤석은 방으로 들어갔다.

"여보, 성민이를 찾은 것 같아. 살아 있대."

미라는 윤석이 거듭하여 말하자 마지못해 고개를 돌려 잠깐 빤히 쳐다보다가 다시 화면으로 시선을 돌렸다. 윤석은 미라에게 다가가 양어깨를 잡았다.

"자기야."

그러나 그녀의 눈은 자꾸만 가자미처럼 오른쪽으로 돌아간다. 인상도 구겨진다. 텔레비전을 가로막는 윤석에게 짜증을 낸다. 그녀를 놓아주고 벌떡 일어난다. 그는 방안을 서성대다가 다시 휴대폰을 손에 들고 전화를 걸었다.

"엄마? 나야. 우리 성민이 찾은 것 같아."

칠 년째 강원도 산골의 기도원에서 살고 있는 윤석의 어머니는 믿으려 들지 않는다.

"아니, 아니, 이번에는 좀 확실한 것 같아. 성민이 엄마는, 알잖아, 지금 상태가. 말은 했는데, 아니, 알아는 들어. 듣는 것 같아. 몰라, 그건 모르지. ……데리고 온대. 글쎄, 이번에는 확실하다니까. 보상금 얘기는 꺼내지도 않았어. 피싱 같은 거 아니라니까. 다시 걸어보니까 경찰서 맞더라고. 대구래. 나도 모르지. 어쩌다 거기까지."

윤석은 복받쳐오르는 감정을 억누르기 위해 휴대폰에서 얼굴을 멀리 떼고 심호흡을 했다.

"엄마는 올 것 없어. 여기가 어디라고. 차도 없잖아? 근데 애가 내일 온다는데 어떡하지? 이젠 방도 없고."

문득 돌아보니 아내가 보이지 않는다. 현관문이 빼꼼 열려 있다. 그는 얼른 신발을 꿰신고 밖으로 뛰어나간다. 미라야, 미라야, 미라야아아아. 자기 목소리를 들으면 아내가 더 멀리 달아난다는 것을 알면서도 그는 언제나 아내의 이름을 부르며 찾는다. 아내는 좁고 가파른 이 동네의 계단을 산양처럼 거침없이 오르락내리락했다. 그런 아내를 잡을 수 있는 방법은 지름길로 질러가는 것이다. 윤석은 이미 안면을 익혀둔 몇 집의 대문을 지나 장독대가 놓인 옥상들을 타고 넘어 아내가 즐겨 가는 약수터로 향한다.

"집사람이 답답한 걸 싫어해서요."

변명하곤 했지만 동네 사람 모두가 알고 있었다. 미라가 제정신이 아니라는 것. 조현병이 점점 더 심해져간다는 것. 일주일에 한 번 찾아오는 사회복지사는 말했다.

"아드님을 잃어버린 충격이 직접적 원인은 아닐 거예요. 여러 원인이 있어요."

그러나 윤석은 철석같이 믿고 있다. 아내의 병은 마음의 병이다. 아이를 잃어버리지 않았더라면 저렇게 되지 않았을 것이다. 약수터에 다다르니 주민들이 미라가 간 방향을 가리킨다.

"금방 지나갔어. 늘 가던 거기로."

아내는 약수터 북쪽의 경사로에 걸터앉아 서울 쪽을 바라보고 있었다. 윤석은 미라의 팔을 붙들며 옆에 앉았다. 숨이 턱까지 차오른다.

"왜 또 여기 와 있어? 여기 오니까 좋아?"

미라가 의심 가득한 눈으로 윤석을 노려본다. 윤석이 손을 잡으려하자 그녀가 너무나 강한 힘으로 윤석의 배를 주먹으로 내지른다. 아내는 타인의 감정에 공감하는 능력을 급속히 잃어가고 있다. 명치께가 숨을 쉴 수 없을 정도로 아프다. 일어나려던 윤석은 다시 주저앉으며 허리를 꺾는다. 한참을 그렇게 앉아 있던 윤석이 겨우 입을 열었다.

"가자. 성민이가 온대."

"성민이가?"

지금은 제정신이다. 이것은 좋은 신호이기도 하고 나쁜 신호이기도 하다. 제정신의 미라는 우울하고 날카롭다. 말과 반응이 느려진다. 눈초리에는 늘 강한 의심의 기색이 있다.

"성민이를 어떻게? 어디서?"

"내일 온대. 대구에서 찾았대."

미라가 고개를 젓는다.

"아니. 아니야."

"뭐가 아니라는 거야?"

"뭔가 또 잘못됐을 거야. 성민이가 어떻게 와? 걔는 올 수가 없어.

올 수가 없으니까 지금까지 안 온 거야. 다 이유가 있었을 거야. 올 수 있는데 안 왔을 리가 없어."

윤석은 미라를 데리고 내려온다. 그사이 미라의 정신이 다시 오락가락하기 시작했다. 미라는 집에 들어가지 않으려고 소리를 지르고 발버둥을 친다. 윤석의 팔을 물고 정강이를 발로 걷어찬다. 그는 아내를 거의 강제로 집 안으로 밀어넣고 자신도 뒤따라 들어간다. 신발장 옆에는 산더미처럼 전단지가 쌓여 있다. 성민이가 위를 올려다보며 눈을 찡그리는 사진이 전단마다 인쇄돼 있다.

지난 십일 년간 윤석의 인생 전부가 그 전단지에 요약돼 있다. 그는 전단지를 위해 돈을 벌고 전단지를 뿌리기 위해 밥을 먹었다. 아침마다 지하철역 입구에서 바쁜 행인들의 소매를 잡았다. 주말에는 근처의 아동보호시설들을 찾아다니며 수소문을 했다. 선거철에는 인쇄소에 일감이 밀리니 그전에 물량을 충분히 확보해야 한다는 것도 알게 됐다. 전단지는 집 안 어디에나 있었다. 화장실에도, 하나밖에 없는 방 구석구석에도, 심지어 미라의 낡은 핸드백 속에도 가득 있었다. 너무 많아서, 마치 전단지라는 이름의 벌레들이 야금야금 집을 먹어치우고 있는 것처럼 보이기도 했다.

처음에는 미라도 전단지 뭉치를 들고 함께 돌아다녔다. 윤석은 아이를 찾으러 다니기 위해 정규직으로 다니던 자동차 회사를 그만뒀다. 미라도 다니던 서점을 그만두었다. 이렇게 십 년이 넘도록 아이를 찾지 못할 줄 미리 알았더라면 아마 둘 중 하나는 직장을 계속 다니는 쪽으로 결정을 내렸을 것이다. 주식투자로 돈을 잃은 투자자가 더 위험한 거래로 그간의 손해를 단번에 만회하기를 바라듯, 이들은 아이를 찾는 일에 모든 것을 던졌다. 얼마 안 되는 저축을 모두 날리고, 보험을 해약하고, 아파트까지 팔아 몇 년을 버텼다. 삼 년 후, 미라는 보험 영업을 시작했지만 실적은 변변찮았다. 사람들은 감당할 수 없는 불행에 짓눌린 인간의 냄새를 용케도 잘 맡았다. 아이를 잃은 어미의 신경은 날카롭게 곤두서 있었다. 사람들은 밝고 명랑하고 활기찬 사람과 함께일 때 미구에 다가올 위험에도 더 잘 대비할 수 있을 것처럼 느꼈고, 계약서에도 더 흔쾌히 사인했다. 미라는 곧 보험 일을 접었고 다시 전단지 돌리기에 매달렸다.

윤석은 밤에 공사장에서 자재를 지키는 일이나 야간 경비 일자리들을 전전했다. 하루에 평균 다섯 시간도 자지 못했지만 불평하지 않았다. 종교의식을 치르듯 아침마다 전단지를 돌렸고 주말이면 고물차를 끌고 전국을 돌아다녔다. 미라는 미라대로 아이를 잃어버린 마트 근처의 주택가를 샅샅이 뒤졌다. 사진관을 하는 윤석의 친구가 성민이 성장했을 때를 가정한 포토샵 사진을 해마다 새로 만들어주었다. 포토샵으로 만들어낸 사진은 지나치게 매끈했고 그래서 마치 영정 사진처럼 보였다. 놀이터에서 유심히 아이들을 보고 다니던 미라는 여러 번 경찰서 신세를 졌다. 아이 엄마들의 신고를 받고 출동한 경찰들은 전단지를 보고서야 겨우 오해를 풀었다. 꼼짝없이 유괴범 혐의를 받을 뻔한 일도 있었다. 어느 날 미라는 놀이터에서 놀던 아이 하나를 성민이라고 확신했다. 접근해 아이의 집주소와 이름을 묻는 척하다가 갑자기 아이의 목덜미를 확 움켜쥐었다. 때마침 지나가던 야쿠르트 배달원이 끼어들었다. 무슨 짓이에요? 아파트 경비원의 연락을 받은 아이 엄마가 달려내려왔다. 윤석이 아이 엄마에게 달려가 무릎 꿇고 사죄하고, 다시는 그 아파트 단지에 나타나지 않겠다는 약속을 하고서야 미라는 집으로 돌아올 수 있었다.

그로부터 일 년 후, 미라는 바로 그 아파트 단지의 미끄럼틀에 올라가 전단지로 만든 종이비행기를 날리기 시작했다. 원래는 아이의 얼굴에 금이 가니 불길하다면서 전단지 접는 것도 질색하던 사람이었다. 전단지를 구겨 쓰레기통에 버린 행인들과는 드잡이를 벌이기도 했다. 그러던 미라가 전단지로 종이비행기를 만들어 날렸다는 것을 윤석은 믿기 어려웠다.

윤석은 취업 첫해에 친구의 소개로 미라를 만났다. 수줍음이 많고 내성적인 여자라는 게 첫인상이었다. 이모 손에서 자란 미라는 고등학교를 졸업하자마자 서점에 취직해 돈을 벌기 시작했다. 생각해보면 그때도 이상한 점은 있었다. 지나치게 다른 사람들의 말에 신경을 쓴다거나 말도 안 되는 일에 공포심을 품곤 했었던 것이다. 서점 직원들이 자기를 따돌린다고, 어디서든 틈만 나면 자기 욕을 한다고 믿었다. 그럴 리가 없다고 설득해도 통 받아들이지 않았다. 여자를 제대로 사귄 적이 없던 윤석은 미라의 그런 행동을 좀 예민한 여자들이 흔히 겪는 심리적 기복이라고만 믿었다. 그러나 그것은 조현병의 전조였다.

두 여자가 윤석을 찾아왔다. 한 명은 경찰관이었고 다른 한 명은 사회복지사라고 했다. 뒤에 누가 있나 살펴봤지만 없었다. 처음엔 포교를 하러 온 종교인들인 줄 알았다. 윤석은 그들을 사방에 전단지가 널린 거실 겸 부엌으로 안내했다. 일부러 치우지 않은 것이었다. 아들이 돌아오면 보여주고 싶었다. 보아라, 부모가 어떻게 살아왔는가를.

"아이는 어디 있습니까? 뭐가 잘못되기라도 했습니까?"

윤석이 물었다.

"걱정 마세요. 지금 차에 있어요."

"왜 같이 데리고 들어오시지 않고……"

경찰관은 옆에 놓여 있는 전단지를 집어들었다.

"애타게 찾으셨던 것 알고 있습니다."

윤석은 다양한 디자인의 전단지를 건넸다. 사회복지사가 손을 내밀어 받아 살펴보았다.

"간혹 일부러 아이를 유기한 후에 실종 신고를 하는 분들도 계시더군요. 키울 형편이 안 된다거나……"

윤석도 그런 보도를 본 적이 있었다. 한 여자가 재혼을 하기 위해 아이를 버린 후에 실종 신고를 했다. 그런데 아이가 2005년 이후 도입된 유전자 데이터베이스를 통해 다시 엄마를 찾게 된 것이었다. 그제서야 그녀는 자기가 아이를 버렸음을 실토하고 용서를 구했다. 그런 식으로 실종으로 위장돼 버려지는 아이들이 꽤 많다는 것을 윤석도 알고 있었다. 윤석은 이 경찰관이 굳이 대구에서 여기까지 성민이를 데리고 온 이유를 알 것 같았다.

"저희는 애를 버릴 만큼 형편이 어렵지 않았습니다."

윤석은 자신이 다니던 굴지의 자동차 회사 이름을 댔다.

"정규직이었습니다. 그땐 성민이 엄마도 돈을 벌고 있었고요."

"아니, 그런 뜻이 아니었는데, 오해하셨다면 죄송합니다."

사회복지사가 입을 열었다.

"아드님 만나시기 전에 먼저 알아두셔야 할 것이 좀 있어요."

"애한테 문제가 있습니까?"

"문제라면 문제일 텐데요. 그게…… 지난 십 년 동안 아드님이 어떻게 커왔는지를 먼저 좀 알아두셔야 할 것 같아서요."

유괴범이 개목걸이라도 채워 지하실에 감금했던 건가?

"아니, 아니, 뭔지 모르겠지만 그런 건 차차 하면 됩니다. 부모가 이렇게 버젓이 있는데 무슨 걱정입니까? 애부터 좀 보여주세요."

사회복지사가 슬쩍 주변을 살폈다.

"혹시 아이 어머니는 어디 계신가요? 서류상에는 어머니가 계신 것으로 나오는데요."

"그게…… 잠깐 일이 있어서 나갔는데 곧 돌아올 겁니다."

두 여자가 미심쩍은 눈빛을 서로 교환하는 것을 윤석은 놓치지 않았다. 십일 년 만에 아들이 돌아오는데 아이 엄마가 보이지 않는다?

"혹시 가족관계에 변동이 있다거나, 뭐 그런 건가요?"

"아닙니다. 성민이를 낳은 친엄마와 지금까지 부부로 잘 살고 있습니다. 우리는 정말 애타게 성민이를 찾아왔습니다. 지금은 잠깐 밖에……"

다소 성격이 급해 보이는 경찰관이 그의 말을 끊었다.

"성민이는 납치, 다시 말해 유괴를 당했었죠."

"당연하죠. 카트가 제 발로 굴러갈 리는 없으니까요."

하지만 당시 경찰은 아이가 스스로 카트에서 내려와 혼잡한 주말의 마트에서 길을 잃어버렸을 가능성이 없지는 않다고 했었다. 유괴범으로부터 금품 요구가 전혀 없다는 점이 그럴 가능성을 뒷받침한다고도 했었다.

"네, 그렇죠. 그런데……"

"그런데 뭐요?"

"성민이는 자기가 유괴당했다는 사실을 전혀 모르는 채로 자랐습니다."

그런 가능성을 생각해보지 않은 것은 아니었다. 우리 나이로 세 살, 만으로는 두 살이 채 안 됐을 때니까 충분히 그럴 수 있었다.

"유괴범은 어떤 놈입니까?"

윤석이 물었다.

"놈이 아닙니다. 오십대 여성이었습니다. 사건 당시에는 사십대 초반이었고요."

여자일 거라고는 생각해본 적이 없었다.

"어떻게 잡았습니까?"

"잡은 게 아니고 자살을 했습니다. 종혁이가 가장 먼저 발견하고 119에 신고를 했어요."

"종혁이요?"

"아, 종혁이가 성민이에요. 어쨌든 저희가 출동을 해서 보니 집 여기저기서 우울증 약이 상당히 많이 나왔습니다. 검시 소견도 일단 자살로 나왔고요. 무엇보다 자필 유서가 있었어요. 남의 아이를 데려왔는데 잘 키우지 못해 미안하다. 그 부모에게 다시 데려다주었으면 좋겠다고 돼 있더라고요. 유괴 장소와 일시까지 적어놨는데 다 정확히 일치합니다."

경찰관은 유서의 사본을 윤석에게 보여주었다. 아이의 부모에게 용서를 구한다는 구절에서 윤석은 숨이 막혔다. 구할 걸 구해라.

"성민이는 어쨌든 그 여성을 친엄마로 알고 컸어요."

사회복지사가 윤석을 달래듯이 말했다. 갑자기 추위를 탈 때처럼 윤석의 턱이 자기도 모르게 덜덜 떨렸다. 윤석은 심호흡을 하며 마음을 가다듬었다. 경찰관이 말을 이었다.

"아이가 지금 충격이 커요. 엄마로 알고 자란 사람이 자살한 걸 직접 목격했잖아요. 이것만으로도 사실 정신과 치료를 오래 받아야 할 일인데, 설상가상으로 자기가 유괴됐다는 사실까지 알게 돼 지금 거의 공황 상태예요. 제가 며칠 데리고 있으면서 안정시키려고 해봤지만 어린아이가 받아들이기에 쉽지가 않은 일일 거예요. 그런 충격을 겪고도 또 낯선 환경에 적응해야 하는 아이의 심정을 잘 이해해 주셨으면 합니다."

"여기가 왜 낯설어요? 저를 낳고 기른 부모가 있는데? 걱정할 것 없습니다. 진짜 가족에게 돌아왔으니 금방 회복될 겁니다."

"환경이 갑자기 달라진다는 게…… 어른한테도 쉽지 않은 일이죠. 하나만 부탁드릴게요. 성민이한테 과거에 대해서 당분간은 너무 캐묻거나 하지 마세요. 있는 그대로 받아들여주시는 게 좋을 것 같아요."

경찰관이 자기 명함을 건네자 사회복지사도 뒤따라 명함을 꺼냈다. 명함을 받아보니 사회복지사는 이 동네를 담당하는 사람이었다. 둘 다 대구에서 올라왔을 리는 없으니 경찰관이 일찍 도착해 이 동네의 사회복지사를 만나 성민이를 넘기는 문제에 대해 상의하고 앞으로도 잘 살펴봐달라고 한 것이 분명했다. 두 여자가 나가려는 순간, 현관문이 벌컥 열렸다. 길에서 주운 더러운 머리끈 수십 개를 팔찌처럼 찬 미라가 콧노래를 흥얼거리며 뛰어들어오자 두 여자가 깜짝 놀라 뒤로 물러났다. 윤석이 앞으로 달려나가 미라를 붙들었다. 구속당하는 것을 끔찍하게 싫어하는 미라가 갑자기 덫에 걸린 짐승처럼 꽥꽥 소리치며 발버둥을 쳤다. 놔, 놔, 이 돼지새끼, 더러운 자식아, 놔, 놓으란 말이야. 윤석은 미라를 겨우 진정시켜 방안으로 밀어넣었다. 윤석이 흐트러진 머리카락을 쓸어올리며 말했다.

"저 사람이 성민이 엄마입니다. 워낙 스트레스를 심하게 받다보니……"

갑자기 먼지바람이라도 맞닥뜨린 것처럼 두 여자는 입을 다물고 눈은 찡그린 채 미라를 관찰하다가 서로를 바라보았다. 경찰관이 결정을 내리고 고개를 끄덕이자 사회복지사가 윤석에게 말했다.

"그럼 저희는 나가서 아이를 데려올게요."

멍하다. 지난 세월 오직 이 순간을 위해 살아온 그였다. 그런데 마

음이 왜 이럴까. 흥분도, 감격도 없다. 저 두 명의 여자, 미쳐가는 아
내, 그리고 지금의 이 상황. 모든 것이 비현실적으로만 느껴진다. 이
것은 혹시 잠시 후 저들이 데리고 들어올 애가 가짜라는 어떤 초자
연적 증거가 아닐까? 부모의 직감이라는 것이 있지 않을까? 예지몽
하나 없이, 그 어떤 징조조차 없이 성민이 갑자기 돌아온다는 것이
과연 가능한가?

　잠시 후 두 여자가 코밑이 벌써 거뭇거뭇해지기 시작한 아이 하나
를 등을 떠밀다시피 하면서 데리고 들어왔다. 아이는 쭈뼛거리면서
발을 현관 안으로 들여놓지 않고 있었다. 아이는 그가 그려왔던 성
민이와 너무나도 달랐다. 그들 부부를 닮은 구석이 전혀 없어 보였
고, 그들이 오랫동안 배포해온 전단지 속의 소년과도 너무나 판이했
다. 전단지 속 소년은 볼이 토실토실하고 눈매가 순한, TV드라마의
아역 배우를 닮은 듯한 모습인데, 지금 그의 눈앞에 나타난 아이는
눈이 쭉 찢어진데다 살이 쪄 배가 불룩했다. 어딘가 욕심 사납고 성
마른 데가 있는 아이로 보였다. 윤석은 확신할 수 있었다. 만약 길에
서 저 아이를 만났다 해도 절대로 알아보지 못했을 거야. 그래도 윤
석은 달려나가 아이의 손을 잡았다.

　"네가 성민이니? 아빠 모르겠어? 아빠야."

　아이는 시선을 외면한 채 애써 반응을 억누르고 있는 것 같았다.
그러면서 경찰관을 자꾸 곁눈질로 살폈다. 그녀는 부드럽게 아이의
등을 떠밀며 조용히 속삭였다.

　"종혁아, 아빠셔. 얼른 들어가."

아이는 농구화를 벗으며 집으로 들어섰다. 꽤 큼직한 여행가방이 딸려들어왔다. 윤석은 경찰관이 들이미는 서류를 읽지도 않고 사인했다. 경찰관은 몇 번이나 뒤를 돌아보며 밖으로 나갔다. 얼핏 보니 눈이 붉어져 있었다. 윤석은 그들이 나가자마자 문을 닫아걸었다. 그리고 서둘러 성민의 손을 잡았다. 성민이 못내 불편해하며 손을 뒤로 뺐다. 미라가 나와서 의심이 가득한 표정으로 둘을 바라보았다. 윤석이 아이를 미라에게 데려갔다. 어쩌면 미라의 정신이 돌아올 수도 있다는 일말의 희망을 가지고.

"성민아, 엄마야. 너, 기억 안 나?"

아이는 곤혹스러운 표정으로 고개를 숙였다. 마치 이번에야말로 유괴를 당했다는 듯한 얼굴로 주변을 두리번거렸다. 미라는 아이를 슬쩍 살피더니 무심하게 시선을 돌려버렸다. 털퍼덕 주저앉아 텔레비전을 틀고 화면에 코가 닿을 정도로 가깝게 다가앉았다. 아이는 연신 집의 구석구석을 곁눈질하고 있었다. 도배한 지 오래된 벽은 거무튀튀했고 곳곳에 곰팡이가 피어 있었다. 방안을 가로지르는 빨랫줄에는 채 마르지 않은 속옷들이 걸려 있었다.

"우리 원래부터 여기 살았던 건 아니야. 아파트에 살았었잖아. 기억 안 나? 너 그때 벌써 말도 곧잘 했었는데. 남향이라 햇볕도 잘 들고."

윤석이 붙박이장에서 실종 직후에 뿌리던 전단지를 꺼내왔다.

"이게 너야, 기억나니?"

성민은 전단지 속의 자기 모습을 들여다보다가 어렵사리 입을 뗐다.

"저, 저기요."

"왜 그러니?"

"여기 화장실이 어디예요?"

아이의 말은 경상도 억양이 강했다. 그래서 더욱 낯설게만 느껴졌다. 윤석은 화장실 문, 자바라로 된 미닫이문을 손수 열어주었다. 아이가 곰팡내 나는 좁은 화장실로 들어가며 미간을 좁히는 것을 윤석은 놓치지 않았다. 윤석은 얼굴을 붉혔다. 그동안 윤석은 모든 것을 유보하는 데 익숙해져 있었다. 도배도, 수리도, 건강검진도 모두 성민이를 찾은 후로 미뤘다. 문제들이 산적된 채 썩어갔다. 시간도 없었고 형편은 쪼들렸다. 전단지 인쇄비와 기름값은 오르기만 하고 내리지는 않았다.

윤석은 성민이 화장실에서 나오기를 기다렸다. 해주고 싶은 말이 많았다. 그런데 무슨 말부터 해야 할지를 몰랐다. 성민이가 물어준다면 며칠 밤 며칠 낮이라도 대답해주고 싶었다. 그런데 성민이는 아무것도 궁금해하지 않는 것 같았다. 윤석은 아랫배에서 찌르는 듯한 통증을 느꼈다. 벌써 반년째, 윤석은 장 때문에 고생하고 있었다. 시원한 변을 본 지가 언제인지 기억이 나지 않을 정도였다. 똥은 묽고 가늘었고 변비와 설사가 번갈아 찾아왔다. 피가 섞여 나올 때도 있었다. 스트레스를 받아서 그렇다고, 장은 스트레스에 민감하다고, 직장 동료들이 말해주었다. 사는 게 사는 게 아니잖아, 내가. 윤석은 말하곤 했다.

아이가 삼십 분이 지나도록 화장실에서 나오지 않자 윤석은 불길한 생각에 사로잡혔다.

"성민아, 성민아."

대답이 없었다.

"성민아, 성민아. 거기서 뭐하니?"

역시 대답이 없었다. 어딘가로 달아나버린 것일까? 창문도 없는 화장실에서 그런 일은 도무지 가능하지 않다는 걸 잘 알면서도 어쩔 수가 없었다. 윤석은 자바라문을 확 열어젖혔다. 성민이 궁둥이를 깐 채로 변기에 앉아 울고 있다가 윤석을 보고는 휙 고개를 돌렸다. 화장실 문을 닫는 윤석의 귀에 성민의 웅얼거림이 와닿았다.

"엄마."

성민이 찾는 그 엄마가 텔레비전 앞에서 만화영화를 보고 있는 미라를 지칭하는 게 아니라는 것을 윤석은 알 수 있었다. 숨죽여 울던 성민은 마침내 크게 울부짖고 있었다. 엄마, 엄마, 엄마! 윤석은 귀를 막았다. 텔레비전을 보고 있는 아내에게 다가가 뒤에서 등을 껴안았다. 그녀는 간지럽다고 깔깔거리며 바닥을 뒹굴었다. 제발, 제발 잠깐만 가만히 있어줘. 그러나 미라는 간지러움을 참지 못했다. 윤석에게서 벗어나려다 그녀의 팔꿈치가 윤석의 턱을 후려쳤다. 너무 아파 눈물이 나올 지경이었다. 바닥에 대자로 뻗은 윤석을 구석구석의 전단지 묶음들이 노려보고 있었다. 윤석은 전단지 한 장을 집어 그가 십 년 동안 찾아 헤맨 아이의 얼굴을 물끄러미 바라보았다. 지금 화장실에서 울고 있는 아이보다는 전단지 속의 아이가 그에게는 훨씬 더 친근했다. 뭔가 잘못된 것이 틀림없어. 너무 이상한 애가 나타났어.

그는 아주 오래전에 보았던 영화 〈백 투 더 퓨처〉를 떠올렸다. 주인공은 과거로 돌아가 미래에 자신을 낳게 될 어머니를 만난다. 지금 윤석의 상황은 영화와는 반대다. 그는 십일 년 전의 과거에서 난데없이 미래로, 그것도 홀로 내던져진 것이다. 그 미래에는 미쳐가는 아내와 자기를 아버지로 여기지 않는 아들이 있다. 둘 다 그를 알아보지 못한다. 윤석은 성민의 눈으로 집 구석구석을 다시 본다. 그의 눈에도 이제 이 집은 낯설고 기괴하다. 화상 입은 피부처럼 흐물흐물 흘러내리는 벽지들, 낡은 것과 낡은 것을 간신히 이어주는, 사방에 덕지덕지 붙은 셀로판테이프들. 이 이상한 미래에서 내가 수행해야 할 사명은 뭐지? 도대체 뭘 해야 하는 걸까? 영원과도 같았던 지난 십 년 동안 그의 의무는 자명했다. 잃어버린 자식을 찾아오는 것이었다. 그 명료하고도 엄중한 명령 앞에 모두가 길을 비켜주었다. 그들 부부는 좋은 집과 직장을 바쳤다. 부부관계도 사라졌다. 실종된 아이라는 블랙홀이 모든 것을 삼켜버렸다. 그런데 그렇게 살다보니 어느새 그것이 일상이 되었다. 밤샘 근무를 마치고 퇴근하는 피곤한 새벽에도 전단지를 들고 지하철역 입구에 가서 서면 부쩍 힘이 났다. 알아보고 인사를 건네는 무가지 배포원들과는 가벼운 농담도 주고받는 사이가 되었다. 회사에서는 그의 사정을 아는 동료들이 어려운 일을 대신 떠맡아주기도 했다. 십 년간 그는 '실종된 성민이 아빠'로 살아왔다. 그런데 하루아침에 그것이 끝나버렸다. 행복 그

비슷한 무엇을 잠깐이라도 누리고 있다는 느낌을 받은 적이 없었다. 그러나 그 불행이 익숙했던 것만은 사실이었다. 내일부터는 뭘 해야 하지? 그는 한 번도 그 문제를 진지하게 생각해본 적이 없다는 것을 깨달았다. 성민이만 찾으면, 성민이만 찾으면. 언제나 그런 식이었지 그 이후를 상상해보지 못했던 것이다. 그 문제만 해결되면 퇴행성이라는 미라의 조현병까지도 씻은듯이 나으리라 생각했다.

견딜 수 없다고 생각했던 것은 지나고 보니 어찌어찌 견뎌냈다. 정말 감당할 수 없는 순간은 바로 지금인 것 같았다. 언젠가 실수로 지름길로 접어드는 바람에 일등으로 골인하고서도 메달을 빼앗긴 마라토너에 대한 기사를 본 적이 있다. 기대했던 것과는 전혀 다른 것이 결승점에서 우리를 기다리고 있을 때, 그것은 누구의 잘못일까? 윤석은 화장실에서 들려오는 훌쩍임을 들으며 생각한다. 어디서부터, 왜, 모든 것이 어그러졌을까? 마트에 가자고 한 아내의 잘못인가? 부주의하게 카트의 손잡이를 놓아버린 자기 잘못인가? 아니면 화장품 가게에서 클렌징크림을 산 아내의 잘못인가? 둘은 상대방의 부주의를 원망하고 비난했다. 싸움은 상대의 숨겨진 무의식까지 넘겨짚으며 위험 구역으로 들어갔다. 당신은 원래 애를 원하지 않았어. 그래서 내가 대신 벌을 받은 거라고! 미라가 소리를 지르면 윤석은 한때 낙태를 고려했던 미라를 비난했다. 애를 원하지 않았던 것은 바로 너야. 도대체 그놈의 직장이 뭐라고, 애는 천천히 낳으면 된다고 말했던 게 바로 너 아니었어? 가혹한 처음 몇 년이 지나간 후에는 체념과 냉소의 세월이 이어졌다. 그들을 이어준 것은 전단지였다. 그것은 종교적 상징이자 의식이었다. 매달 찾아가는 인쇄소는 그들의 교회였고 전단지는 고난의 현세를 잊고 천국으로 인도할 복음서였다. 그러는 동안 미라의 병은 점점 깊어져갔다.

성민은 거의 말을 하지 않는다. 우두커니 앉아 여행가방에 챙겨온 게임기를 꺼내 하루종일 게임을 한다. 삑삐삑삑 전자음이 하루종일 울린다. 그러다가 방 한구석에서 두 무릎을 세우고 거기에 얼굴을 파묻고 한참을 앉아 있다. 묻는 말에만 겨우 대답을 할 뿐이고 가끔은 화장실에 들어가 우는 것 같기도 하다. 밥을 차려줘도 거의 먹지 않는다. 컵라면을 사다주니 그나마 먹는다.

윤석은 현장감독에게 전화를 했다.

"감독님, 성민이를 찾았습니다. 네, 네, 감사합니다. 다들 도와주신 덕분입니다. 네, 그게, 오늘은 제가 집에 있어야 할 것 같습니다. 일지는 서랍 안에, 네, 네, 오늘은 제가 데리고 자야 될 것 같아요. 죄송합니다."

셋이 누우면 꽉 차는 단칸방은 윤석이 생각해도 난감했다. 성민은 티셔츠와 청바지를 입고 자겠다고 끝내 고집을 부렸다. 화장실에서 물을 튕기며 놀던 미라는 잠옷 바람으로 나오다 성민과 마주치자 깜짝 놀라 몸을 움츠렸다.

"괜찮아, 성민이야, 성민이."

그러나 미라는 겁에 질려 구석으로 가서 웅크렸다. 성민의 얼굴이 붉어졌다. 윤석이 아무리 이불 속으로 들어오라고 해도 오지 않았다. 여차하면 잠옷 바람으로 밖으로 뛰쳐나갈 기세였다.

"쟤 도대체 누구야?"

미라는 소리를 죽여 물었다.

"몇 번을 말해? 성민이라니까."

윤석은 그녀를 설득하려는 무용한 노력을 포기하고 힘으로 그녀를 차렵이불 안으로 끌어들였다.

"머리핀은 빼야지, 자려면."

윤석이 잔소리를 하자 미라는 입을 비쭉거렸다. 윤석은 불을 끄고 가운데 누웠다. 윤석은 밤에 안 자던 버릇 때문에, 성민은 낯선 곳이어서 쉽게 잠들지 못했다. 미라는 언제나처럼 잔뜩 웅크린 채 잤다.

새벽녘, 부옇게 먼동이 터왔다. 윤석은 눈을 떴다. 성민이 옆에서 뒤척이고 있었다. 깨어 있는 게 분명했다.

"성민아."

성민의 뒤척임이 멈췄다.

"거기선 네 방이 있었니?"

"네."

"응이라고 해도 돼. 컸어?"

"네?"

"방 말이야. 컸냐고."

성민은 고개만 끄덕였다.

"침대도 있고?"

이번에도 고개만 끄덕이는 성민.

"책상도 있었겠네?"

"네."

윤석은 유괴범에 대해 생각한다. 아무런 처벌도 받지 않고 스스로 생을 마감한 여자. 남의 아이를 유괴해 방과 침대와 책상을 마련해준 여자. 우울증은 유괴의 원인이었을까, 결과였을까.

"컴퓨터도 있었어요."

묻지도 않았는데 성민이 불쑥 말한다.

"근데 경찰이 가져갔어요."

"그랬구나."

"그거 찾아주면 안 돼요?"

"새로 사줄게."

"⋯⋯"

성민은 그뒤로는 뭘 물어도 대답을 안 한다. 자는가 싶어 눈을 감으면 옆에서 내내 뒤척이는 기척이 느껴진다.

"집을 한번 알아보자. 그런데 엄마가 저 지경이라 세를 줄 사람이 있을까 모르겠다."

윤석은 잠을 청한다. 그러나 여전히 잠들지 못한다. 아이가 한숨 쉬는 소리가 들린다.


금요일에 온 성민이는 그렇게 토요일과 일요일을 보낸다. 작은 들 짐승을 잡아다 가둬놓은 것 같은 갑갑한 기분에 윤석은 미칠 것만 같다. 뭘 물어봐야 할지도 모르겠고 어떻게 대화를 끌어가야 할지도 모르겠다. 공식적으로 그는 언제나 '성민이 아빠'였지만 실제로 그 역할을 해본 적은 없었다.

"내가 유괴범이 된 것 같은 기분이야."

윤석은 소망슈퍼 주인에게 말했다. 전과 8범인 그는 원래는 조직 폭력배였다.

"환경이 바뀌어서 그렇지. 빵에 처음 들어온 놈들도 그래. 씨발, 아는 놈도 없지, 존나 겁은 나지. 그래서 그러는 거지. 쫀 거지, 쫀 거야."

"감방에선 어떻게 해, 신참들한테?"

"존나 굴리지. 정신을 못 차리도록. 담요 덮어씌워서 밟고, 죽방 돌리고, 빵끼통에 대가리 막 쑤셔박고……"

소망슈퍼 주인이 신이 나서 떠들다가 입을 다문다.

"성민이한테 그러라는 건 아니고. 에이, 나도 모르겠다. 하여간 축하해. 아들내미 찾은 거."

슈퍼 주인이 아들 주라며 소시지를 슬쩍 끼워줬다. 슈퍼에서 나오며 윤석은 문득 동네를 새로운 눈으로 바라본다. 야트막한 언덕배기 좁은 골목골목마다 숨이 막히도록 들어선 다세대주택들. 한때 집장사들이 줄줄이 지어놓은 날림 단독주택들은 어느새 모두 세를 많이 받아낼 수 있는 다세대주택으로 개축되었다. 집 하나에 출구가 두세 개씩 되고 많으면 아홉 세대까지 한집에 살았다. 윤석이 세들어 살고 있는 집도 시유지만 아니었어도 벌써 다세대주택이 되었을 것이다. 그 집은 도로에 면한 일종의 무허가 주택이어서 주인이 용도를 변경하는 데 어려움이 있었다. 덕분에 윤석과 미라가 이토록 오래

버틸 수 있었다. 그러나 재개발조합에서 곧 철거를 시작할 것이 거의 확실했고, 그렇게 되면 윤석네도 어차피 이사를 나가야 했다. 받아낼 수 있는 보상금으로는 이 지역에서 이제 갈 만한 곳이 거의 없었다. 서울에서 밀려나와 여기까지 왔는데 이제는 더 멀리 나가야 할 것 같았다. 돈도 돈이지만 미라를 받아줄 집주인이 없을 것이라는 게 더 큰 문제였다. 아내가 정신이 좀 오락가락한다고만 해도 집주인들은 모두 고개를 절레절레 저었다. 조현병 환자는 반드시 살인을 저지르거나 집에 불을 낸다고 믿었다. 그렇게 위험한 사람 아니라고 아무리 이야기를 해도 소용이 없었다. 함께 집을 보러 다닌 부동산 중개업자는 잠깐만 속이자고 했다.

"부인을 정신병원 같은 데 보내놨다가 이사 다 끝난 다음에 다시 데려오면 되지."

그 제안이 너무 솔깃해서 오히려 윤석은 펄쩍 뛰었다. 혹시라도 부지불식간에 그렇게 하게 될까 복덕방 주인에게 도리어 화를 냈다. 그는 미라를 한번 정신병원에 갖다넣으면 다시는 데리고 나오지 못할 것임을 알고 있었다. 게다가 그를 지탱해온 미신적인 신념들도 무너지고 말 것이었다. 미라가 정신병원에 가면 성민이는 절대로 돌아오지 못한다, 는 비이성적인 믿음. 이 믿음은, 성민이만 돌아오면 미라의 병은 깨끗이 낫게 되리라는 또다른 믿음과도 이어져 있었다. 그런 믿음을 차치하고라도 윤석은 미라를 버릴 수가 없었다. 사람들은 그가 미친 아내를 떠맡고 있다고 생각했지만 실은 윤석이 정신 나간 아내에게 기대고 있었다. 아무 소용이 없는 줄 알면서도 매일 전단지를 돌린 것처럼, 남들이 보기엔 아무 희망도 없는 부부관계에서 그는 삶을 지탱할 최소한의 에너지를 쥐어짜내고 있었다. 그에게 미라는 카라반의 낙타와도 같은 존재였다. 목표와 희망까지 공유할 필요는 없었다. 말을 못해도 돼. 웃지 않아도 좋아. 그저 살아만 있어다오. 이 사막을 건널 때까지. 그래도 당신이 아니라면 누가 이 끔찍한 모래지옥을 함께 지나가겠는가.

월요일이 되자 윤석은 성민이를 데리고 학교에 갔다. 대구에서 전학을 시켜야 했다. 제대로 다녔다면 중학생이 되었어야 할 성민이는 아직 초등학교 5학년이었다. 성민이를 데려간 여자가 벌금을 물고 신생아를 출산한 것으로 속여 허위로 출생신고를 해버린 탓이었다.

초등학교의 교장은 생각보다 젊었고 여자였다. 그녀는 동행한 사회복지사로부터 성민의 특수한 처지에 대한 설명을 들었다. 그녀는 차분하게 사무적으로 이 문제를 다뤘다. 친절하고 정중했지만 골치 아픈 아이를 맡게 된 것에 마뜩잖은 기색이 엿보였다. 가난한 육체노동자 행색의 윤석도 교장의 선입견에 영향을 미쳤을 것이다. 저소득층 집안의 아이. 아빠는 먹고사느라, 엄마는 미쳐서 아이에게 신경 쓸 여력이 없다. 게다가 유괴 경험까지. 문제가 될 소지를 고루 갖춘 아이였다. 교장이 단도직입적으로 말했다. 아이가 제대로 적응할 수 있을지 걱정이 된다. 어차피 적응에 어려움을 겪을 바에야 차라리 중학교에 바로 보내는 게 어떠냐고 했다.

"나이도 되고, 얘 같은 경우에는 특수한 케이스지만 외국에서 살다온 애들도 요샌 많아서 좀 융통성 있게 처리합니다. 애들은 두뇌가 유연해서 잘 적응을 하거든요. 왜 요즘 외국으로 조기유학 가는 애들도 한둘이 아니잖아요. 하지만 무엇보다 일단 아이의 의사가 중요하죠."

교장은 성민이를 바라보며 물었다.

"성민아, 넌 어떻게 했으면 좋겠니? 두 살이나 어린 동생들하고 5학년 계속 다닐래, 아니면 나이에 맞게 좀 무리가 되더라도 중학교로 갈래?"

성민이 우물쭈물하는 사이 사회복지사가 끼어들었다.

"너무 스트레스를 받지 않을까요?"

"요즘 애들 선행학습이다 뭐다 다 하는 실정이라 공교육 과정도 못 따라잡는 애들 거의 없어요. 어때, 성민아? 너 대구에서 학원 같은 데 좀 다녔니?"

성민이 고개를 끄덕였다.

"그랬겠죠. 요즘은 안 시키는 사람이 없으니."

교장이 윤석에게 슬쩍 시선을 던진다. 윤석은 그 시선의 의미를 알 수가 없다. 결정을 내리라는 것인가? 사회복지사와 성민의 시선도 잠시 윤석에게 머문다. 아무래도 그의 결정을 기대하는 것 같다. 그러나 윤석은 도무지 결정을 내릴 수가 없다. 학부모 역할은 처음이었다. 교장은 성민에게 묻는다.

"성민아, 넌 어떻게 할래? 네 의사가 중요해."

성민이 사람들의 눈치를 보다가 입을 뗐다.

"잘 모르겠어요."

윤석은 학교에서 학업능력을 측정하는 간단한 테스트라도 해줄 줄 알았다. 권위 있게 컴퓨터로 인쇄된 종이를 들이밀며 선택을 강제해주리라 믿었다. 그러나 그런 것은 없었다. 법적으로는 윤석이 고집하면 성민은 이 학교를 다닐 수 있었다. 손에서 땀이 났다. 낯설고 막막할 뿐이었다. 제대로 대화 한번 나눠본 적 없는 아이의 마음을 어떻게 알 수 있을까. 게다가 윤석은 성민이 명민하고 영특한 아이인지 나눗셈도 제대로 못하는 덜떨어진 아이인지 전혀 모르고 있었다. 아무런 정보나 교감도 없이 자칫하면 아이의 운명을 결정할 수도 있는 큰 결정을 당장 내려야 하는 것이다. 법적으로는 보호자였지만 교장이나 사회복지사와 다를 바가 없었다. 윤석은 성민의 어깨에 어색하게 손을 올리며 물었다.

"너는 어떻게 했으면 좋겠니?"

윤석을 올려다보는 성민의 눈길에 실망의 기색이 역력했다. 결국 성민이 결정을 내렸다.

"중학교에 갈래요. 사실 의자하고 책상이 너무 작았어요."

교장이 눈에 띄게 반색을 했다.

"뭐, 당사자가 고심 끝에 내린 결정이니까 존중을 해야겠지. 민주주의 국가에서는 본인 의사가 제일 중요하니까. 잘 생각했어. 선생님 말씀 잘 듣고 예습 복습 잘하면 금방 따라갈 수 있을 거야."

그런데 그때 교장 옆에 앉아 있던 교감이 교장에게 귓속말을 했다. 교장의 얼굴이 약간 어두워졌다. 교감이 휴대폰을 꺼내며 밖으로 나갔다. 잠시 후 교감이 들어와 귓속말을 하자 교장이 자리에서 일어났다.

"저는 회의가 있어서 이만 나가보겠습니다. 자세한 이야기는 저희 교감 선생님께 들으시죠."

교감의 이야기는 달랐다. 교육청에 문의해본 결과 아이가 어떻게 학교에 들어갔든지 간에 초등학교 과정을 이수하지 않은 상태에서 중학교로 올라가는 것은 어렵다는 유권해석을 받았다는 것이다. 즉, 성민은 초등학교 5학년 과정을 마저 다녀야 한다는 것이었다.

둘은 교장실을 나선다.

"배고프지 않아? 우리 짜장면 먹으러 가자."

"피자 먹으면 안 돼요?"

아이가 조심스럽게 제 의중을 내비친다.

"너 짜장면 좋아했었어."

"짜장면도 좋아해요. 근데 피자가 더 좋아요."

윤석은 피자는 느끼해서 먹을 수가 없는 식성이다. 그는 아이를 데리고 중국집으로 간다. 다시 한번 아랫배가 찌르듯 아파왔다. 큰맘 먹고 탕수육도 시킨다. 짜장면 두 그릇에 탕수육 하나. 그러나 아이는 짜장면만 먹고 탕수육에는 젓가락도 대지 않는다.

"그 여자가 피자 많이 사줬니?"

아이는 입을 꾹 다문 채 아무 말도 하지 않는다.

"어떤 사람이었어? 너 안 괴롭혔어?"

아이가 항의하는 눈빛으로 윤석을 잠깐 노려보다가 시선을 떨군다.

"똑같죠, 뭐. 다른 엄마들하고. 가끔은 뭐라 그럴 때도 있고."

"우울증이었다면서?"

"우울증이 뭐예요?"

"하루종일 말도 없고 짜증 부리고 뭐 그런 거 말야."

"몰라요. 그럴 때야 있었죠. 저야 뭐 주로 학교, 학원에 있었으니까."

"남자는 없었어?"

"남자요?"

"같이 사는 남자 말이야."

"그건 왜 묻는데요?"

"물으면 안 되니? 경찰 말로는 그 여자 혼자 널 키웠다는데 넌 이상하지 않았어? 남들 다 있는 아빠가 없는데."

"죽었댔어요. 나를 갖자마자 교통사고를 당했다고 했어요."

"그럼 그 여자는 뭐해서 먹고살았어? 직업이 있었을 것 아니야?"

"엄마는…… 아니."

아차 싶었던지 아이는 입을 다물고 윤석의 눈치를 본다.

"괜찮아. 얘기해봐."

"간호사였어요. 대학병원에 다녔어요."

간호사라.

"근데 저기요."

성민은 아직 윤석을 아빠라고 부르지 않는다.

"왜?"

"솔직히 그 경찰 아줌마 말을 아직도 못 믿겠어요."

"뭘?"

"나 정말 유괴된 거 맞아요?"

천장을 바라보며 이야기를 하던 윤석은 시선을 돌려 성민의 눈을 바라본다.

"아무래도 뭐가 잘못된 것 같아요. 그럴 사람 아니거든요. 정말이에요."

성민이 입술을 깨물며 눈물을 참는다. 윤석은 외면하며 말한다.

"맞을 거야. 경찰이 유전자 검사를 했다잖아. 유전자, 네 유전자가 우리가 갖고 있던 네 유전자하고 일치한다잖아. 너 유전자 몰라?"

"몰라요, 몰라. 제가 그걸 어떻게 알아요? 아저씨는 알아요?"

모르지. 본 적도 없고 만진 적도 없어. 마치 기독교에서 말하는 영혼처럼, 내 내부에 있다는, 인간마다 고유하다는 그것에 대해 나도 이전엔 아무 관심도 없었지. 너를 잃은 후에야, 방바닥을 기어다니며 너의 갈색 머리카락을 주워본 후에야 나는 유전자라는 것에 대해 생각하게 됐지. 그게 내 아이를 다시 찾아줄지도 모른다고 믿었지. 그리고 그 결과로 지금 네가 내 앞에 앉아 있지. 그런데 나는 네가 아주 낯설고 너 역시 그렇겠지. 우리가 네 배내옷에서 찾아낸 머리카락과 네 구강에서 긁어낸 세포에서 나온 유전자가 일치하면 그게 한 사람이라는 증거라는데, 우리는 그걸 믿어야 한다는데, 반드시 믿어야 한다는데, 그럴 수밖에 없다는데, 왜 그것은 우리 눈에 보이지를 않을까?


윤석은 감독의 전화를 받았다. 사정은 이해하지만 더이상 야간 근무를 비워두기 어렵다고 했다. 윤석은 성민을 앉혀놓고 말했다.

"아빠는 밤에 일을 해야 돼. 네가 엄마를 잘 지켜봐야 한다."

성민은 낮잠을 자고 있는 미라를 흘깃 내려다보았다.

"가끔 집을 나가는데 동네 사람들한테 물어보면 어디로 갔는지 말해줄 거야. 버스카드가 없어서 버스는 못 타. 대체로 걸어다니니까 금세 찾을 수 있을 거야."

"정신병원에 가야 되는 거 아니에요?"

"엄마는 멀쩡하다."

성민이 이해가 안 된다는 표정으로 윤석을 바라보았다. 아이의 표정은 말하고 있었다. 저게 멀쩡한 거예요?

"너 때문에, 너를 잃어버리고 충격 때문에 그런 거니까 곧 나아질 거다. 이제 네가 왔으니까, 우리 성민이가 여기 있으니까, 모든 게 다 잘될 거야. 그러니까 공부 잘하고 있어."

"컴퓨터 없으면 공부 못해요."

"지금은 좀 어렵고, 나중에 하나 사줄게."

"피시방 갈래요."

"그럼 엄마는?"

"나 없을 때는 어떻게 했는데요?"

"잠가놓기도 하고."

"내가 잠그고 나가면 안 돼요?"

"안 돼. 엄마 혼자 있다가 불이라도 나면 어떡해?"

"원래 그렇게 했었다면서요?"

"우리는 가족이야. 가족은 가족을 돌봐야 해."

"컴퓨터 해야 된단 말이에요."

"글쎄, 그놈의 컴퓨터 소리 좀 그만해!"

윤석은 참다못해 그만 소리를 빽 지르고 말았다. 그 서슬에 낮잠을 자던 미라가 깨어나 두리번거린다.

"아이, 시끄러워."

미라가 성민을 가리키며 말했다.

"쟤는 왜 자기 집에 안 가? 응?"

"성민이야, 우리 성민이라니까."

미라는 믿지 않는 눈치였다. 더는 시간을 지체할 수 없어 윤석은 집을 나섰다. 그러면서 성민에게 다시 한번 미라를 부탁했다.

성민은 집안을 계속 정신없이 오가는 미라에게 조심스럽게 말을 붙여보았다.

"저, 아줌마."

미라는 들은 척도 하지 않고 계속 걷는다. 성민이 이번에는 말을 바꿔본다.

"엄마."

미라가 발걸음을 뚝 멈췄다. 귀에 익은 음성이 그녀의 뇌 어딘가를 건드렸을지도 몰랐다. 미라는 그 자리에 푹 주저앉더니 장롱 밑에서 전단지를 꺼냈다. 그러고는 우울한 얼굴로 어렸을 적 성민의 모습을 빤히 바라보았다. 성민은 조금 더 용기를 냈다.

"저기, 돈 좀 주세요."

미라는 물끄러미 성민을 내려다본다. 성민은 조금 더 용기를 내본다.

"엄마, 돈 좀 주세요."

미라는 성민이 다가오자 뒤로 물러났다.

"나쁜 새끼."

미라가 욕을 했다.

"에라이, 이 천하에 나쁜 새끼, 돼지새끼, 개새끼."

아무 맥락도 없이 욕을 내뱉으며 미라는 성민에게 침을 뱉었다. 퉤, 퉤, 퉤. 그러고는 벌떡 일어나 냉장고 문을 열었다. 미라가 아무거나 주워먹는 모습을 보던 성민은 밖으로 뛰쳐나갔다. 그리고 밤이 이슥하도록 골목골목을 쏘다녔다. 초등학생 사이에 소문이 퍼졌다. 벽돌을 들고 다니는 미친놈이 나타났다고. 말투가 이상했다고. 경상도 사투리를 쓰는 것 같다고.


성민이 온 지 채 두 달도 안 되는 기간 동안, 윤석은 세 번이나 경찰서에 불려갔다. 성민에게 벽돌로 머리를 강타당한 초등학생 하나는 후두부 골절로 중상이었다.

"사람을 죽일 수도 있었어, 이 미친 자식아!"

윤석은 경찰서 유치장에 멍한 얼굴로 앉아 있는 성민에게 소리를 질렀다. 집으로 돌아온 후부터 성민과는 거의 대화가 사라졌다. 미라의 조현병도 점점 더 심해져만 갈 뿐, 나아질 기미가 없었다. 그 무렵 윤석은 날마다 자살을 생각했다. 삶의 목적은 이미 사라졌고, 의미 같은 건 원래 없었던 것 같았다.

"내가 죽으면 어떨까?"

그는 텔레비전을 보는 미라에게 물었다.

"시끄러워."

미라의 대꾸는 언제나와 같았다. 야간 근무를 하는 공사장에서 그는 자기 목을 매달 무언가를 찾아보기도 했다. 공사장은 목을 매달기에는 최상의 조건을 갖춘 곳이었다. 줄과 보가 흔했고 결행을 방해할 사람도 없었다. 전선줄을 단단하게 철골 보에 걸고 매듭을 만든 후 목을 걸면 끝이었다. 그날 밤, 그 전화를 받지 않았다면 그는 철골 보에 매달린 차가운 시체로 아침 근무자에게 발견되었을 것이다. 전화를 걸어온 사람은 경찰이었다. 당신 아내가 산에서 실족사한 것 같다, 와서 신원을 확인해주기 바란다는 것이었다.

영안실에 누워 있는 여자는 미라가 맞았다. 성민이 피시방에 가 있는 사이, 부엌 쪽 출구의 자물쇠를 부수고 집을 나가 산속을 헤매다 변을 당한 것 같았다. 처가 쪽 식구들이 오랜만에 나타났다. 조문객도 없는 빈소에서 윤석은 장인과 처남에게 행패를 부렸다.

"다들 성민이 엄마가 죽기를 기다리기라도 했던 겁니까? 왜 이제야 나타납니까? 왜?"

장인은 미안하게 됐다며 사과했다. 뭐가 미안하냐고 윤석이 물으니 딸내미를 잘못 가르쳤다고 했다. 그게 윤석을 더 화나게 했다.

"장인어른, 성민이 엄마가 뭘 잘못했습니까? 미라는 잘못한 거 하나도 없어요. 잘못이 있다면……"

그는 말을 끝맺을 수 없었다. 잘못이 있다면 성민에게 있는 것 같았다. 그 아이가 태어난 것, 낯선 여자에게 유괴를 당하면서도 울지 않은 것, 겨우 데려다놓았는데도 제 엄마를 돌보지 못한 것. 하지만 차마 그 말을 내뱉을 수 없어 윤석은 입을 다물었다. 처남이 윤석의 멱살을 잡다시피 하여 빈소에서 끌고 나갔다.

윤석은 빈소에 앉아 아들을 기다렸다. 수십 통의 문자메시지를 보냈으니 성민도 제 친모가 죽은 줄은 알고 있을 터였다. 그러나 끝내 모습을 드러내지 않았다. 결국 장례는 윤석 혼자 치렀다. 미라는 화장을 했고 유골은 유골함에 담아 집으로 가져왔다. 어쩐지 미라는 전단지로 뒤덮인 이 집을 떠나고 싶어하지 않을 것만 같았다.

성민은 발인이 끝난 직후에 집으로 돌아왔다. 아들의 초췌한 몰골에 윤석의 서운함은 조금 녹아졌다.

"어딜 갔다 왔니?"

"대구에요."

"대구는 왜?"

"죽은 엄마 생각이 나서요. 추모공원이 있거든요."

"엄마? 무슨 엄마? 네 엄마는 대구가 아니라 여기서 죽었어. 네가 피시방에 간 사이에."

"왜 나만 갖고 그래요?"

성민이 눈을 똑바로 뜨고 윤석을 올려다보았다.

"왜 그러느냐니?"

"내 잘못 아니잖아요? 내가 유괴되고 싶어서 유괴됐어요? 엄마 아빠가 잘못해서 유괴된 거 아니에요? 근데 왜 나한테만 뭐라 그래요?"

"잘못을 한 사람이 있다면 바로 그 유괴범, 그 여자뿐이야. 네가 엄마라고 부르는 사람. 그 미친년이 우릴 이렇게 만든 거야."

"지나간 걸 어떻게 바꿔요? 누가 잘못을 했든 지금까지 이렇게 살아온 거잖아요? 그러니까 그냥 살면 안 돼요?"

"그냥 살다니, 어떻게? 그 여자는 죽었어. 넌 거기로 돌아갈 수 없어. 넌 여기서 살아야 돼."

"여기 싫어요."

"그럼 어떻게 할 건데?"

성민은 집을 둘러본다. 전단지들이 아직 구석구석 수북한 낡고 곰팡내 나는 집을. 혐오의 눈빛을 감추지 않은 채, 그리고 자기가 느낄 혐오를 윤석이 분명히 알았으면 좋겠다는 마음도 그대로 내비치면서.

"여긴 너무 싫다니까요."

"그럼 이렇게 하자."

윤석의 고향에는 아버지가 물려준 집과 땅과 작은 창고가 있었다. 성민을 찾느라 농가와 땅은 애초에 모두 팔아버렸고 오직 작은 창고 하나만 남아 있다. 그걸 개조해 집으로 쓸 수 있을 거라 윤석은 생각

86

했다. 아직 친척도 몇 명 남아 있다. 거기서 농사를 지으며 살아가는 건 어떨까? 새로 시작한다는 의미에서.

"어차피 하고 싶은 대로 할 거잖아요. 맘대로 하세요."

몇 달 후 윤석은 성민을 데리고 고향으로 내려갔다. 창고 바닥에 난방을 깔고 부엌 설비를 들였다. 무허가 건물이지만 워낙 시골이다 보니 와서 뭐라고 하는 사람은 아무도 없었다. 그는 뒷산의 폐광을 임대해 표고버섯 농사를 짓기 시작했다. 버섯 농사는 크게 성공적이지 않았지만 농촌이라 생활비가 워낙 적게 들었고 간단한 식재료는 텃밭에서 구할 수 있어 살림은 도시에서보다는 넉넉한 편이었다. 성민은 중학생이 되었고 곧 고등학교에도 진학했다. 그리고 어느 날 집을 나가 다시 돌아오지 않았다.


이 년 후, 한 여자가 소형 승용차를 몰고 마을에 나타났다. 윤석의 창고 앞에 도착한 여자는 차에서 내려 윤석이 폐광에서 내려올 때까지 평상에 앉아 기다렸다. 아직 귓가에 솜털이 보송하고 볼에는 여드름 자국이 남아 있는 앳된 얼굴이었다.

"누구더라? 눈에 익은데."

"보람이에요, 이보람. 요 아래 마석리 살던."

성민이가 집을 떠날 무렵, 같이 사라진 아이였다. 부모 없이 보람이를 키우던 조부모들이 눈물바람을 하며 찾아와 손녀딸을 찾아내라고 몇 달 동안 윤석을 괴롭혔었다. 결국에는 그들도 다 부질없는 짓이라는 것을 깨닫고 더는 윤석을 찾아오지 않았다.

"여기는 웬일이야? 성민이는 어쩌고?"

"실은 성민이 찾으러 왔어요. 혹시 여기 안 왔나 해서요."

"떠난 뒤로 소식 들은 적 없다."

보람은 할말이 있는 듯 하이힐 뒤축으로 마당을 긁으며 미적거린다.

"난 다시 올라가봐야 하는데."

보람은 그제야 말을 꺼낸다.

"돈을 가져갔어요, 성민이가요. 제가 모은 돈 다."

여자애의 눈가에 눈물이 그렁그렁 맺힌다.

"큰돈이니?"

"……저한테는요."

"얼마나?"

"……오백이요."

"……"

"이해가 안 돼요. 성민이가 왜 그랬는지."

"인간은 원래 이해가 안 되는 족속이다."

윤석이 여자애를 똑바로 쳐다보며 덧붙였다.

"이자는 못 준다. 원금만 받아."

윤석은 잠깐만 기다리라고 하고 집으로 들어가 버섯을 팔아 모은 돈을 장롱에서 꺼냈다. 오백이면 저 어린 여자애에게는 얼마나 큰돈일 것인가. 그는 돈뭉치를 꺼내 천천히 셌다. 오백만원이 정확한지 거듭 확인한 후, 잠깐 갈등하다가 삼십만원을 더 얹어 봉투에 넣었다.

윤석이 다시 나가보니 여자애는 없었다. 타고 왔던 승용차도 보이지 않았다. 평상 위에는 차량용 베이비시트가 덩그러니 놓여 있었다. 아직 젖도 떼지 못한 것 같은 갓난아이가 그의 얼굴을 보더니 울음을 터뜨렸다. 아기 옷섶에 분홍색 메모지가 끼워져 있었다. 성민이 아이예요. 성민이는 떠나고 저도 키울 능력이 없어 맡기고 갑니다. 잘 부탁드려요.

그는 오른손을 내밀어 아이의 작은 손을 쥐었다. 아이는 문득 울음을 그치고는 그를 말똥말똥 올려다보았다. 그는 왼손도 마저 내밀어 아이의 오른손을 살며시 잡았다. 그리고 천천히 위아래로 흔들었다. 아이가 간지러운 듯 발을 꼼지락거리며 좋아했다. 아이의 양손을 놓지 않은 채 그는 오래도록 평상 위에 앉아 그에게 찾아온 작은 생명을 응시했다.

인생의 원점

살아가면서 이런저런 힘든 순간을 겪을 때마다 서진은 돌아가고 싶었다. 인생의 원점, 자신이 떠나온 곳, 사람들이 흔히 고향이라 말하는 어떤 장소로. 그가 누구인지 모두가 아는 곳으로. 그러나 아무리 생각해도 그런 지점이 어디인지 알 수 없었다. 그는 떠돌이의 인생을 살았다. 어려서는 부모를 따라 전국을 돌아다녔고, 커서도 한곳에 오래 머물지 못하고 여기저기 옮겨다녔다. 사람에게도 비슷해 묵은 관계라고는 없었다. 오래전에 본 어떤 영화에서 인생이 망가진 주인공이 "나 돌아갈래!"라고 외칠 때, 서진은 그에게 동정심이 생기기는커녕 가벼운 질투가 일었다. 돌아갈 곳이 있다는 것, 그것은 그가 영원히 갖지 못할 값진 성취처럼 보였다. 그런 성취가 누군가에겐 기본으로 주어지고, 자신 같은 사람은 아무리 노력해도 가질 수 없는 것이라니 참으로 불공평하지 않은가.

"너를 안 만났다면 좋았을걸."

행복감의 토로를 후회처럼 말하는 능력이 인아에게는 있었다. 그럴 때 그녀의 얼굴을 바라보면 마치 과분한 행운을 믿기 어렵다는 표정이어서 서진은 늘 헷갈리곤 했다. 아름다운 풍경을 보면서는 "여기 안 왔어야 하는데……"라고 말하고 서진이 왜냐고 물으면 "지나간 날들이 더 끔찍하게 느껴지니까"라고 답하는 사람이었다. 관계에 대한 불안이 심한 서진으로서는 그녀의 후회하는 듯한 말투와 행복한 표정 사이의 불일치가 더 달콤했다. 그 달콤함을 만끽하고 싶어 서진은 어떤 대답이 나올지 짐작하면서도 이렇게 묻곤 했다.

"나 만난 거 후회하니?"

인아는 검지로 술잔의 테두리를 만지며 말했다.

"후회해. 너를 안 만났다면 인생이 이렇게 아름다울 수 있다는 것도 몰랐을 거고, 다들 살듯이 그렇게 사는 것이 인생의 정답이라고 생각했을 거고, 다 참았을 거고, 참다가 그냥 죽었을 거고, 그럼 별로 억울할 것도 없었을 거고……"

서진은 인아의 손을 잡으며 말했다.

"난 후회 안 해. 너를 다시 만나기 전까지의 삶은 잘 생각이 안 나는 간밤의 꿈같아. 한밤중에 무슨 꿈을 꾸었든 아침에는 전날 밤에 잠든 곳에서 눈을 뜨잖아."

"나도 너처럼 생각할 수 있다면 좋겠어."

"네가 내 원점이야."

"무슨 소리야?"

"그냥 그런 게 있어. 내가 늘 찾던 거야."

둘은 초등학교 5학년 때 같은 반이었다. 그들은 같은 날 전학을 왔다. 학교가 파하고 군인 자녀들을 위해 사단이 준비한 통학 버스에 올라 둘은 군인 가족답게 인사를 했다.

"우리 아빠는 군수참모야."

"우리 아빠 작전참모."

아버지들의 계급도 중령으로 같았다. 버스는 논과 밭을 지나 군인 가족용 관사촌에 아이들을 내려놓았다. 인아가 먼저 자기 집으로 들어가면서 무심하게 "안녕, 내일 또 보자"라고 인사를 했는데, 서진은 난생처음으로 설렌다는 게 무엇인지를 알았다. 마음이라는 되직한 크림을 주걱으로 깊게 휘젓는 느낌이었다. 둘은 학교에서는 별다른 대화를 나누지 않았다. 학교에서는 여자아이들은 여자아이들끼리, 남자아이들은 남자아이들끼리만 어울렸기 때문이다. 그러나 일단 하교하고 관사로 오면 시간이 많았다. 학원도 없고 텔레비전도 잘 나오지 않는 전방의 오지에서 둘은 자신들이 읽은 몇 안 되는 책 이야기를 자주 했다. 둘에게는 같은 출판사에서 나온 위인전 전집이 있었는데, 아는 어른이라고는 부모와 선생님밖에 없던 그들의 좁은 세계에서 주로 서양 사람으로 구성된 위인들이 자연스럽게 둘의 역할 모델이 되었다. 서진은 나폴레옹같이 정복욕이 강한 시골 출신의 인물에게 끌렸던 반면 인아는 퀴리 부인이나 나이팅게일처럼 과학이나 의학 쪽에서 성취를 한 여성들을 좋아했다.

"나폴레옹은 사람을 너무 많이 죽였잖아?"

인아의 딴지에 서진도 지지 않았다.

"퀴리 부인이 없었다면 원자폭탄도 못 만들었을 거야."

"사람을 많이 죽이면 위인이 되는가봐."

"난 모차르트도 좋아. 천재잖아."

"베토벤이 더 대단해. 귀가 멀었는데도 그걸 극복했잖아."

참으로 어린이다운 대화들이었지만 서진은 인아와 이야기하는 순간들이 좋았다. 서진은 먼 훗날 위인이 된 자기 모습을 그려보았고, 그렇게 된다면 인아가 자기를 자랑스러워할 거라는 생각이 들었지만 입 밖에 내어 말하지는 않았다. 봄은 곧 여름이 되었고, 여름은 곧 가을이 되었다. 겨울이 오자 관사촌에는 진급과 인사이동에 대한 소문들이 돌기 시작했다. 작전참모였던 인아의 아버지가 참모들 중에 제일 먼저 대령으로 진급함과 동시에 육군본부로 발령이 났다. 서진의 아버지는 진급은 못하고 후방으로 배치되었다. 인아네가 이사를 가는 날, 서진은 한 달 넘게 조립한 스페인 범선을 인아에게 작별 선물로 주었다. 대항해시대 범선의 온갖 조각들을 하나하나 핀셋으로 집어 본드로 붙여 그럴듯한 모양으로 완성하는 것은 쉬운 일이 아니었다. 자세히 들여다보면 앙증맞은 노와 대포, 돛대에 올라 망원경으로 앞을 살피는 선원의 모형까지 있었다.

"네가 준 배 있잖아? 그거 아직도 있다."

둘은 그로부터 이십여 년 후 신도시 아파트 단지 근처의 호숫가에서 우연히 마주쳤다. 서진은 달리기를 하고 있었고 인아는 벤치에 앉아 잡지를 읽고 있었다. 인아는 반가워하며 서진이 준 스페인 범선 얘기를 꺼냈다.

"어느 날 신랑이 묻더라. 이거 뭐냐고."

"그래서 뭐라고 했어?"

"어렸을 때 선물 받은 건데 기억 안 난다고 했어."

"부모님은 잘 계시지?"

"아버지는 중장으로 제대하셨는데 어느 날 갑자기 주무시다 돌아가셨어. 심근경색으로, 라고 밝혔지만 실은 자살이었어. 어머니도 충격을 받으셨는지 그후로 몇 년 못 사셨어."

서진은 의료기기를 납품하는 작은 회사를 운영하고 있었고 인아는 중학교에서 영어를 가르치는 기간제 교사로 일하다 쉬고 있었다. 남편은 금융계에서 일한다고 했고 아이는 갖지 않기로 했다고 한다. 대낮의 모텔에서 서진은 인아의 몸 곳곳에 든 멍자국을 발견하였다. 남편이 그녀를 때리고 있었던 것이다. 기간제 교사 일을 계속할 수 없었던 것도 남편에게 맞아 학교에 갈 수 없는 날이 늘어났기 때문이었다. 몸 곳곳의 멍은 서진에게 이렇게 말하고 있는 것 같았다. 네가 지금은 이 여자를 소유하고 있다고 믿을 수도 있겠지만, 진짜 임자는 따로 있어. 나는 이 여자를 때릴 수도 있고, 직장을 빼앗을 수도 있고, 아예 파멸시킬 수도 있어. 왜냐하면 법적인 남편이 바로 나니까.

구타의 흔적을 볼 때마다 서진은 면식도 없는 인아의 남편에게 화를 냈다. 이런 미친 새끼, 죽여버리겠어. 그럴 때마다 인아는 이런 식으로 말하곤 했다.

"역시 널 안 만났어야 했는데. 그럼 그냥 그렇게 살았을 텐데……"

마치 구타와 그로 인한 부끄러움의 책임이 서진에게 있는 것처럼, 결혼이 아니라 자신을 만난 것을 후회하는 것처럼 들렸기에 서진은 더 화가 났다. 남편과 이혼하고 자기와 새로 살림을 꾸리면 안 되겠냐고 여러 번 제안했지만 인아는 이혼이 무슨 애들 장난이냐며 난색을 표했다.

"이러다 죽겠구나 싶은 순간도 많았어. 가스레인지 불을 켜고 내 머리를 거기에 처박으려고 한 적도 있어. 남편이 발로 배를 차서 이 미터는 날아간 적도 있고. 그럴 때면 차라리 그냥 빨리 끝났으면 좋겠다는 생각도 해."

답답한 마음에 서진은 이런저런 충고들을 했다. 진단서를 떼놓으라든가, 경찰에 신고하라든가, 상담을 받아보라든가. 그럴 때마다 인아는 질색을 했다.

"제발 그러지 마. 널 만나는 순간이 내겐 유일한 숨구멍인데, 왜 자꾸 넌 문제를 확대시키려고 하니? 잠깐이지만 너랑 있으면 행복해. 그냥 지금 이대로 있으면 안 될까?"

"사랑하는 사람이 날마다 이렇게 맞고 있는데 내가 어떻게 가만히 있어?"

인아는 그렇게 말하는 서진의 눈을 정면으로 바라보면서 말했다.

"할 수 있다고 믿는 것과 실제로 할 수 있는 일은 큰 차이가 있어. 대부분의 사람이 그래. 지금은 날 위해 뭐든지 할 수 있을 것 같겠지만 말야. 물론 그 마음이 진심이란 것 알아. 하지만 진심이라고 해서 그게 꼭 행동으로 이어진다는 법은 없어."

그 순간 서진은 인아가 이런 순간을 이미 여러 차례 겪었으며, 지금 이 장면 역시 인아가 겪어왔고 앞으로도 겪을 순간들 중 하나에 불과하다는 직감이 들었다. 불행한 결혼생활을 계속해온 인아가 어떻게 자신한테만 마음을 열었겠는가? 뭔가를 할 수 있다고 말했다가 결정적인 순간에 그녀의 인생으로부터 도망친 여러 남자가 서진 이전에 존재했던 것이다. 서진에게는 인아가 회귀할 원점이었으나 인아에게 서진은 인생이라는 힘겨운 등산길에서 만나게 되는 대피소와 같은 것이 아닐까. 원점과 달리 대피소는 당장은 눈물나게 고마울지 몰라도 언제든지 새로 만날 수 있다. 서진은 인아에게 유일무이한 존재가 되고 싶은 강렬한 욕망을 느꼈다. 하지만 어떻게 그런 존재가 될 수 있을지는 알 수 없었다.

서진의 하루는 새벽에 집 근처 공원을 달리는 것으로 시작된다. 인공 호수를 중심으로 조성된 공원은 식재된 조경수들이 아직 어려 그늘이 부족하다는 것만 빼면 운동하기에는 최적이었다. 호수를 한 바퀴 돌면 사 킬로미터 정도였는데 서진은 빠른 속도로 두 바퀴를 돌곤 했다. 어느 날 그가 러닝 코스를 경쾌하게 달리고 있을 때, 사철나무 군락 사잇길에서 한 남자가 갑자기 튀어나오는 바람에 피할 사이도 없이 부딪혀 그대로 나동그라지고 말았다. 남자가 쓰러진 서진에게 다가왔을 때 서진은 그가 손을 내밀며 미안하다고 사과할 줄 알았다. 그러나 남자는 기분 나쁜 미소를 지으며 서진을 내려다볼 뿐 아무 행동도 취하지 않았다. 서진은 스스로 몸을 일으켰다. 남자는 서진이 두 발로 일어서는 것을 확인하고는 이렇게 말했다.

"제가 잘못했다고 말해야 되는 상황입니까?"

너무 예상 밖의 질문이어서 서진은 혹시 자기가 잘못을 했을지도 모른다는 생각에 자기도 모르게 괜찮다고, 그러지 않아도 된다고 말해버렸다.

"그럼 됐네요."

등에 큼직한 아디다스 로고가 그려진 저지 트레이닝복을 입은 남자는 아무런 사과도 없이 돌아서서 서진이 달리던 방향과 반대로 달리기 시작했다. 남자가 사라진 후 서진은 그 자리에 가만히 서서 자신이 당한 일을 곱씹어보았다. 그는 분명히 정상적인 주로를 따라 달리고 있었는데 아디다스는 전혀 속도를 줄이지 않은 채 주로에서는 잘 보이지도 않는 사철나무 군락 쪽에서, 마치 미식축구 경기에서 공을 잡고 달리는 공격수를 태클하는 수비수처럼 돌진해온 것이다. 서진과 부딪히지 않았다면 관성에 의해 호수에 빠질 수도 있었다. 그러니 아무리 생각해도 달리는 서진을 노리다가 덮친 것이라고밖에는 생각할 수 없었다. 혹시 소매치기인가 싶어 소지품을 살펴보았지만 들고 나온 것이 없었기에 잃을 것도 없었다. 제가 잘못했다고 말해야 되는 상황입니까, 라니. 정신이 하나도 없는 피해자에게 가해자가 태연히 그런 질문을 던진다는 게 생각할수록 불쾌하고 찜찜했다. 균형을 잃고 나동그라진 터라 몸도 삐걱거렸다. 목부터 허리까지가 다 뻐근하게 아파왔다.

그게 시작이었다. 가는 곳마다 그와 마주쳤다. 은행 일을 보다가 소파에 앉아 있는 모습을 발견하기도 했고, 출근길 매일 들르는 커피 전문점에서는 함께 나란히 앞뒤로 줄을 서기도 했다. 그럴 때는 물론 운동복이 아니라 멀끔한 정장을 입고 있었다. 그는 서진의 눈길을 굳이 피하려 하지 않았고 눈이 마주칠 때면 예의 그 기분 나쁜 미소를 지었다. 그때마다 서진의 머릿속에선 "제가 잘못했다고 말해야 되는 상황입니까?"라는 그의 말이 환청처럼 들렸다. 그러다 문득 그가 바로 인아의 남편일지도 모른다는 생각이 들었다.

한번은 단란주점에서 병원 관계자들을 접대하고 있는데, 그 남자가 불쑥 문을 열고 들어왔다.

"이 방이 아닌가?"

그는 서진을 한번 슬쩍 쳐다보더니 다시 방을 나갔다. 술기운도 좀 오른 터라 서진은 벌떡 일어나 그를 따라 나갔다. 남자는 지상으로 통하는 계단을 올라가다 말고 뒤따라오는 서진을 돌아보았다.

"뭐요?"

남자가 올라오는 서진을 가로막으며 물었다. 남자가 발로 차기라도 하면 그대로 아래로 굴러떨어질 것만 같아 서진은 조금 겁이 났다. 그래서 남자와 같은 높이로 올라서려고 시도했지만 남자가 서진을 놀리기라도 하듯 앞을 가로막아 그를 밀치지 않고는 계단을 올라갈 수 없었다.

"뭐냐니까?"

남자가 재차 서진을 압박했다. 하는 수 없이 서진은 남자를 우러러보며 따질 수밖에 없었다.

"왜 날 따라다니는 겁니까? 도대체 누굽니까?"

"마음의 빚이 있다고 해둡시다."

"나한테 빚을 졌다고요?"

"아니, 당신이 나한테 빚을 졌지. 엄청난 빚을 졌지."

"도대체 무슨 얘깁니까?"

"……남의 여자를 데리고 놀더니 이젠 머리도 안 돌아가나?"

남자가 이를 갈듯이 내뱉었다. 서진의 머릿속에는 남자와 처음 마주쳤을 때 들은 말이 떠올랐고, 그 말을 써먹고 싶어 미칠 지경이었다. 제가 잘못했다고 말해야 되는 상황입니까? 하지만 서진에게는 보통 이상의 자제력이 있었다.

"사람 잘못 보신 것 같은데요."

"내가 무슨 일 하는지 그년이 말을 안 했나보지? 내가 하는 일은 사람을 잘못 보면 할 수가 없는 일이야."

그가 손가락 두 개로 자기 눈을 가리켰다. 손가락이 잘 벼린 칼처럼 날이 서 있는 듯 느껴졌다.

"사람을 아주 잘 봐야만 그럭저럭 해나갈 수가 있단 말이야. 돈을 빌려줄 때도 그렇고, 빌린 돈을 안 갚고 도망다니는 채무자 새끼들을 찾아낼 때도 그렇고."

남편이 일한다는 금융계라는 데가 실은 사채업이었구나. 서진은 사채를 써본 적은 없지만 그 업계에서 일하는 이들의 악명에 대해서는 잘 알고 있었다. 서진은 남자의 작지만 옹골차 보이는 주먹을 보았다. 서진이 아래 계단에 있어 마침 남자의 주먹은 서진의 눈높이에 있었다. 문신이 손목에서부터 시작돼 팔뚝으로 이어지고 있었다.

"사람 잘못 보셨습니다."

서진은 다시 한번 그 말만 반복한 뒤 뒷걸음질로 천천히 계단을 내려와 일행이 있는 방으로 돌아갔다. 남자는 서진을 따라오지 않았다. 술자리가 파하고 집으로 돌아가서도 서진은 쉽사리 잠을 이루지 못했다. 언제라도 그 남자가 자신의 인생을 파괴하기 위해 들이닥칠 것만 같았다. 남자에게 졌다는 '마음의 빚'에 고금리 사채처럼 날마다 이자가 불어나고 있을 것을 생각하니 모골이 송연했다. 마음의 빚은 마음으로 갚는 것인가, 아니면 세상의 모든 것처럼 마음의 빚에도 값이 있어 돈으로 치를 수 있는 것인가. 알 수 없었다.

그날부터 서진은 인아의 전화를 피했다. 바쁘다는 핑계를 대고 문자메시지에도 응답을 거의 하지 않았다. 아디다스가 첨단 장비로 전화 통화나 문자메시지도 도청하고 있을지 모른다는 생각까지 들었다. 이미 진 마음의 빚을 갚기는 어렵겠지만 더 키우는 일은 하고 싶지 않았다. 남자에 대한 두려움이 인아를 보고 싶은 마음을 압도했다. 반성하고 인아를 만나지 않는다면 아디다스도 그걸 알게 될 것이고, 그럼 용서를 받을지도 모른다고 생각했다. 인아는 처음에는 서진의 돌연한 변화에 당혹스러워했지만 천천히 결별을 받아들이는 것 같았다. 체념은 하면서도 갑자기 연락을 끊어버린 서진에 대한 서운함도 굳이 감추지는 않았다. 서진은 그럴 때마다 죄책감을 느꼈다. 가끔 인아는 간밤에 겪었던 남편의 끔찍한 폭력을 암시하는 문자메시지도 보내곤 했다.

―또 악몽 같은 밤. 하지만 이겨내야겠지. 내 곁에 아무도 없다는 생각을 하면 슬퍼지지만 어쩌겠어. 이게 내가 선택한 삶인걸. 너한테 부담 주지 않을게. 답은 안 해도 돼. 그냥 지우지만 말아줘. 말할 사람이 있다는 것만으로도 살아갈 힘이 생겨.

길을 걸을 때마다 주위를 살피는 습관이 생겼다. 새벽마다 하던 조깅도 그만두었다. 어디선가 아디다스가 또 튀어나와 자기를 덮칠 것만 같아서 호흡이 너무 가빠졌기 때문이었다. 하지만 다행히 한동안 아무 일도 벌어지지 않았다. 인아와 더이상 만나지 않는다는 것을 아디다스도 아는 것만 같았다.

인아로부터 드문드문 오던 연락도 어느 날 갑자기 뚝 끊겼다. 그렇게 한참이 지나자 걱정이 되기 시작했다. 남편에게 맞아 어디 병원에라도 실려간 것일까. 아니면 그보다 더 나쁜 일이 생긴 것일까. 초조한 마음에 입이 바싹바싹 타들어갔지만 먼저 연락을 하고 싶지는 않았다. 어쩌면 인아가 드디어 마음을 정리한 것인지도 모른다. 결국은 극복할 거야. 인아는 강한 애니까. 이런 주문을 외며 서진은 밤마다 위스키나 브랜디 같은 독주를 마시고 잠이 들었다.

인아로부터 난데없이 연락이 온 것은 새벽 세시쯤이었다. 문자메시지는 평소답지 않게 간결했다.

―좀 와줄래?

이상한 예감이 들기는 했지만 서진은 언제나처럼 답을 하지 않고 기다렸다. 대신 위스키를 스트레이트로 두 잔을 더 마셨다. 휴대폰은 아무 일도 없었다는 듯이 그대로 침묵중이었다. 알코올이 자제력을 무너뜨렸을까. 더이상 참지 못하고 통화 버튼을 눌렀다. 전화를 받은 인아는 문자메시지와 똑같은 말을 했다.

"좀 와줄래?"

넋이 나간 듯 목소리에 힘이 없었다.

"무슨 일이야?"

"미안해. 물어볼 사람이 너밖에 없어. 나 좀 도와줘. 내 마지막 부탁이야. 다신 귀찮게 안 할게."

"어딘데?"

그녀가 주소를 말해주었다.

"여기 너 살고 있는 데 아니야?"

"맞아. 집이야."

"남편은?"

"괜찮아. 오기만 하면 돼. 빨리 좀 와줘. 내 마지막 부탁이야."

'마지막 부탁'이라는 말을 인아는 반복했다. 서진은 차를 몰고 인아의 아파트로 달려갔다. 벨을 누르지도 않았는데 문이 열렸다. 인아는 한바탕 구타를 당한 듯 머리가 온통 헝클어져 있었고 얼굴은 통통 부어 있었다.

"정말 와줬구나."

집안은 난장판이었다. 거실 바닥에 핏방울도 떨어져 있었다. 서진은 어떤 일이 일어났는지 짐작할 수 있었다. 언론에서 자주 보던 바로 그 사건 속으로 자신이 걸어들어온 것이다. 가정 폭력에 시달리던 여자가 참다못해 남편을 죽인 것이다. 그리고 내연남을 부른 것이다.

"남편은 어딨어?"

인아는 침실을 가리켰다. 침실 입구의 장식장에 서진이 선물한 범선이 먼지를 뒤집어쓰고 있었다. 그게 생각보다 작다는 것에 서진은 조금 놀랐다. 엄청나게 큰, 아름다운 범선을 조립했다고 생각했는데 이제 보니 조악하기 짝이 없는 애들 장난감 수준에 불과했다. 침실로 들어서자 나동그라진 골프채가 발에 걸렸다. 4번 아이언이었다. 침실과 연결된 화장실 문턱에 남자가 얼굴을 아래로 한 채 쓰러져 있었다. 뒤통수는 골프채에 맞아 깨졌는지 피딱지가 져 있었다.

"나 어떻게 해야 돼?"

인아가 울먹이며 물었다.

"내 인생 이제 이렇게 끝나는 거야?"

서진은 난감한 얼굴로 인아를 바라보며 반문했다.

"이렇게 일은 다 저질러놓고 무슨 생각으로 나한테 전화한 거야?"

그 말을 듣자 인아는 몇 발짝 뒤로 주춤주춤 물러났는데, 마치 서진이 남편을 죽인 현장을 방금 처음으로 목격한 사람 같은 태도였다. 서진은 인아를 따라가 팔을 잡았다.

"어디 가?"

인아가 발끈하며 서진에게 물었다.

"내가 지금 잘못했다고 말해야 되는 상황인 거야?"

서진은 잡고 있던 인아의 팔을 놓았다.

"너는 의료계 쪽에 있으니까 의사들 많이 알잖아? 그래서 그냥 물어보고 싶었던 거야. 좀 말해주면 안 돼? 그런 것도 못 해줘?"

서진은 어이가 없었다. 금융계에 있다던 남편이 실은 사채업자였던 것처럼 의료기기를 파는 자기도 의료계에 있다는 건가? 그리고 설령 진짜 의사라 한들 이런 상황에서 뭘 어떻게 할 수 있단 말인가?

"112에 신고해. 그 방법밖에 없어. 남편에게 맞다가 정당방위로 남편을 죽였다고. 어쩔 수 없잖아. 정상참작될 거야. 전에 내가 진단서 같은 것 좀 떼놓으라고 했잖아? 그런 것도 제출하고 그러면 될 거야."

"그래, 조언 고맙다. 근데 너 보기보다 계산적이구나."

인아는 소파에 털썩 주저앉으며 중얼거렸다. 난 무서워, 정말 무섭다고.

"설마 내가 저 시체를 어떻게 해줄 거라고 기대한 거야? 마술처럼 사라지게 해줄 거라고?"

"화내지 마. 그냥 너무 무서워서 그랬어."

인아가 울음을 터뜨리자 서진은 인아 곁으로 가서 그녀를 안아주었다. 그녀는 대성통곡하면서 왜 남편을 공격할 수밖에 없었는지를 털어놓기 시작했다. 그러자 서진도 그녀에게 너무 냉정하게 군 것이 후회가 되었다. 인아에 대한 애정이 마음속에 그대로 남아 있었고, 그녀가 당해온 고통도 모르지 않았다. 그리고 인생의 가장 중요한 터닝 포인트가 될지도 모르는 이런 순간에 다른 사람도 아닌 바로 자신에게 연락을 한 것이 조금 자랑스럽기도 했다. 아마도 이 사건은 그녀의 인생에 유일무이한 회귀점이 될 것이고, 거기 서진이 함께한 것이다. 서진은 덜덜 떨고 있는 인아에게 대담한 약속을 했다.

"길어야 이삼 년일 거야. 정당방위가 인정되면 더 짧아질 수도 있지. 나오면 우리 결혼하자. 내가 기다려줄게."

인아가 젖은 눈으로 서진을 올려다보았다.

"진심이야?"

"그럼, 지금까지의 인생은 잊어. 나쁜 꿈이었다고 생각해. 너 재판받고 교도소에서 머리 좀 식히는 동안 내가 매주 면회 가고, 결혼 준비도 하고, 신접살림도 꾸미고……"

"널 만나지 말았어야 했는데……"

인아가 고개를 떨구며 말했다.

"그게 무슨 뜻이야?"

"둘 다 불행해지고 말았잖아. 난 교도소에 가고, 넌 이런 일에 휘말리고, 결국 날 책임지게 됐잖아."

그 순간 침실 쪽에서 쿵 하는 소리가 들렸다. 뭔가 육중한 물체가 문에 부딪히는 소리였다. 서진과 인아가 서로를 바라보았다. 인아가 공포에 사로잡혀 무릎을 두 팔로 감싸안고 머리를 파묻었다. 서진은 조심스럽게 침실 쪽으로 다가갔다. 천천히 문이 열리며 얼굴이 피범벅이 된 남자가 높은 포복을 하듯 침실 밖으로 기어나오고 있었다. 인아가 낮게 비명을 질렀다. 남자는 문고리를 잡고 몸을 일으키다가 서진과 눈이 마주쳤다. 서진은 죽은 줄 알았던 사람이 살아난 것보다 그가 자기를 따라다니던 그 사채업자가 아니라는 것에 더욱 놀랐다.

"어떡해, 어떡해."

인아가 소파에서 엉덩이를 들썩이며 말했다. 남자는 겨우 두 발로 버티고 서서 서진이 누구인가 의아해하는 눈빛으로 노려보았다. 서진이 주춤주춤 뒤로 물러서자 인아의 남편은 서진을 붙잡으려는 듯 앞으로 걸어나오다가 무릎을 꺾으며 다시 쓰러졌다. 서진이 반사적으로 남편의 몸을 받아 안아 충격이 없도록 거실 바닥에 뉘었다. 남자는 다시 정신을 잃은 것 같았지만 호흡은 규칙적으로 이어지고 있었다.

"누구야, 이 사람?"

"내 남편이지 누구긴 누구야?"

인아와 서진의 눈길이 마주쳤다. 인아의 눈빛은 차갑고 냉정했다. 마치 남편이 되살아난 것이 서진의 잘못이라는 듯이.

"그래?"

"무슨 생각을 하는 거야?"

"아니, 아무것도 아니야."

인아는 걱정스러운 얼굴로 쓰러진 남편만 물끄러미 바라보고 있었다. 서진은 인아를 재촉했다.

"얼른 119를 불러."

"넌 뭘 부르라고만 하는구나. 아까는 112, 지금은 119."

인아는 다시 무릎 사이에 고개를 파묻으며 울먹였다.

"난 이제 어떻게 해야 되니? 내 말은, 어떻게 살아야 하느냐고. 저 남자를 살려내고 다시 저 남자와 사는 것 말고는 방법이 없는 거니?"

서진은 해줄 말이 없었다. 설령 해줄 말이 있다 해도 하고 싶지 않았다.

"하긴 네가 어떻게 알겠니. 가끔은 몰라도 살아야 되는 게 인생인데, 어차피 이건 네 인생도 아니잖아. 넌 빠져나가면 그만이니까."

인아는 휴대폰을 들고 모든 것을 체념한 듯 천천히 119를 눌렀다. 차분한 목소리로 상황을 꾸며냈다. 술에 취한 남편이 화장실에서 미끄러져 머리를 다쳤다, 잠깐 정신을 차리고 일어났다가 다시 쓰러졌다고 말했다.

"네, 호흡은 안정적인 것 같아요. 네, 숨쉬어요. 의식은 없고요."

전화를 끊고 인아는 서진에게 말했다.

"이제 그만 가도 돼. 네가 있으면 이상하잖아."

현관에서 신발을 신던 서진은 뭔가 생각난 듯 인아에게로 몸을 돌렸다.

"참, 아까 네가, 내가 지금 잘못했다고 말해야 되는 상황인 거야, 라고 말했잖아."

"내가?"

"응, 분명히 그렇게 말했거든. 그 말 어디서 들었어?"

"지금 그게 중요해? 그리고 기억도 안 나. 그 말이 그렇게 이상한 말도 아니잖아."

"그게 왜 이상한 말이 아니야? 그게……"

"제발 그만해. 얼른 가주기나 해."

"아니, 요즘 나한테 좀 이상한 일이……"

"그만 가라니까. 벌써 앰뷸런스 소리 들리는 것 같아."

서진은 엘리베이터를 타고 지하 주차장으로 내려갔다. 차 안에 앉아 생각했다. 정말 이상한 일이다. 호숫가에서 나를 덮치고 마음의 빚 운운하던 그 남자는 누구였을까? 서진은 본격적으로 그 남자를 찾아봐야겠다고 생각했다. 차를 몰고 집으로 오면서 줄줄이 다가왔다 뒤로 사라지는 가로등 불빛들의 흐름을 보았다. 가로등들은 그가 하마터면 살 수도 있었을 인생처럼 보였다. 교도소에서 출소한 인아와 결혼해 살아가는 인생이 지나갔고, 사체 유기에 가담해 인아의 공범이 되어 길에서 경찰만 마주쳐도 벌벌 떠는 인생도 지나갔고, 겨우 의식을 회복한 남편을 인아를 대신해 죽인 뒤 살인범이 되어 살아가는 인생도 지나갔다. '불륜 주부, 내연남과 공모, 남편 살해 후 실종 신고' 같은 신문 기사의 제목도 떠올랐다. 어쨌든 그 모든 것이 지나갔다고 생각하자 비로소 남겨진 인아의 삶이 떠올랐다. 인아의 손에 죽을 뻔했던 남편이 인아를 가만둘까? 침실에서 기어나온 그는 아내가 집으로 불러들인 내연남과 정면으로 맞닥뜨리기까지 하지 않았던가. 어쩌면 인아는 그 남자의 손에 죽을 것이다. 서진은 그 생각을 지울 수가 없었다. 그러나 이제 와서 인아에게로 돌아갈 수는 없었다.

인아가 아파트 발코니에서 투신한 것은 그로부터 열흘쯤 후의 일이었다. 남편이 퇴원하고 이틀 뒤였다. 경찰의 공식적인 발표는 투신이었지만 서진은 그것을 믿지 않았다. "평소 우울증을 앓던 부인은 남편이 퇴원해 집으로 돌아온 뒤 말다툼이 잦아졌으며, 이날도 남편의 간병 문제로 말다툼이 시작되자 부인이 홧김에 발코니로 나가 몸을 던졌다"고 경찰은 말했다. 상습적으로 인아를 구타해왔던 남편이 이제는 완전범죄로 인아를 살해하기까지 했다는 생각에 서진은 치밀어오르는 분노에 사로잡혔다. 그렇긴 해도 한갓 내연남인 그로서는 할 수 있는 일이 없었다. 그때 그놈의 숨통을 끊어놓았더라면 인아는 아직 살아 있을 것이다. 하지만 그것은 살인이 아닌가. 그건 쉬운 결정이 아니었다. 어쨌든 그때 망설였기 때문에 결국은 인아가 죽고 말았고, 서진은 인생의 원점을 영원히 잃어버렸다. 복수를 꿈꾼 순간이 없었던 것은 아니지만 그런다고 해서 인아가 살아 돌아오는 것은 아니었다. 다만 교활한 가해자가 그 어떤 법적 처벌도 받지 않고 평온하게 살아간다는 것만은 참기 어려웠다. 서진은 어떻게든 그 남편의 인생을 망가뜨리고 싶었다.

그는 인아의 아파트 근처에 잠복하고 남편의 모습이 나타나기를 기다렸다. 우선 자주 가는 곳과 시간을 알아내면 취약점이 드러날 것이다. 어쩌면 범법을 저지를 수도 있다. 예를 들어 오피스텔에서 성매매를 한다든가. 그러면 경찰에 신고해 괴롭혀줄 생각이었다. 그러나 놈은 아직 회복중이라 그런지 무리한 일은 하나도 하지 않았다. 아침에 일어나면 공원에 나와 가벼운 산책을 하고 집으로 돌아갔다. 여덟시 반에 신도시의 투자 증권 회사로 출근했다. 저녁에는 편의점에 들러 뭔가를 사들고 아파트로 들어가 다음날까지 나오지 않았다. 집의 불은 밤늦도록 켜져 있곤 했다.

그의 움직임이 매우 단순한 패턴이라는 것을 알게 된 서진은 새벽의 산책길을 노리기로 했다. 갑자기 불쑥 나타나 그가 마음의 준비를 할 시간도 없이 물을 생각이었다. 도대체 왜 인아를 죽였느냐고. 그러나 막상 산책에 나선 그를 뒤따라 가다보니 그런 질문을 던져 그에게 불안과 죄책감을 심어준다는 게 무슨 의미가 있을까 하는 의구심이 들었고, 또 한편으로는 그가 자신의 죄를 덮기 위해 서진을 위협하거나 공격할 수도 있다는 두려움도 생겼다. 마음의 결정을 내리지 못한 채 남편의 뒤를 따라가고 있는데 갑자기 메타세쿼이아 뒤에서 뭔가가 후다닥 튀어나와 남편을 덮쳤다.

"야, 이 살인자 개새끼야!"

서진은 그 남자를 금방 알아볼 수 있었다. 사철나무 군락에서 자신을 덮쳤던 그 사채업자였다. 그는 남편을 깔아뭉갠 후, 그 위에 올라타 주먹으로 남편의 얼굴을 무지막지하게 가격했다. 짐승처럼 으르렁거리는 사채업자에게 남편은 무방비로, 이대로 두었다가는 죽을지도 모른다는 생각이 들 정도로 얻어터지고 있었다. 순식간에 얼굴은 피투성이가 되었다. 놀라운 것은 남편을 때리는 사채업자가 눈물을 흘리고 있었다는 것이고, 더 놀라운 것은 그가 인아의 이름을 부르고 있었다는 것이다.

"인아야, 인아야, 내가 잘못했다, 인아야!"

사람들이 몰려들었지만 사채업자의 기세에 눌려 아무도 달려들지 못했다. 마침 지나가던 공원 관리인이 그를 남편에게서 떼어놓았다. 그는 관리인에게 어깻죽지를 제압당한 채 누워 있는 남편을 향하여,

저놈이 살인범이다, 저 새끼가 사람을 죽였다, 소리를 질러댔다.

주춤주춤 현장에서 벗어난 서진은 회사에 출근해 정신없이 업무를 처리하고 혼자 점심을 먹었다. 오후에는 병원들을 돌기로 되어 있었다. 그중에는 신도시의 유일한 대학병원도 있었다. 응급실을 지나는데 문득 인아의 남편이 어쩌면 여기로 실려왔을 수도 있겠다는 생각이 들었다. 골프채에 맞아 뒤통수가 깨졌던데다 사채업자에게도 얼굴을 심하게 얻어터졌기 때문에 뇌에 심각한 손상을 입었을 수 있다. 그는 응급실로 들어가 오전에 뇌를 다쳐 들어온 사람이 있는지 물었다. 안면이 있는 간호사의 도움으로 그는 인아의 남편이 누워 있는 병상을 쉽게 찾을 수 있었다. 그는 자고 있는지 의식이 없는지 눈을 감고 있었고, 아마도 어머니로 보이는 늙은 여자에게 간병을 받고 있었다. 서진은 회사 동료라고 거짓말을 했다.

"좀 어떤가요?"

"뇌압이 너무 높아서 일단 뇌압을 낮춘 후에 수술을 받아야 한다는데, 뇌압이 안 떨어질 수도 있다고, 반신불수가 되거나, 평생 이렇게 누워 있을 수도 있다고……"

어머니가 눈물을 지었다.

"어쩌자고 집안에 이런 흉사만 있는지."

"가해자는 잡았습니까? 왜 때린 거라던가요?"

늙은 여자의 눈길이 분노로 이글거렸다. 아마도 그 분노의 소실점은 가해자가 아니라 죽은 며느리를 가리키고 있겠지만 알지도 못하는 서진에게 드러내고 싶지는 않았을 것이다.

"아니, 묻지 마 폭행이라는데, 세상에 묻지 마가 어디 있어요? 그런 놈은 광화문 네거리에서 사형을 시켜야지요."

그러다가 문득 한숨을 쉬며 말했다.

"다 지 팔자소관이지요. 누구를 탓하겠습니까?"

휴대폰이 울리자 어머니는 전화를 받으며 자리를 떴다. 서진은 남자의 얼굴을 가만히 내려다보았다. 그날 밤 인아는 선택을 했을 것이다. 고민 끝에 사채업자 대신에 서진을 불렀던 것이다. 만약 사채업자에게 맡겼더라면 그녀는 아직도 살아 있을 것이고, 이 남자는 그때 생을 마감했을 것이다. 아마도 사채업자는 흔적도 없이 사체를 처리했을 것이고 지금쯤 인아는 그와 살아가고 있었을 것이다. 서진은 생각해보았다. 인아가 죽고 없는 것과 사채업자와 살고 있는 것 중에서 어떤 것이 자신에게 더 고통스러울까. 살아서 사채업자의 여자가 되어 있는 것이 어쩌면 더 힘들 것 같았다. 인아의 죽음을 두고 이런 상상이나 하고 있는 자신이 혐오스러웠지만, 도저히 멈출 수가 없었다. 인아는 죽었고, 그 남편도 곧 죽거나 그에 버금가는 상태가 될 것이고, 사채업자는 교도소에 가게 될 것인데, 자신만 아무 일 없이 무사하고 앞으로도 그럴 것이라는 게 문득 기가 막히게 좋았다. 행복감이 솟구쳤다. 엄청난 유혹을 이겨내고, 위기로부터 자신의 안전을 지켜냈다는 것에 자부심마저 들었다. 인생의 원점 따위가 무슨 소용이냐, 그런 정신적 사치가 아니라 살아 있다는 것, 그게 진짜 중요한 거야. 그는 이제야 비로소 어른이 되었다는 느낌이 들었고, 어릴 적 위인전이나 읽으며 헛된 꿈을 꾸던 감상적 어린아이와 결별했다는 생각이 들어 뿌듯하기도 했다.

서진은 병상의 남자를 내려다보았다. 오른손이 시트 밖으로 삐져나와 있었다. 서진은 그 손을 잡았다. 따뜻하고 축축했다. 남자가 가늘게 눈을 뜨는 것 같기도 했지만 얼굴이 워낙 부어 있어 확실치 않았고, 눈을 떴다 해도 사람을 제대로 알아볼 것 같지는 않았다. 서진은 그의 손을 꼭 잡은 채 그의 귀에 입을 대고 속삭였다.

"여자나 패는 개새끼. 넌 곧 죽을 거다. 똥오줌도 못 가리고 이렇게 평생 누워 있거나…… 그런데 봐라. 난 이렇게 살아남았고, 그게 너무 좋다. 좋아죽겠단 말이다."

복도에서 통화를 마치고 응급실로 돌아오던 그의 어머니가 아들의 손을 잡고 있는 서진을 보며 와줘서 고맙다고 인사를 했다. 서진은 못내 작별을 아쉬워하는 연인처럼 천천히 남자의 손을 놓고 일어섰다. 그리고 그의 모친을 위로했다.

"곧 털고 일어날 겁니다. 힘내세요."

응급실을 나온 그는 의료기기 샘플이 들어 있는 가방을 들고 소독약 냄새가 진득하게 깔린 병실의 복도를 지나 구매 담당자의 사무실을 향해 힘차게 걸어가기 시작했다. 이 순간이 인생의 새로운 원점이라고 생각하면서.

옥
수
수
와

나

# 1

한 정신병원에 철석같이 스스로를 옥수수라 믿는 남자가 있었다. 오랜 치료와 상담을 통해 자신이 옥수수가 아니라는 것을 겨우 납득한 이 환자는 의사의 판단에 따라 귀가 조치되었다. 그러나 며칠 되지도 않아 혼비백산 병원으로 되돌아왔다.

"아니, 무슨 일입니까?"

의사가 물었다.

"닭들이 나를 자꾸 쫓아다닙니다. 무서워 죽겠습니다."

환자는 아직도 닭이 자기를 쫓아오는 것은 아닌지 두려워 몸을 떨며 연신 뒤를 돌아보았다. 의사는 부드러운 목소리로 안심시켰다.

"선생님은 옥수수가 아니라 사람이라는 거, 이제 그거 아시잖아요?"

환자는 말했다.

"글쎄, 저야 알지요. 하지만 닭들은 그걸 모르잖아요?"


# 2

수지는 먼저 와서 스도쿠를 하고 있었다. 그녀는 스도쿠나 십자말풀이처럼 빈칸에 뭘 채워넣는 퍼즐 게임을 좋아했다.

"실력이 많이 늘었네?"

"어떻게 알아?"

"보면 알지."

실은 모른다.

"밥은 먹었어?"

"응, 치킨. 데리야키 치킨."

그녀는 다시 스도쿠로 시선을 돌린다. 숫자 몇 개를 빈칸에 더 채워넣더니 옆으로 치웠다.

"요즘 어때?"

내 질문에 수지는 손으로 귀밑머리를 꼬았다. 대답을 회피하는 그녀 특유의 동작이다.

"글쎄, 당신은 어때?"

"나야말로 글쎄지."

"글쎄면 안 되지 않아?"

"안 될 건 뭐야?"

"몰라서 물어?"

"모르겠는데."

"이 뻔뻔하고 한심한 인간!"

그녀의 눈에서 갑자기 불이 번쩍인다. 나도 모르게 몸이 움츠러든다.

"미안해."

"미안하면 다야?"

"글이 안 써져. 안 써지는 걸 어떡해? 글을 써야 돈을 벌고, 돈을 벌어야 줄 거 아냐?"

"우리가 거지야?"

"웬 비약이야. 누가 거지래?"

그녀는 창밖으로 시선을 돌린다. 티슈를 뽑아 코를 푼다.

"쫑은 어때?"

"이름은 안 잊어버렸나보네."

"미안하다고 했잖아."

"언제?"

"좀 전에 했어. 어쨌든 미안하게 됐어."

그녀는 다시 한번 티슈로 눈가를 훔치더니 나를 정면으로 응시한다.

"사장이 날 잡아먹으려고 그래."

"왜?"

"회사 인수하자마자 편집자들 갖고 있는 계약서 다 제출하라 그러더라. 계약금만 받고 원고 안 넘긴 필자들 명단도."

"내 이름도 있겠군."

"맨 앞에 있을걸?"

"사장이 어디서 굴러먹던 놈이라고 했지?"

"월스트리트."

"그렇게 대단한 분이 왜 한국의 코딱지만한 출판사는 인수하셨대?"

"우리 그렇게 작지 않아."

"그랬던가?"

"미국식으로 하겠대."

"원고 안 넘기면 두건 씌워서 관타나모로 데려갈 건가?"

"일단 최후통첩을 하고 반응이 없으면 소송하겠대."

"뭐? 소송? 그래서 당신을 보낸 거야? 최후통첩하라고? 우리가 한때 한 이불 덮고 자던 사이라는 걸 혹시 모르고 있나?"

"알아. 미국에서는 그딴 거 신경 안 쓰나봐. 아니면 이게 더 잘 먹히는 방법이라고 생각하든지."

"난 미국이 싫어. 제국주의자들!"

"나도 좋아하지는 않아."

"정말 싫어."

"그래서 어떻게 할 건데? 계약금 토해낼 거야? 아니면 새로 데드라인을 협상해볼래?"

"둘 다 못하겠다면?"

"우리 회사 변호사가 전화할 거야."

"언제부터 출판계가 이렇게 살벌해졌지?"

"쫑이 아빠."

수지가 갑자기 정색을 한다. 그녀가 나를 이렇게 부를 때는 언제나 심각한 화제, 즉 돈 이야기가 나온다.

"이 얘기는 안 하려고 했는데."

"안 하려고 했으면 하지 마. 앞으로도 영원히."

"밀린 양육비는 달라고 안 할게. 다만."

"다만?"

"쫑이가, 나도 걔가 뭘 어떻게 했는지는 자세히 모르겠지만, 어쨌든 당신 딸 쫑이가 미국의 대학 몇 군데에 어플라이를 한 모양이야."

"한국에는 대학이 없나? 어쨌든 그래서?"

"연락이 왔어."

"실패의 쓴잔도 그 나이에는 맛볼 필요가 있지. 너무 좌절하지 말라고 전해줘."

"UCLA, 아이오와, 펜실베이니아 주립대학, 그리고 뭐 두 군데쯤 더 되는데 기억이 안 나네. 어쨌든 무려 다섯 군데에서 쫑이를 받아주겠다는 거야."

"실로 놀라운 일이군. 우리 둘 다 머리가 별로인데 어떻게 그런 애가 나왔지?"

"장학금은 없어. 학부는 원래 그렇대."

"여기 금연이니?"

"말 돌리지 마."

"그럴 줄 알았어. 어중간했구만. 좋은 대학들은 학부라도 장학금 주는 걸로 알고 있는데."

"쫑이 말로는, 일부러 등록금 싼 데만 골라서 보냈대."

"그럼 스탠퍼드나 뭐 그런 비싼 사립도 갈 수 있었다는 거야?"

"아빠가 좀 믿음직한 사람이었으면 그런 데도 지원했을 거야."

"왜 모든 게 내 탓으로 귀결되는 거야?"

"모든 건 당신한테 달렸어."

수지가 엄숙하게 선언했다. 나는 손을 내저었다.

"작가가 무슨 돈이 있어? 당신도 알다시피 받은 계약금도 다 써버렸잖아? 내 사정 뻔히 알면서. 빚더미에 앉아 있다고."

"좋아. 그럼 당신이 쫑이에게 얘기해. 안됐지만 부모가 돈이 없으니 포기하라고. 난 못하겠어."

"걘 왜 그렇게 속물이야? 도대체 미국 대학을 가야겠다는 생각이 어떻게 고등학생 머리에 떠오를 수가 있지? 걔 미국 드라마 너무 많이 본 거 아니야? 우리 때는 부모가 서울에 있는 대학만 보내줘도 감지덕지였는데."

쫑이는 어려서부터 성격이 독하고 지는 걸 절대 못 참았다. 호승심이 강한 어린애처럼 매력 없는 존재도 드물다. 초등학교 때부터 밤을 새워 공부하고 별것도 아닌 보드게임 한 판 지고도 대성통곡을 하는 애라니. 내 인생에 행운이 있다면 우리가 갈라설 때 쫑이가 제 어미를 선택하고 일찍 내 곁을 떠나갔다는 것이다.

"월스트리트에서 오신 잘나신 사장님께 소송당해서 곧 빈털터리가 되게 생겼는데 내가 어떻게 쫑이 등록금을 대겠어? 그게 말이 된다고 생각해?"

수지는 한숨을 쉬며 눈길을 떨군다.

"쫑이 말로는 첫해 등록금과 기숙사비만……"

수지는 말을 잇지 못하고 울먹였다.

"……빌려달래. 글쎄, 빌려달래. 나머지는 자기가 어떻게든 해보겠다면서. 어린애가 눈치가 빤해가지고……"

수지도 대성통곡할 기세였다. 나는 얼른 손을 내저어 그녀를 진정시켰다.

"너는 돈 없어? 월스트리트가 월급 안 줘?"

"출판계 사정 알면서 왜 이래?"

"좋아, 좋아. 그럼 내가 어떻게 하면 돼?"

"얼른 소설을 써. 그 길밖에 없어. 당신이 돈 버는 재주는 그것밖에 없잖아. 사장한테는 내가 잘 말해볼게. 당신 장편 안 나온 지 꽤 됐잖아. 이번에 나오면 좀 팔릴 거야. 첫 학기는 내가 어떻게 해볼 테니까 그다음은 당신이 좀 어떻게든 해줘."

"거기는 편집자가 너밖에 없니? 도대체 전남편한테 원고를 받아오라고 시키는 사장이 어딨냐?"

내가 분통을 터뜨리자 수지는 나를 다독였다.

"화만 내지 말고 한번 잘 생각해봐. 당신은 좋은 작가야. 데뷔작의 영광을 다시 재현해보는 거야. 자꾸 도망다니지 말고 제대로 좀 써봐. 이게 어쩌면 좋은 기회일 수도 있잖아?"

"난 도망다닌 적도 없고 제대로 안 쓴 적도 없어. 매번 할 수 있는 한 최선을 다했다고!"

"그래, 그래, 그랬지."

수지는 건성으로 맞장구를 쳤다.

"혹시 지금 뭐 쓰고 있는 거 없어? 응?"

이렇게 물을 때는 영락없이 필자 관리하러 온 편집자다.

"글쎄, 하나 있긴 한데, 아직은 비밀이야."

"비밀이라는 것 보니까 뭔가 괜찮은 거 쓰고 있나봐?"

"뭐 다 써봐야 알지. 열심히 쓰고 있기는 해."

모든 작가는 편집자에게 이렇게 거짓말을 한다.

"뭔데 그래? 나한테만 살짝 알려줘."

모든 편집자는 이렇게 작가의 말을 믿는 척한다. 나는 그냥 떠오르는 대로 아무렇게나 둘러댔다.

"일제시대의 유랑 곡마단 얘긴데, 이걸 라틴아메리카풍의 마술적 리얼리즘으로 푸는 거야."

구상을 편집자에게 말할 때는 마술적 리얼리즘이나 초현실주의를 슬쩍 언급해주는 게 좋다. 그러면 편집자는 자기 마음대로 스토리를 상상하기 시작하고 곧 그것을 마음에 들어한다.

"재밌을 것 같은데?"

전처까지도 이렇게 넘어가는 것을 보라. 이게 바로 마술적 리얼리즘의 마술적이면서도 리얼한 힘이다.

"어, 근데 이 곡마단 최후의 생존자가 뉴욕에 살고 있대. 한번 취재를 해야 하는데 너도 알다시피 뉴욕이 무슨 애 이름도 아니고, 또 비싸기는 좀 비싸냐? 가서 생존자를 찾아낸다는 보장도 없고…… 그러다보니 영 진도가 안 나가네. 아무리 마술적 리얼리즘이라도 어느 정도는 팩트가 뒷받침이 돼야……"

수지가 눈을 반짝이며 테이블에 몸을 붙여왔다.

"우리 사장이 맨해튼에 집이 하나 있어. 원래는 왔다갔다하면서 지내려고 사놓은 스튜디오 아파트인데, 요즘 서울에 있으니까 비어 있어. 내가 한번 알아봐줄까? 당신 소설 쓰러 간다고 하면 아마 흔쾌히 빌려줄 거야."

"근데 너 사장에 대해서 너무 잘 안다."

"갈 거야, 말 거야?"

"사장한테 일단 물어봐야 되지 않아?"

"먼저 당신 의견을 말하라니까."

"꼭 너희 집 같다?"

"자꾸 이런 식으로 나올 거야?"

"알았어. 갈게. 가면 되잖아."

"잘 생각했어. 좋은 기회잖아."

"근데 너희 사장 유부남이야?"

"자꾸 왜 이래? 찌질하게."

"그것만 말해줘. 궁금해서 참을 수가 없어. 유부남이야?"

"별거중이야."

"별거중이래가 아니고?"

"말꼬투리 잡지 마."

"별거중이라…… 말은 다들 그렇게 하지."

수지가 발끈했다.

"쫑이한테 부끄럽지도 않아? 아빠 노릇도 제대로 못하면서 뭐가 그렇게 말이 많고, 질척거려?"

"알았어, 알았어. 미안. 그래, 내가 좀 찌질하긴 해. 좋아. 그럼 이렇게 하지. 존경하는 사장님께 그 대단한 뉴욕하고도 맨해튼에 소유하고 계신 아파트를 슬럼프에 빠져 계약도 제대로 이행 못하고 있는 불쌍한 작가를 위해 제발 몇 달만 공짜로 빌려주십사고 정중하게 청해줄래? 아주 감사히 쓰고 원고는 정해진 기한 안에 반드시 넘길 테니 그동안의 계약 불이행은 부디 용서해달라고도 나 대신 말씀드리고."

"시끄러워."

"알았어."

수지는 차를 몰고 회사로 돌아갔지만 나는 카페에 더 남아 있었다. 이상하게 수지를 만나면 나는 그 옛날의 철없던 시절로 돌아가버리고 만다. 응석을 부리고 어깃장을 놓고 위로를 구걸한다. 나는 이제 옥수수가 아닌데, 정말 옥수수가 아닌데, 그런데 수지가 그걸 모르고 있으니, 내가 이제 더이상 옥수수가 아니라는 사실은 아무

의미가 없다. 나는 카페를 나오면서 하늘을 쳐다보았다. 흐린 하늘에는 뒤룩뒤룩 살찐 비둘기떼만 어지러이 날아다녔다.


## 3


나에게는 두 명의 친구가 있다. 둘의 공통점은 섹스 파트너가 있다는 것이다. 한 녀석은 대학에서 철학을 가르치면서 시를 쓰고 다른 녀석은 시를 쓰며 카페를 운영한다. 그런데 카페를 경영하는 녀석의 시가 철학을 가르치는 친구의 시보다 훨씬 난해하다. 어쨌든 이 둘은 서로를 매우 싫어한다. 한때는 나와 함께 어울려 다니며 술추렴깨나 했지만 다 옛날 일이다. 언젠가 내가 철학에게 그의 섹스 파트너에 대해 묻자 그는 이런 말을 했다.

"섹스 파트너와 뭔가를 교환한다고 믿는 사람들이 있지. 나는 그런 의견에 동의하지 않아. 교환하다니? 뭘? 전쟁 당사국들이 전쟁을 교환하지 않듯이, 바둑 친구들이 바둑을 교환하지 않듯이, 섹스 파트너들끼리도 섹스를 교환하지 않아. 나와 그녀는 뭔가를 교환하기 위해 만나는 것이 아니라 낭비하기 위해 만나는 거야. 우리는 시간과 에너지를 함께 소비하지. 그러나 궁극적으로 낭비하는 것은 바로 섹스라는 관념이야. '나는 섹스를 한다'는 무거운 관념을, 덤프트럭이 모래를 쏟아놓듯 훌훌 던져버리고 홀가분하게 집으로 돌아가는 거야. 비트겐슈타인식으로 말하자면 우리는 섹스 파트너라는 이름의 상자를 공유하고 있는 거야. 그 안에 들어 있는 것이 무엇이든 간에, 우리는 그것을 섹스 파트너라고 부르기로 정한 거야. 그리고 실은 그 뚜껑을 열지 않아. 우리가 뚜껑을 열지 않는 한, 우리는 안전해."

철학과 만나 관념을 낭비하는 여자는 카페의 아내다. 평생을 작가로 살아온 나의 예리한 육감이다.

"둘이 한 달에 몇 번이나 만나?"

철학은 잠시 생각을 해보더니 고개를 저었다.

"대중없어. 매주 만날 때도 있고 한 달에 한 번도 못 만날 때도 있어. 근데 그건 왜 물어?"

"난 모든 걸 궁금해하는 프루스트형 소설가잖아. 근데 한 달에 한 번이라고? 그날이 다가올 때면 환경미화원들이 장기 파업한 도시처럼 너의 고매한 정신 곳곳에 '섹스를 한다'는 관념이 쌓여서 악취를 풍기고 있겠구나."

철학이 맥주잔을 손으로 뱅글뱅글 돌렸다. 지독하게 기분이 나쁠 때 하는 짓이다. 한참을 그러더니 미간을 좁히며 뻐딱하게 물었다.

"그러는 너는? 그 관념을 어떻게 처리해?"

"나는 관념이 아니라 정액을 처리해. 여러 가지 방법으로. 소설가는 말이야, 현실적이어야 해."

철학이 이의를 제기한다.

"그게 과연 그렇게 간단할까? 너는 관념에서 출발해서 거기에 사실의 살을 붙여가는 일을 하잖아. 아이디어에서 출발해 거기에 육체를 더하는. 그러니까 네가 뭐라고 떠들든 너 역시 관념을 먼저 처리해야 할 거야."

"소설은 그런 게 아냐. 매우 육체적인 거야. 심장이 움직이면 마음은 복종해. 우리는 시인이나 평론가와 다른 몸을 갖고 있어. 문학계의 해병대, 육체노동자, 정육점 주인이야."

"너의 그 확신이 나는 불길해."

누가 철학자 아니랄까봐 냉소적이기는.


언젠가 카페에게는 이런 질문을 던져보았다.

"너는 그 여자를 뭐라고 부르니?"

이제는 후진 양성에 전념하는 왕년의 프로레슬러처럼 생긴 카페는 여자 얘기를 할 때면 약간 수줍어하곤 한다.

"사실 우리는 서로를 별명으로 불러. 걔한테 내가 붙여준 별명이 백 개도 넘을 거야. 만날 때마다 다른 이름으로 부르거든. 무의미할수록 좋아. '다리 부러진 의자'라고 부를 때도 있고 '공허한 찐빵'이라고 부를 때도 있어."

"헤이, '섹스 파트너'라고 부를 때는 없어? 장난으로라도? 아님 '섹파' 같은 준말로라도."

"요즘 어떤 엄마들은 아들을 '아들'이라고 부르더라. 나는 그럴 때마다 그 엄마들이 어떤 넘지 말아야 할 선을 넘는 것 같아서 아슬아슬해. 아들이라고 부르는 순간, 엄마와 아들 사이에 어떤 완충지대도 없어지는 거야. 섹스 파트너라는 말도 마찬가지야. 그러니까 내 말은, 프라이팬에 뭘 구우려면 말이야. 먼저 기름을 둘러야 한다는 거야. 그래야 서로 들러붙지를 않지."

"잠깐, 그런데 그 여자, 뭐하는 사람이라고 했지?"

"너한테 얘기해준 적 없는 것 같은데."

유도신문은 나의 장기이지만 단련된 사람에게는 잘 안 먹힌다.

"알았어. 그럼 다시 물어볼게. 그 여자 뭐하는 사람이야?"

"여군 장교야."

"정말?"

"내가 주말마다 차를 몰고 강원도로 가. 근무지는 최전방이야. 좁은 동네라서 소문이라도 나면 곤란하니까 그녀는 사복으로 갈아입고 변장 수준의 화장을 한 다음, 좀더 후방에 있는 도시로 나와서 나와 접선하지."

"그랬군."

"난 어릴 때부터 유니폼을 입은 여자들이 좋았어."

그의 몸짓이 더욱 수줍어진다.

"'유니폼을 입은 여자'라는 말도 일종의 기름 같은 건가?"

"맞아. 덕분에 나는 '유니폼을 입은 여자를 좋아하는 남자'로 살 수 있는 거지. 역시 소설가라 그런지 금방 이해하는군."

"그 여자는 너와 만날 때에는 사복을 입지 않아?"

"물론 사복이지. 하지만 그녀가 나를 위해 옷을 '갈아입고' 왔다는 것, 그게 나를 흥분시킨다고. 다른 여자들은 옷을 '입고' 남자를 만나러 오지만 그녀는 옷을 '갈아'입고 오는 거야."

자기 말에 취해 주저리주저리 떠들고 있는 카페는 자기 아내가 철학과 주기적으로 만나 '섹스를 한다'는 무거운 관념을 던져버리고 온다는 걸 모르고 있다. 고래로 이런 진실은 남편이 가장 늦게 알게 된다. 카페의 아내와 철학 역시 카페가 최전방에서 여군 장교와 프라이팬에 기름을 두른다는 것을 모른다. 그들은 그저 카페가 낚시에 미쳐 있다고 믿고 있다.

## 4

수지가 전화를 걸어왔다. 사장이 날 만났으면 한다는 것이다.

"같이 오는 거야?"

"아니, 혼자 가겠대."

사장은 허리가 잘록 들어간 군청색 재킷에 흰색 바지를 입고 적갈색 로퍼를 신고 있었다. 부모 잘 만난 강남의 철부지 같은 행색이었다. 출판사보다는 골프숍을 운영한다고 하는 쪽이 더 그럴듯한 용모였다. 눈은 큰데 코와 입이 작았고 눈 아래로 다크서클이 심해서 너구리를 연상시켰다. 우리는 삼청동의 와인 바에 앉아 햄과 치즈를 안주 삼아 보르도를 마셨다. 출판계의 불황, 한국 정치의 난맥상 같은 그저 그런 화제들이 잠깐씩 테이블에 올라왔다 금세 사라졌다.

"박선생님."

"네?"

"사실 제가 박선생님의 열렬한 팬입니다."

행여나. 나는 아무 대꾸도 하지 않고 애매한 미소만 지었다. 그러자 사장은 들고 온 쇼핑백을 들어 테이블 위에 올려놓았다.

"그게 다 뭡니까?"

"뭐긴요. 다 박선생님 책이죠. 사인 받으려고 다 가지고 왔습니다."

얼핏 보기에도 내 데뷔작부터 최근작까지가 망라되어 있는 것 같았다. 수지가 들려 보냈겠지. 나는 의심의 눈초리를 거두지 않고 그가 쌓아놓은 책들 중 몇 권을 집어들어 판권 면을 살폈다. 놀랍게도 모두 초판 1쇄였다.

"설마 모두 초판인가요?"

"네, 정말 팬이라니까요."

너구리가 쑥스러운 듯 뒤통수를 긁었다. 볼에 발그레 홍조까지 띠면서. 나는 자세를 고쳐앉고 한 권 한 권에 사인을 하기 시작했다. 그의 말대로 책은 모두 초판이었다. 흥미로웠던 것은 책의 여백에 빽빽하게 적은 메모들이었다. 내가 좀 자세히 살펴보려 하자 그가 화들짝 놀라며 손사래를 쳤다.

"제발, 그건 보지 마십시오. 객지 생활 하다보니 외로워서…… 선생님 책을 읽다보면 떠오르는 생각들이 많아, 잊어버리지 않으려고 그때그때 끄적이다보니 귀한 책에 낙서를……"

"아, 뭐 감상 같은 걸 책 여백에 적어놓으시는군요."

"아니, 그런 것은 아니고, 외람됩니다만 나라면 어떻게 썼을까, 하는 구상 같은 것이랄까요. 소설을 볼 때마다 나름의 스토리를 상상하는 버릇이 어릴 때부터 있었던 터라."

"소설을 직접 써보지는 않으셨고요?"

"제가 어떻게 감히. 그냥 나름대로 플롯을 짜보고 뭐 그러는 수준입니다."

"미국에서 이렇게 모두 초판으로 사 모으신 건가요?"

"다는 아니고요. 한국에서 산 것들도 있어요. 뉴욕에 있을 때는 제가 박선생님 책을 좋아하는 걸 아는 친구가 새로 나올 때마다 사서 부쳐주었지요."

"좋은 친구분을 두셨네요."

나는 무려 열세 권이나 되는 책에 모두 사인을 했다. 자신이 낸 모든 책을 초판으로 갖고 있고, 게다가 책 갈피갈피마다 빼곡히 메모를 적어넣은 독자를 싫어하는 작가는 없을 것이다. 게다가 그 독자가 출판사를 새로 인수한 사장이라면 더 바랄 나위가 없겠지.

"동세대에 박선생님 같은 작가가 있다는 게 저 먼 나라에서 얼마나 위안이 되었는지 모르실 겁니다."

"아, 감사합니다."

이런 찬사는 몇 년 만에 처음이어서 좀 어리둥절했다. 사장은 자신이 읽은 내 책에 대해서 떠들어대기 시작했다. 작가라고 자기가 쓴 책의 내용을 전부 기억하는 것은 아니다. 독자 역시 잊어버리거나 엉뚱하게 기억한다. 따라서 작가와 독자가 만나서 책 이야기를 하다보면 언제나 다소 뜨악한 분위기로 흘러가게 된다. 이렇게 어긋나는 일에는 익숙해져 있었지만 사장과의 대화는 유독 많이 엇갈렸다. 내 책의 여백에 자기 나름의 대안적 스토리를 자꾸 적어넣다보니 마치 그것이 원래 스토리였던 것처럼 착각하고 있는 것 같았다. 아니면 내가 잘못 기억하고 있는 것일 수도 있다. 이제 나는 그런 일에 별로 개의치 않는다. 독자가 어떻게 기억하고 있든 그게 나와 무슨 상관이란 말인가.

"이부장한테 듣기로는……"

수지를 말하는 것이었다.

"새로운 장편을 구상하고 계시다고요."

"아, 그거요. 그게 아직 다 무르익은 건 아닌데."

"제가 듣기로는……"

"네, 일제시대 곡마단 얘기를 한번 써보려고……"

"근사합니다! 사실 저는 이부장에게 듣자마자 무릎을 쳤습니다. 바로 이거다! 곡마단!"

사장이 엉덩이를 들썩이며 말했다. 그러자 오히려 내가 불안해졌다.

"아니, 일제시대 곡마단 얘기를 누가 관심 있어 하겠습니까? 안 팔릴 것 같은데요."

"상관없습니다. 팔리든 안 팔리든 낼 소설은 내야죠. 아, 그렇다고 열심히 안 팔겠다는 말씀은 아닙니다. 최선을 다해서 선생님의 명성에 누가 되지 않도록 하겠습니다. 하지만 팔리지 않는다 해도, 아니, 이 작품 때문에 설령 출판사가 망한다 해도, 저는 반드시 내고야 말겠습니다."

"망해서는 곤란하지요."

"제가 골드만삭스에 있었다는 얘기 혹시 들으셨습니까?"

"월스트리트에서 일하셨다는 얘기는 들었습니다만."

"투자은행 중의 투자은행이라는 바로 그 골드만삭스에서 일을 했습니다. 사연이 좀 깁니다. 제가 좋아하던 여자가 있었는데 부친께서 반대를 하셨어요. 여자네 집이 좀 가난했거든요. 무조건 그 여자는 안 된다는 거예요. 그래서 여자를 데리고 제가 무턱대고 미국으로 건너간 겁니다. 돈 벌어오면 될 거 아니냐고. 그렇게 집을 뛰쳐나온 지 오 년 만에 제가 딱 삼십억을 벌어서 한국으로 돌아왔습니다."

"삼십억이요?"

"골드만삭스 같은 은행은 겉보기에는 화려하죠. 아르마니 양복에 흰 셔츠를 입은 뱅커들이 마호가니 탁자에 앉아서 고객들을 상대하는 장면들을 흔히들 상상합니다. 흥, 저희는 그놈들을 솔저라고 부르지요. 가장 밑바닥에서 남의 돈 굴리는 일종의 하급 일꾼들입니다. 갤리선의 노잡이라고도 합니다. 골드만삭스 직원들이 건배할 때 뭐라고 하는지 아십니까?"

"뭐라고 하나요?"

"OPM이라고 합니다."

"무슨 뜻인가요?"

"Other People's Money, 즉, 남의 돈 만세! 라는 뜻이죠. 월스트리트의 뱅커들은 모든 것을 남의 돈으로 합니다. 남의 돈으로 투자하고 남의 돈으로 빌딩을 짓고 남의 돈으로 밥을 먹지요. 자기 돈을 쓰고 자기가 위험을 감수하는 놈들을 우리는 바보라고 생각합니다."

"OPM이라."

"그런데 말입니다. 이 골드만삭스의 핵심에는 바로 골드만삭스 자체 자금을 굴리는 인원들이 있습니다. 대부분은 유대인이지만 꼭 그렇지만은 않습니다. 이 친구들은 갭 티셔츠에 리바이스 501 청바지를 입고 출근해서 햄버거를 먹으며 키보드를 두들깁니다. 이들이야말로 골드만삭스가 가장 신뢰하는 직원들입니다. 제가 바로 거기에 있었습니다."

"와, 대단하셨군요."

"제가 왜 이런 얘기를 박선생님께 드리느냐 하면 말이죠. 박선생님이야말로 우리 회사의 핵심 자산이자 최고의 인적 자원이라는 뜻입니다. 솔저, 갤리선의 노잡이가 아니라는 거죠. 선생님의 책을 내는 일이라면 저는 OPM 필요 없습니다. 제 전 재산을 털어서라도 내겠다는 겁니다."

"하지만 아시다시피 최근 들어 제 책은 별로 팔리지도 않고……"

"그만, 선생님, 그만하십시오. 그때는 전임 사장하고 일하셨잖습니까? 그러나 이제는 제가 경영자입니다. 제가 월스트리트에서 배워온 것은 딱 하나입니다. 뭔지 아십니까?"

"……OPM?"

"No!"

그는 단호하게 고개를 가로저었다.

"결국 기업의 가치는 사람으로부터 나온다는 것입니다. 제가 한국에 들어와서 출판사들을 인수하러 시장을 돌아다닐 때, 매물이 여럿 있었습니다. 이 회사보다 재정 상태 튼튼하고 백리스트 좋은 회사 많았지만 저는 고민하지 않았습니다. 왜? 이 회사를 사면 저는 바로 이 책들의 저자."

그는 옆에 쌓아놓은 책들에 선서하듯 손을 얹었다.

"……의 동반자, 그의 발행인이 될 수 있는 것이니까요. 단돈 이십 억에 말입니다! 이게 믿어지세요?"

"글쎄요. 적은 돈은 아니라고 생각합니다만……"

"돈은 중요하지 않습니다. 더 늦기 전에 제가 정말 좋아하는 일을 하자고 결심한 겁니다. 책과 문학, 작가를 사랑하는, 재능 없고 무능한 돈벌레가 할 수 있는 가장 영광된 일이 무엇이겠습니까? 이것밖에 더 있습니까? 안 그렇습니까?"

그의 침이 내 얼굴까지 튀었다.

"선생님."

"네?"

"좋은 소설 하나만 써주십시오. 선생님의 귀한 글에 감히 제 이름 석 자를 박아 서점에 깔리는 그날까지 오매불망 기다리겠습니다."

"알겠습니다. 최선을 다해보지요."

사장의 흥분에 감염되어 나도 모르게 덜컥 그러마고 대답을 하고 말았다. 그제야 사장도 조금 긴장을 풀고 소파에 등을 기댔다.

"뉴욕으로는 언제 떠날 예정이신가요?"

사장이 얼음물을 들이켜면서 물었다.

"뉴욕이요?"

"곡마단의 마지막 생존자가 거기 있다고, 그래서 취재하러 가신다고……"

"아, 네, 이번 달 안으로는 떠날 생각입니다."

"제가 아파트 관리인한테 미리 얘기를 해놔야 돼서요. 가서 쓰시다가 뭐 불편한 점 있으시면."

그는 명함 한 장을 건넸다.

"이 친구한테 말씀하시면 웬만한 건 다 알아서 처리해줄 겁니다."

"정말 뭐라고 말씀을 드려야 할지…… 하여간 고맙습니다."

"위치가 끝내줍니다. 월스트리트가 있는 파이낸셜 디스트릭트와 소호, 이스트빌리지의 중간쯤 되는 지역입니다. 요즘 불쑥불쑥 올라가는 멋대가리 없는 콘도가 아니라, 아주 고풍스러운, 전통의 브라운 스톤 아파트입니다. 호두나무 몰딩에, 벽난로에, 하여간 작가가 가서 글쓰기에는 딱인 곳입니다. 근처에 식당들도 많아서 생활하시기 편리할 겁니다."

우리는 와인 바를 나왔다. 맥주나 한잔 더 하자는 사장의 제안에 따라 근처 카페로 이동하는 중에 사장에게 전화 한 통이 걸려왔다. 사장은 심각한 표정으로 전화를 받더니 나에게 양해를 구했다.

"아들내미가 갑자기 아프다는군요. 이거 어떻게 하지요?"

"가보셔야죠. 뭐, 다음에 또 뵙지요."

사장은 택시를 잡아타고 황급히 집으로 향했고 나는 멍하니 혼자 길에 서 있었다. 그냥 집에 들어가기는 뭐해서 철학에게 전화를 했다.

"나야."

"어디야?"

"삼청동."

"뭐해?"

"사장을 만났는데 말야."

"뭐래?"

"내 광팬이래."

"다 하는 수작이지."

"글쎄."

"제수씨하고는 어떻대?"

"아닌 것 같아."

"물어봤어?"

"그걸 어떻게 물어봐?"

"그런데 어떻게 알아?"

"그냥 느낌이 그래. 그런 사람 아닌 것 같아."

"사장은 어디 갔어?"

"애가 아프다며 집에 갔어."

"무슨 팬이 그래?"

"애가 아픈데 그럼 어떡해? 집에서 전화가 오더라고."

"그래서? 뉴욕에는 가기로 했어?"

"응."

"결국 그렇게 됐구나."

철학의 목소리에 실망의 기운이 묻어난다.

"나와서 맥주 한잔 할래?"

"아니, 나 내일 아침에 일찍 나가야 돼."

"그래, 그럼 잘 자."

택시를 잡으려고 했지만 여의치가 않았다. 다섯 대 정도의 택시가 손님을 태우고 내 앞을 지나갔다. 나는 수지에게 전화를 했다. 수지는 한참 만에야 전화를 받았다.

"어디야?"

"어디 좀 나가는 길이야."

"이 밤중에 어딜?"

"자기가 내 남편이야, 뭐야?"

"맞아. 내가 참견할 일이 아니지."

"참, 우리 사장은 잘 만났어?"

"왜 과거형으로 물어?"

"뭐?"

"잘 만났냐고 물었잖아? 잘 만나고 있냐가 아니라. 나는 사장하고 헤어졌다는 말 안 했는데."

"아, 그래? 그럼 아직 같이 있는 거야?"

수지는 아직 순진한 구석이 있다. 거짓말에 서툴다.

"아니, 사장은 갔어. 애가 아프대."

"아, 그래?"

"애가 정확히 1차 끝나고 막 2차 시작하려는 시점에 아프더라고."

"삐딱하기는."

"예리한 거지."

"……"

"수지야."

"왜?"

수지의 말꼬리가 짜증스럽게 올라간다.

"아니야."

"말해."

"사장이 도대체 왜 그렇게 내 원고를 받으려고 하는 거냐?"

"당신 소설을 좋아한대."

"돈밖에 모르는 사람인 줄 알고 만났더니 그런 사람같이 보이지는 않았는데 헤어지고 나서 생각해보니 역시 돈밖에 모르는 사람이 맞는 것 같고, 그런데 왜 그런 사람이 잘 팔리지도 않을 내 소설을 받으려고 하는 건가 싶어서 말이야."

"그 사람, 돈벌이에는 동물적인 감각이 있어. 맨손으로 집 나가서 오 년 만에 삼십억을 벌었다잖아. 한번 믿고 원고 줘봐. 혹시 알아? 잘 팔릴지."

"그럴까?"

"아저씨, 여기 내려주세요."

그녀가 택시 기사에게 하는 말이 들렸다.

"나, 그만 가봐야 돼. 내일 다시 통화해."

나는 수지와 사장은 어떤 체위로 섹스를 할까 생각하며 삼청동의

밤길을 걸어내려왔다.


## 5


며칠 후, 나는 철학을 만나 맥주를 마셨다. 철학은 수지와 나눈 이야기를 다 듣더니 물었다.

"그래서 뉴욕에 갈 거야?"

"아니."

나는 고개를 저었다.

"간다고 했다면서?"

"그래야 수지가 날 놔줄 테니까. 그 사람 집요한 건 너도 알잖아?"

"원하는 게 있는 여자는 다 집요하지."

"그래?"

"뉴욕에는 왜 안 가겠다는 거야?"

"들어봐. 나는 일종의 딜레마에 빠져 있어. 내가 뉴욕에 가서 끝내주는 소설을 썼다고 쳐보자고."

"말처럼 쉽진 않겠지."

"그냥 가정이잖아? 철학자가 왜 이래? 가정 몰라, 가정? 이프, 이프."

"알았어. 그래서?"

"내가 영혼을 마른걸레처럼 쥐어짜서 쓴 소설 덕분에 수지는 회사에서 능력 있는 편집자로 인정을 받겠고 수지와 내연 관계에 있는 사장은 떼돈을 벌겠지?"

"잠깐! 제수씨하고 사장하고 그런 사이 아니라며?"

"그런 사이 맞아. 확실해."

"정말이야?"

"내 육감은 속일 수가 없어."

"월스트리트에서 떼돈을 벌어왔다는 작자가 뭐가 아쉬워서 애 딸린 사십대 이혼녀하고……"

"너는 뭐가 아쉬워서 세상의 하고많은 여자 중에서 친구 마누라하고 섹스를 하니?"

"그 새끼 내 친구 아니야. 그리고 우리는 섹스를 하는 게 아니라 '섹스를 한다'는 관념을 함께 처리하고 있는 거래도."

이래서 철학이 외면을 당하는 거야, 이 사람아.

"어쨌든 내가 어렵사리 쓴 소설이 잘 팔리기라도 하면 전처와 정부의 배를 불리게 되는 거야."

"그렇겠지."

"그런데 반대로 만약 책이 안 팔리면 나를 술자리의 안주 삼아 씹어대겠지. 그 인간은 작가로서 끝났다. 이혼하기를 정말 잘했다. 그것도 소설이라고 쓰고 있냐. 그런 고리타분하고 진부한 소설로 살아남겠냐? 어쩌고저쩌고."

"자학하지 마."

"자학이라니? 이건 가정이라니까! 이프, 이프, 이프!"

"어쨌든 정말 딜레마구나. 잘 써도 낭패, 못 쓰면 개쪽."

"그러니까 안 쓰는 게 최선이야."

"안 쓸 수도 없게 됐잖아? 그 골드만삭스의 수전노가 너를 상대로 소송을 하겠다며?"

"계약금 반환 소송을 걸겠지. 샤일록 같은 놈!"

"사기로 걸 수도 있어."

"사기라니? 내가 무슨 사기를 쳤단 말이야?"

"책을 쓸 의사가 전혀 없으면서도 거액의 계약금을 받아갔으니 사기라고 주장할 거야. 사기라면 형사사건이 되지. 그러니까 사기로 일단 걸고, 민사소송도 동시에 진행하는 거야."

"그럼 그 개자식은 출판계에서 매장될걸? 작가를 사기로 거는 출판사하고 누가 계약하겠어?"

"그래도 민사소송은 하겠지."

"그 자식은 분명 내 재능을 질투하고 있어. 수지를 차지하기 위해서는 내 무능을 폭로해야만 하지. 그래서 일부러 수지를 보낸 거야. 덫을 놓은 거지. 비겁한 놈. 내가 쉽게 당할 줄 알고?"

"제수씨가 그렇게나 대단한 여자야?"

"눈에 뭐가 씐 거지."

"뭐 뾰족한 수가 있어?"

"사장을 직접 만나서 담판을 지을까 해."

"응해줄까?"

"응할 거야."

"그런데 말이야. 작가가 소설 쓰면 결국 작가 자신한테 좋은 것 아니야? 내막이야 어찌됐든 세상에 나오면 그건 네 소설이잖아?"

"넌 그러니까 순진하게 자본가에게 이용당하는 거야."

"난 국립대학 교수야. 나랏돈을 받는다고. 시집은 내 돈으로 내고."

"잘났다."

"그래, 사장 만나서 뭐라고 할 건데? 배 째라고 할 거야?"

"거절할 수 없는 제안을 하는 거지."

"그거 〈대부〉에서 돈 콜레오네가 하는 대사 아니야?"

"맞아."

"그 거절할 수 없는 제안이 뭔데?"

"수지와의 관계를 눈감아주겠다고 하는 거야. 절대로 수지 앞에 나타나지도 않고, 심지어 쫑이 결혼식 같은 가족 행사에도 영원히 불참하겠다고 말이야. 그럴 테니 계약은 없던 걸로 하자. 나는 정말이지 당신 출판사에서 책을 내고 싶은 생각이 털끝만큼도 없다. 그러느니 차라리 펜을 꺾겠다."

"제수씨나 쫑이 앞에 안 나타나는 건 사실은 네가 원하는 바잖아? 넌 제수씨도 싫어하고 쫑이한테도 정이 없잖아. 그걸 사장이 모를까? 거절하기 아주 쉬운 제안 같은데?"

"사장이 그걸 알까?"

"왜 모르겠어? 수지와 가깝다면 알고 있을 거고, 수지와 아무 관계가 없다면 헛발질이고. 사장이 수지를 좋아한다는 확증도 없잖아."

"없지."

"그럼 이러는 건 어때?"

"어떻게?"

"사장이 도저히 제정신으로는 출판할 수 없는 난해하고 어지러운 소설을 쓰는 거야. 제임스 조이스의 『율리시스』 같은 걸 써버려. 한 천 페이지쯤 되고 이렇다 할 줄거리도 없고 주제도 알기 힘든 소설 말이야."

"『율리시스』에는 줄거리도 있고 분명한 주제도 있어."

"사실 난 안 읽어봤어. 주제가 뭔데?"

"찌질한 중년 남자의 어지러운 성적 몽상."

"스탠리 큐브릭의 〈아이즈 와이드 셧〉하고 주제가 같잖아?"

"그렇지. 그게 사실 전부야. 『율리시스』를 음란물로 판정했던 미국 판사는 뭘 아는 놈이었어. 가끔은 문학과 아무 관계도 없는 사람들이 작가들의 내면을 꿰뚫어 보기도 하지."

"그러니까 그런 걸 쓰란 말이야. 음란하면 더 좋겠네. 잘하면 사장까지 감옥에 넣을 수 있을지도 몰라."

"『율리시스』가 그렇게 쉽게 쓸 수 있는 소설이 아닌데."

"그러니까 못 써야지. 일부러 못 쓰는 건 쉽잖아?"

"그것도 쉽지는 않은데…… 일정 수준에 도달한 나 같은 작가에게는 말야."

철학은 내 반박을 귓등으로 흘렸다.

"거꾸로 사장을 딜레마로 몰아넣는 거야. 역전 드라마지. 너야 원고만 넘기면 계약은 지키는 거잖아."

"음, 무려 천 페이지에 달하는 어지럽고 음란하고 실험적이면서 해체적인 소설이라."

"바로 그거야! 아마 절대로 출판 못할 거야. 하면 낭패고. 요즘 종잇값도 많이 올랐다는데."

철학이 신이 나서 박수를 쳤다. 우리는 건배를 했다. 철학은 난해하고 해체적이면서 음란한 소설로 사장을 곤경에 빠뜨리기로 한 것은 정말 기발한 생각이라고 재차 강조했다.

"게다가 뉴욕까지 갈 필요도 없잖아."

철학이 자꾸만 뉴욕에 집착하는 꼴을 보고 있자니 문득 꼭 가야겠다는 생각이 들었다. 거기서 쓰면 되지 뭐.


6


사장의 아파트는 그의 말 그대로 '아주 고풍스러운, 전통의 브라운 스톤 아파트'였다. 열쇠를 건네준 관리인은 폴란드계 거구로, 매우 무뚝뚝했다. 내부는 제이차 세계대전 이후로 수리라고는 해본 적이 없는 듯 낡고 우중충했다. 두 개밖에 없는 창으로는 아름다운 정원과 찬란하게 부서지는 햇살 대신 거대한 환풍 장치만 보였다. 창을 열었더니 롬멜의 대전차 군단이 진격하는 요란한 소음이 열기와 함께 맹렬하게 끼쳐들었다.

동네는 또 어떤가. 사장이 말한 '월스트리트가 있는 파이낸셜 디스트릭트와 소호, 이스트빌리지의 중간쯤 되는 지역'은 막상 와보니 차이나타운이었다. 한 블록만 가면 비린내가 진동하는 어물전 밀집 지역이었고 그 옆으로는 조잡한 중국산 짝퉁 노점상들의 무리. 길바닥은 식당에서 내놓은 음식물 쓰레기에서 배어나온 오수로 흥건했다. 기온이 올라가고 습도가 높아지면 냄새는 더욱 지독해졌다. 아파트 바로 옆 건물은 노숙자 쉼터였다. 원래는 개인이 자선사업 삼아 운영하던 것을 시에서 사들였다고 한다.

어차피 온 것, 즐기기나 하자는 마음에 처음 얼마 동안은 미술관도 다니고 서점도 들르면서 괜히 여기저기를 쏘다니기도 했지만 곧 시들해졌다. 밤이면 환풍 장치가 웅웅대는 소리에 악몽에 시달렸다. 무적 소리 우렁찬, 몹시도 험하게 요동치는 페리를 타고 본 적도 없는 먼 나라로 떠나는데 주머니엔 여권이 없더라는 식의 꿈이었다. 집에서는 글이 써지지 않아 주변의 카페를 찾아다녔지만 맨해튼에서는 차분히 앉아 작업할 카페를 거의 찾을 수가 없었다. 천 페이지가 넘는 요령부득의 소설로 사장을 난처하게 만들겠다는 발상은 점점 무의미한 만용처럼 느껴졌다. 와인을 병째로 마시며 환풍 장치의 무시무시한 소음과 싸우던 날들은 한밤중에 통통한 쥐 두 마리가 나타나며 최악으로 치달았다. 몹시도 요동치는 페리 갑판에 갑자기 나타난 곰과 싸우는 꿈을 꾸다 눈을 떠보니 가슴팍에 쥐 한 마리가 서서 나를 응시하고 있었다. 눈이 마주치자 쥐는 별로 서두르는 기색도 없이 발치 쪽으로 움직였다. 곧이어 또 한 마리가 같은 경로를 거쳐갔다. 나는 벌떡 일어나 스탠드를 켰다. 쥐들이 붙박이장 속으로 사라졌다. 숙취 때문인지 머리가 지독하게 아팠다. 시계를 보니 새벽 세시가 조금 넘은 시각이었다.

혹시 두통약이 있을까 싶어 집을 뒤지다가 침대 옆 사이드 테이블 서랍을 열었다. 콘돔 한 상자와 안대, 그리고 실탄이 장전된 권총이 있었다. 진짜 총은 손에 쥐었을 때 느낌이 온다. 유럽의 관광지 성당에 들어갔을 때와 같은 기분이다. 한 세상에서 다른 세상으로 넘어가는 듯한, 삶과 죽음, 성과 속의 경계를 몸으로 느끼는 것이다. 권총의 손잡이에는 글록 로고가 각인되어 있었다. GLOCK GmbH. 버지니아테크 총기 난사 사건에서, 그리고 애리조나 투손의 기퍼즈 의원 저격 사건에서 사용됐다는 권총이었다. 사담 후세인도 체포되던 당시에 이걸 갖고 있었다고 들었다. 나는 총을 제자리에 다시 놓아두었다. 사장에 대한 관념을 교정해야 할 시간이었다. 나는 내 머릿속의 사장 파일에 태그 하나를 덧붙였다. #사장 #월스트리트 #너구리 #권총. 이제 그는 더이상 월스트리트에서 운좋게 한몫 잡은 나약한 너구리가 아니었다.

혹시 사장은 내게 우회적으로 자살을 권하고 있는 것일까? 알코올의 도움 없이는 도저히 잠을 이룰 수 없는 갑갑한 스튜디오에 가둬놓고 계약서와 변호사, 전처를 동원해 압박하면서 선물처럼 조용히 권총 한 자루를 넣어준 것일까? '작가 박만수, 맨해튼의 아파트에서 권총 자살. 최근 슬럼프로 우울증 증세.' 최대 수혜자는? 바로 사장이겠지. 서점들은 나를 추모하네 어쩌네 하며 매대를 따로 마련하겠고 한동안 주문이 폭주하겠지. 인세는 쫑이가 상속할 것이다. 나의 영악한 딸은 그 돈으로 미국 대학 등록금을 감당하리라. 나는 그런 남 좋은 일만은 절대로 하지 않겠다고 다짐했다. 그런데도 잠시후 정신을 차려보면 다시 권총 자살에 대해 생각하고 있었다.

짐을 싸서 서울로 가자. 다른 출판사에 구걸을 해서라도 수지네 출판사에 빚을 갚자. 일단 살고 보는 거다. 여기 있다가는 제명에 못죽겠다. 그런 생각을 하며 아침을 먹고 있는데 갑자기 현관문이 벌컥 열렸다. 큼직한 여행가방을 끌고 들어온 사람은 삼십대 초반의 여성이었다. 평범한 남성을 일순 부끄럽게 만드는 대단한 미모였다.

"누구세요?"

여자는 나보다 더 놀라는 눈치였다. 여행가방이 기절하듯 모로 쓰러지며 쾅 소리가 났다.

"그러는 그쪽은 누구세요?"

"열쇠는 어디서 받으셨어요?"

"받긴 어디서 받아요. 제 열쇠죠."

"저, 소설 쓰는 박만수입니다."

여자는 문화예술 쪽에는 관심이 없는지 내 이름을 듣고도 통 모르는 눈치였다.

"우리 출판사 사장 아파트라고 하던데……"

여자가 그제야 감을 잡겠다는 듯 쓰러진 가방을 일으켜세웠다.

"그러지 말고 가방이나 좀 받아주세요."

나는 가방을 받아 안으로 끌어들였다. 여자는 사장의 이름을 댔다.

"왜 그 인간은 남의 아파트를 함부로 빌려주고 그럴까요?"

별거중이라던 사장의 아내였다. 나는 머릿속의 사장 파일에 태그를 하나 더 붙였다. #사장 #월스트리트 #너구리 #권총 #미녀.

"마침 접고 떠나려던 참이었습니다."

"아, 그러세요?"

그녀는 팔짱을 끼고 나를 바라보았다. 어서 짐 챙겨 나가라는 듯.

"아, 지금 당장 나간다는 것은 아니었고요. 며칠 내로 서울로 돌아갈 생각이었다고요."

"그럼 어떡하죠? 침대는 하나뿐이고. 제대로 된 소파 하나 없는데."

"그러게요."

"그러게요, 라고 하시면 안 되죠. 여기는 제 집인데요."

여자는 짜증이 난다는 듯 혀를 차더니 휴대폰을 꺼냈다. 몸을 살짝 옆으로 돌리고 있으니 그 미모가 더 빛났다. 전직 모델이 아닐까 싶은, 도저히 일반인이라고는 볼 수 없는 미색이었다. 도대체 사장은 이런 아내를 두고 왜 수지 같은 촌닭과 사귀는 것일까.

여자는 사장과 전화로 일대 설전을 벌였다. 아파트 소유권이 누구에게 있나를 두고 1차전을 벌인 둘은 이어 약 삼십 분에 걸쳐 서로의 성격과 품행을 비난했다. 엿듣고 싶지는 않았지만 어디 마땅히 피해 있을 만한 곳도 없어 끝내 다 들을 수밖에 없었다. 사장이 가끔 여자에게 폭력을 사용하기도 한다는 것, 돈 씀씀이가 무지하게 짜다는 것, 둘 사이에 그간 쌓인 불신과 미움이 대단하다는 것 등을 알게 되었다. 그러나 이런 소중한 정보들은 통화 막판에 여자가 사장에게 던진 충격적인 선언에 묻혀버렸다. 자신의 정당한 소유권을 부정당한 데 대해 화가 머리끝까지 치솟은 이 아름다운 여인은, 그렇다면 나와 한 침대에서 자는 수밖에 없으니 신경 끄라고 통보를 한 것이다.

일평생 나는 압도적 미모의 여성을 가까이하면 큰 재앙을 당하리라는 근거 없는 믿음을 갖고 살아왔다. 또한 이런 스크루볼 코미디에나 나올 법한 난처한 상황에 처하지 않도록 늘 주의하였다. 그런데 지금의 상황은 압도적 미모의 여성이 개입된 스크루볼 코미디로 흘러가고 있었다. 여자는 전화를 끊더니 한결 평온해진 얼굴로 나를 바라보았다.

"시차 때문에 잠은 안 오고 출출하네요. 혹시 라면 같은 것 없어요?"

'화가 나서 참을 수가 없네요. 홧김에 서방질한다고, 얼른 샤워하고 침대로 오세요.' 같은 말을 기대한 것은 아니었지만 고작 라면이나 끓여달라는 말을 예상한 것도 아니었다. 여자는 화장실에 들어가 간단하게 세수를 하고 화장을 매만진 후에 내가 끓여준 라면을 먹었다. 빈 그릇을 싱크대에 처박은 다음, 나는 와인 한 병을 땄다. 머쓱함도 떨칠 겸, 그저 손에 들고 홀짝거릴 뭔가가 필요하다는 차원에서 시작한 음주는 결국 밤이 이슥하도록 계속됐고 화제는 부부간의 깊숙한 문제까지 나아갔다. 나는 여성을 유혹하는 데는 젬병이지만 대화를 유도하는 데에는 본래 일가견이 있었다.

그녀의 성은 나와 같은 박씨에, 이름은 영선이었다. 사장이라는 공동의 적이 우리의 안주가 되었다. 도합 몇 병을 땄는지도 기억이 나지 않을 정도로 와인을 마셔대던 우리는 누가 먼저랄 것도 없이 쓰러져 잠이 들었다. 눈을 뜬 것은 정오가 다 돼서였다. 아, 그녀는 한번 뱉은 말은 반드시 지키는 매우 신의가 두터운 사람이었다. 감히 같은 인간의 몸이라고는 할 수 없는 아름다운 나신이 내 옆에 누워 있었다. 나는 창조주의 전능함과 한없는 사랑에 잠시 경배를 드린 후, 바닥에 떨어져 있는 내 팬티를 찾아 걸치고는 화장실에 가 담배를 피워 물었다. 정확히 무슨 일이 있었는지는 기억할 수 없었지만 돌이킬 수 없는 뭔가가 이미 저질러졌다는 것만은 알 수 있었다. 변기 물을 내리고 밖으로 나왔을 때에도 신의 걸작은 아직 침대 위에 놓여 있었다.

나는 거부할 수 없는 힘에 이끌려 책상 앞에 앉았다. 그리고 노트북 컴퓨터를 열었다. 여태 단 한 줄도 쓰지 못한 소설을 위해 빈 워드 창을 띄웠다. 나는 자판 위에 손가락을 얹었다. 내가 한 일은 오직 그것뿐이었다. 그런데 손이 저절로 움직이기 시작했다. 손가락 끝에 작은 뇌가 달린 것 같았다. 미친듯이 쓴다, 는 말은 이런 때를 위해 예비된 말이었다. 문장들이 비처럼 쏟아져내리기 시작했다. 타자 연습 게임 같았다. '지구를 침공하는 다양한 문장들. 그들을 요격하는 지구 수비대 타이핑 챔피언 박만수!' 어차피 내지도 않을 소설에 인물이며 줄거리가 뭐가 중요해? 음란하고도 난해하면서 매우 실험적인 이 소설의 서두는 주인공 남자가 뉴욕의 차이나타운에 머물며 기괴한 성적 모험을 시작하는 장면이었다. 단편소설 한 편 분량인 원고지 백 매 정도를 정신없이 써갈기고 시계를 보니 고작 두 시간이 지나 있었다. 이런 놀라운 생산력은 등단 이후 처음 경험해보는 것이어서 얼떨떨하기까지 했다. 이게 말이 될까, 이런 걸 써도 될까, 같은 자기 검열이 작동하지 않으니 서사는 브레이크가 파열된 자동차처럼 폭주했다. 이 원고를 받아들고 난감해할 사장의 얼굴을 떠올리며, 동시에 침대에 누워 나른하게 잠들어 있는 그의 아내를 곁눈질하며 내 손가락은 자판 위를 신나게 달렸다.

시차 때문에 오후 늦게야 눈을 뜬 사장의 아내가 물었다.

"뭘 그렇게 열심히 써?"

어느새 말을 텄던 거야, 우리?

"응, 소설."

"아, 맞다. 소설가라고 그랬지."

"나, 좀 유명했던 적도 있어. 『죽음의 발톱』이라는 소설 못 들어봤어? 내 데뷔작인데."

대표작이기도 하다.

"죽어라 발톱? 못 들어봤는데."

그녀는 미국 영화의 여배우들이 하듯, 침대 시트로 몸을 두르고 내 곁으로 걸어왔다.

"자기 타이핑 진짜 빠르다."

그 순간에도 내 손가락들은 쉬지 않고 글자들을 조합하고 있었다.

"설마 이게 정말 지금 자기 머릿속에 떠오르는 걸 쓰는 거야? 혹시 애국가나 뭐 그런 것 치고 있는 거 아냐?"

대꾸하지 않고 나는 몇 문장을 더 썼다. 영선이 내 정수리에 입을 맞췄다.

"대단하다. 멋있어. 생활의 달인 같아. 키보드 부서지겠어."

나는 타이핑을 멈췄다. 그 순간에도 내 머릿속으로는 문장들이 쉭쉭 소리를 내며 지나가고 있었다. 나는 소리를 빽 질렀다.

"제발 조용히 좀 해줄래? 왜 이렇게 말이 많아? 저리 가. 소설 좀 쓰게."

그녀가 깜짝 놀라 내 곁에서 떨어졌다. 그러고는 한참을 부스럭거리더니 문을 쾅 닫고 밖으로 나가버렸다. 그러거나 말거나 나는 계속 달렸다. 얼마나 지났을까. 그녀가 중국 음식을 사들고 왔을 때에도 나는 책상 앞에 앉아 있었다. 아니, 나는 다른 세계, 그러니까 뉴욕도 서울도 아닌, 그 모든 곳의 중간, 세계의 빈틈, 영혼과 육신의 메자닌, 문자와 세계의 문턱에 서 있었다. 나로서도 처음 경험하는 이 광속에 가까운 글쓰기는 그녀에게도 깊은 인상을 남긴 것 같았다.

"아니, 아직도 그러고 있어?"

아침에 입고 있던 팬티 차림 그대로 나는 화장실 한 번 가지 않고 물 한 잔도 마시지 않은 채 그 자리에 앉아 있었던 것이다. 그녀는 중국 음식을 내려놓고는 내 뒤로 다가와 어깨에 두 손을 올려놓았다. 실크처럼 부드러운 손길이 내 가슴을 훑으며 사타구니 쪽으로 내려갔다.

"세상에. 이거 이거, 단단한 거 봐. 설마 아까부터 계속 이 상태였던 거야?"

그녀가 말해주기 전까지 나는 전혀 그것을 의식하지 못하고 있었다. 그녀는 거세게 부풀어오른 내 팬티를, 마치 튤립 꽃봉오리를 어루만지듯 조심스레 쓰다듬었다. 그러고 보니 아랫배가 마치 주먹으로 세게 두들겨맞은 것처럼 뻐근했다. 글쓰는 내내 피가 몰려 있었던 게 분명했다.

"됐어. 제발 비켜줄래? 나 글쓰는 거 안 보여?"

그러나 그녀는 물러서지 않았다. 서화담을 거꾸러뜨리려는 황진이처럼 나를 공략했다. 그녀의 손이 팬티 속으로 파고들고, 혀가 내 젖꼭지를 핥는 지경이 되자 더는 견딜 수가 없었다. 나는 벌떡 일어나 그녀에게로 돌아섰다. 의자가 뒤로 나동그라졌다. 아까처럼 화를 내려는 줄 알고 그녀가 얼른 뒤로 물러섰다. 나는 그녀를 번쩍 들어 침대로 내던졌다. 꺄악. 그녀가 비명을 질렀다. 나는 그녀를 향해 몸을 던졌다. 우리의 광포한 섹스에서 비롯된 소리가 저 거대한 환풍장치의 소음을 압도할 지경이 되자 옆집에서 벽을 두드리며 항의했다. 그 순간에도 나의 손은 그녀의 몸 곳곳을 애무하면서 해독 불가능한 문장들을 무수히 그녀의 몸에 입력해넣었다. 기념비적인 정사가 끝난 후, 우리는 침대에 누워 식어버린 중국 음식을 와인과 함께 먹었다. 그녀는 믿을 수 없다는 듯, 고개를 절레절레 흔들며 교태를 부렸다.

"한번 더 할까?"

내 말에 그녀는 까르르 웃으며 욕실로 달아났다. 그녀가 눈앞에서 사라지자마자 나는 바로 책상으로 돌아갔다. 자리에 앉자마자 성기가 다시 힘차게 발기하는 것을 이번에는 의식할 수 있었다. 나는 아까 쓰다 멈춘 부분으로 다시 돌아갔다. 어차피 출간도 못할 음란하고 실험적이면서 해체적인 소설이니 이전에 쓴 부분을 살필 필요도 없었고 인물의 일관성 같은 것도 중요치 않았다. 말이 되든 안 되든 그저 써내려가기만 하면 되는 것이니까.

욕실에서 나오던 그녀가 발걸음을 멈췄다. 나는 그녀를 보았다. 아, 신이 아름다운 여자를 만드시니 교활한 여자가 제 몸에 물을 적셔 남자를 유혹하더라. 그러나 나는 자리에서 일어날 수가 없었다. 왜냐하면 손이 쉴새없이 움직이고 있었기 때문이다.

"또야? 뭐야? 자기 괴물 아냐? 어떻게 쉬지도 않고 계속 써?"

"이상하게 자꾸만 쓰고 싶네. 멈출 수가 없어."

눈으로는 촉촉이 젖은 그녀를 더듬는 동안에도 손가락은 정신없이 자판 위를 날아다니고 있었다.

"나하고 한 번 잤으면 소원이 없겠다는 남자들이 얼마나 많았는 줄 알아?"

"응, 그건 고맙게 생각하고 있어. 근데 이렇게 글이 써지는 것도 어쩌면 네 덕분일지도 몰라. 전엔 이런 적이 없었거든. 그러니까 자부심을 가져도 좋아."

"그렇다면 보람이 있네. 나는 그럼 뭘 하고 있을까?"

"벗고 누워 있어. 그게 필요해."

다음날도, 그다음 날도 비슷한 상황이 이어졌다. 그녀는 나가서 친구도 만나고 쇼핑도 했지만, 그러거나 말거나 나는 쓰고 있는 이 소설에 완전히 몰입해 있었다. 나는 쥐가 돌아다니는 집에서 아랫배가 뻐근해질 때까지 글만 썼다. 처음에는 장난처럼 시작했지만 미친 듯이 써나가는 가운데 내 영혼과 육체에서 화학적 변화가 일어난 것이다. 어쩌면 이것은 내가 지금까지 꿈꿔왔던, 모든 창작자들이 애타게 찾아 헤맨다는 에피파니의 순간일지도 몰랐다. 뮤즈가 강림한 것이다. 이제야 비로소 진짜 작가가 됐다는 강한 확신이 들었다. 지금까지는 그저 작가 흉내를 낸 것에 불과했다. 어쩌다 운이 좋아서 데뷔작이 대성공을 했고, 그 덕분에 어디서나 작가 대접을 해주니 그냥 그런 게 작가려니 하고 살았던 것이다. 늘 마감에 쫓기며 마지못해 글을 썼고, 원고를 보내면서도 마음속 깊은 곳에는 불안이 있었다. 그러나 지금은 백팔십도 달랐다. 지금 쓰고 있는 소설이, 내가 만들어낸 주인공이 나를 끌고 다녔다. 내 영혼이 한 번도 도달하지 못한 경지까지 나를 밀어붙였다. 어떻게 그렇게 다작을 하느냐는 기자의 질문에 스티븐 킹이 그랬다지. "저야말로 궁금합니다. 다른 작가들은 매일 글을 쓰지 않으면 그 시간에 도대체 뭘 한답니까?" 아, 그는 벌써 이 경지에 도달해 있었던 것이다. 이런 희열을 이미 경험한 것이다. 그분의 뒤를 따라 나 역시 오랜 슬럼프를 뚫고 새로운 차원으로 올라선 것이다. 막상 이렇게 되고 보니 세상에는 오직 두 종류의 작가만이 있다는 것을 알게 되었다. 스티븐 킹이나 오노레 드발자크, 그리고 지금의 나와 같은, 영적인 엑스터시에 사로잡혀 미친듯이 쓰는 작가와 불행히도 그렇지 못한, 즉, 자신을 학대하며 편집자의 독촉에 의해서만 겨우 마감을 넘기며 살아가는 작가. 뉴욕에 오기 전의 나야말로 후자의 전형이었다.

원고를 프린트해서 읽으며 나는 더욱 놀랐다. 비록 제대로 퇴고도 못한 상태였지만 찬란하게 빛날 원석이 그 안에 숨어 있었다. 여간해선 잊기 어려운 인상적인 주인공이며, 변태적이고 어지러운 의식의 흐름을 따라 고구마 줄기처럼 현란하게 뻗어나가면서도 끝내 대위법적 긴장을 잃지 않는 저 독창적 플롯이라니. 오, 신이시여. 정말 제가 이것을 썼단 말입니까?

나는 그녀가 사오는 테이크아웃 음식으로 대충 허기만 때우고는 잠깐 침대에서 뒹굴다가 그녀가 곯아떨어지면 책상 앞에 앉아 자판을 두들겼다. 믿기 어렵겠지만 나는 열흘 동안 한 번도 눈을 붙이지 못했다. 화장실에서 큰 일을 보다 몇 번 졸았던 게 전부다. 격렬한 섹스와 광적인 집필. 오직 그것뿐이었다. 예컨대 이런 장면들이 반복됐다. 책상 앞에 앉아 자판을 두드리는 나를 향해 욕실에서부터 네 발로 기어오는 전라의 미녀. "제발 가까이 오지 마. 나 지금 글쓰고 있는 거 안 보여?"라고 애걸하면서 강박적으로 몇 문장이라도 더 쓰려는 나. 그러나 마침내 책상 밑에 도달한 미녀가 잔뜩 발기한 내 성기를 입에 물고는 즐거워한다. 끝내 참지 못한 나는 벌떡 일어나 그녀를 침대에 던진다. 잠시 후, 나는 다시 책상 앞으로 복귀한다. 절세미인과 벌이는 이 격렬한 섹스가 실은 책상 앞으로 돌아가기 위한 눈물겨운 노력이라는 걸, 세상의 그 누가 알아줄 것인가?

"자기한테서 냄새나."

열흘 만에야 침대로 기어들어간 내게 그녀가 코를 쿵쿵거리며 말했다. 생각해보니 그동안 샤워를 한 번도 하지 않았다.

"짐승 같아."

"씻고 올까?"

"아니, 이대로가 좋아."

우리는 다시 한번 질펀하게 얽혔다. 그러고 나는 열흘 만에 처음으로 눈을 붙였다.


7


"어이, 어이!"

누군가가 내 관자놀이를 쿡쿡 찌르고 있었다. 너무 곤히 잠이 들어 처음에는 여기가 뉴욕인지 서울인지도 아리송했다. 의식의 저 깊은 곳에서 들려오는 말이 나의 모국어이고 발화자가 남성이라는 것도 처음에는 확실치 않았다. 나는 눈을 떴다. 딸깍. 침입자가 스탠드를 켜자 방이 환해졌다.

"일어나, 이 자식아."

너구리였다. 스탠드 불빛 아래에서 보니 더 영락없었다. 영선은 내 쪽으로 바짝 붙었다. 이미 깨어 있던 것 같았다.

"이게 무슨 짓입니까?"

나는 깜짝 놀라 물었다.

"내가 묻고 싶은 말이야. 이게 무슨 짓이야? 남의 마누라하고"

사장은 전에 만났을 때와는 전혀 다른 사람 같다. 사실 그때 나는 그의 표정보다는 손에 들린 권총에 더 주의를 기울이고 있었다. 나는 얼마나 많은 남자가 유부녀와 한 침대에 들었다가 분노에 사로잡힌 남편의 총탄을 맞고 어이없이 죽어갔는가를 떠올렸다. 평생 경험하지 말아야 할 일이 있다면 이렇게 홀랑 벗고 자다가 원치 않는 손님과 불쾌한 대화를 나누게 되는 것이다.

"그러지 마. 이 사람은 잘못 없어."

영선이 말했다.

"박선생님은 이제야 겨우 눈을 붙인 거야. 열흘 동안 잠 한숨 못 자고 글을 쓰셨다고."

"흥, 나더러 그걸 믿으라고?"

사장의 글록이 내 눈앞에서 건들거렸다.

"정말입니다. 갑자기 마치 축복처럼 글이 막 쏟아져서요. 그야말로 미친듯이 썼다니까요."

"거짓말하지 마! 저런 여자를 옆에 두고 어떻게 글을 쓴단 말이야? 내가 저 여자를 몰라? 열흘 동안 침대 밖으로 나오지 않았을 거야. 안 봐도 뻔하다구. 이 더러운 년, 님포마니아 같으니라구."

"뭔가 오해가 있는 모양인데. 이봐요. 나는 집필중에는 아예 발기 자체가 안 되는 그런 순결한 체질을 타고났습니다. 피가 머리로

만 몰리다보니 발기가 안 되는, 작가처럼 머리를 많이 쓰는 사람들이 많이 겪는, 그런 겁니다. 단지 침대가 이것밖에 없다보니 여기 누워 있는 것일 뿐. 그나마도 열흘 만에야 처음 이렇게 베개에 머리를 대보는 겁니다. 정말입니다."

사장이 말없이 침대 옆 휴지통을 들어 보였다. 거기에는 쓰고 버린 콘돔들이 가득 들어 있었다. 사장이 휴지통을 쾅 하고 내려놓은 뒤, 총을 휘두르며 영선에게 소리를 지르기 시작했다. 막상 내 정액으로 젖은 콘돔을 보니 화가 더 치솟는 모양이었다. 차마 입에 담을 수 없는 거의 모든 욕설을 망라했다. 영선은 울다가 빌다가를 반복했지만 사장의 분노는 누그러지지 않았다. 듣다보니 둘이 뉴욕에서 살던 시절에도 영선이 집에 곧잘 남자를 끌어들였던 것 같았다.

나는 침대 위를 엉금엉금 기어서 간밤에 프린트해놓은 초고를 들고 왔다.

"자, 여기 원고가 있습니다. 이걸 한번 봐주세요. 불미스러운 일이 사실 좀 있긴 했지만 원고만큼은 정말 열심히 썼다니까요. 물론 아직 퇴고도 안 한 상태라는 건 좀 감안을 하셔야……"

사장은 미심쩍은 얼굴로 나를 노려보았다. 권총을 들고 명령했다.

"둘은 저쪽으로 가서 벽을 보고 앉아 있어. 이 동네가 좀 험해서 내가 둘 다 쏴 죽이고 가도 그냥 강도가 다녀갔구나 그럴 거야. 둘 다 박씨라 성도 같으니 미국 경찰은 부부인 줄 알 거야. 치정이니 뭐니 복잡하게 생각하지 않을 거야. CSI 이딴 거, 너무 믿지 마. 미국에서 일어난 살인 중에서 3분의 1이 미제 사건이야. 그게 왜 그런지 알아? 총을 쓰기 때문이지. 얼른 벽으로 안 붙어?"

그쯤에서 나는 사장이 신중하게 이 습격을 준비해 왔을지도 모른다는 생각을 하게 되었다. 만약 그렇다면 살아나가기는 쉽지 않을 것이었다.

시트로 대충 몸을 가린 우리는 사장이 지시한 대로 벽을 보고 앉았다. 영선이 시트 밖으로 손을 뻗어왔다. 나는 그녀의 손을 잡아주었다. 예전에 살인 사건에 대한 소설을 쓰면서 취재한 바에 따르면 미국에서 발생하는 살인 사건 중 87퍼센트가 남성에 의해 저질러진다. 그리고 그 살인의 희생자는 대부분이 남성이다. 정확히는 약 75퍼센트다. 남자는 주로 남자를 죽인다. 남자가 왜 남자를 죽일까? 뻔하다. 중간에 여자가 관련되어 있다. 더 으스스한 통계도 기억난다. 캐나다에서 발생한 아내 살해 사건 중에서 아내의 별거 요구가 주요 원인인 경우가 무려 63퍼센트에 달했다. 내가 지금 처한 상황이야말로 강력계 교범에 나올 법한 사례였다.

사장은 원고를 읽고 있는 것 같았다. 출판사 사장에게 원고를 넘기고 이렇게 긴장해본 적이 있었던가? 한 손에 총을 든 편집자라니. 어쩌면 저것이야말로 모든 편집자가 꿈꾸는 모습이 아닐까? 뺀질거리며 마감을 안 지키는 작가의 집에 들이닥쳐 초고를 탈취한 후 즉결심판을 하는 것이다. 수작이면 살려주고 태작이면 사살한다. 초고조차 안 써놓은 뻔뻔한 작가는? 그 자리에서 바로 총살. 탕, 탕, 탕. 마피아 격언에 이런 말이 있다지. '친절한 말 한마디에 총을 곁들이면 좀더 많은 것을 얻어낼 수 있다.'

환풍 장치 소리만 요란한 가운데 사각사각 종이 넘어가는 소리가 뒤에서 들려왔다. 좋은 징조였다. 첫 장에 던져버리지 않고 계속 읽고 있다는 것이니까. 신인 시절 나는 수지에게 저렇게 초고를 읽히고는 옆에서 그녀의 반응을 살피며 안달복달하곤 했다. 말이 없으면 재미가 없어서 저러나 불안해하고 몸을 꼬기라도 하면 지루해서 저러나 안절부절못했던 것이다. 그러다 언젠가부터 수지는 내 원고를 읽지 않았다.

시간은 느리게 흘렀다. 나는 잠자코 앉아 사장의 독서가 끝나기를 기다렸다. 혹시 졸고 있는 게 아닌가 싶을 때마다 종이 넘어가는 소리가 들렸다. 그때마다 마음이 놓였다. 폭군으로부터 하루의 삶을 더 부여받은 셰에라자드처럼.

"박작가."

마침내 너구리가 나를 불렀다. 목소리가 처음보다는 좀 누그러져 있었다. 이것이 바로 문학의 힘일까. 인간의 거친 정서를 정화해준다는.

"네?"

"도대체 이게 무슨 얘기요?"

"왜요? 재미가 없나요?"

"아니, 재미가 없지는 않아. 근데 이게 무슨 얘기냐고."

"재미있게 읽으셨음 됐지. 무슨 얘기인지가 뭐가 중요합니까?"

"일제시대 곡마단 얘기는 언제 나와요? 계속 야한 얘기만 나오고."

"아, 그게 계획이 좀 바뀌었습니다. 그러니까 제임스 조이스의 『율리시스』같은 방향으로다가."

사장이 코웃음을 쳤다.

"출판계에 이런 일이 흔해요?"

"아, 그럼요. 원래 쓰려던 것을 그대로 쓰는 것. 그건 허접한 대중소설이죠. 본래 가려던 곳이 아닌 엉뚱한 곳에 비로소 도달하는 것, 그게 진짜 문학이죠. 원래 그런 거예요."

"아니, 출판사 사장 마누라하고 작가가 붙어먹는 거 말이야!"

사장의 말투가 다시 험해지기 시작했다.

"……흔하진 않을 겁니다."

"그렇지?"

"사장하고 편집자하고 자는 건 어떻습니까? 그건 흔한가요?"

나는 조심스럽게 반격을 해보았다.

"그걸 내가 어떻게 알아? 이제 출판계에 들어왔는데."

"모른다고요?"

"글쎄, 모른다니까."

총을 쥔 것은 내가 아니라 그다. 내가 물러설 수밖에 없다.

"아, 나하고 이부장하고 뭐 그렇고 그런 사이라고 생각한 모양이군. 참으로 답다 다워. 내가 뭐가 아쉬워서 당신 전처하고 그렇고 그런 사이가 된단 말이야. 참, 내가 알기로 이부장이 만나는 남자는 따로 있어. 누군지 알아? 철학과 교수라던데? 시도 쓰고?"

"시를 쓰는 철학과 교수라고요? 확실합니까?"

나는 깜짝 놀라 소리쳤다.

"아는 사이야?"

"시집 내겠다고 이부장이 원고 가져왔던데. 좀 수상쩍어서 알아봤더니 둘이 그렇고 그런 사이더라고."

"아니, 이런 개새끼가."

"욕하는 걸 보니 서로 아는 사이셨구만. 그렇지만 당신이 지금 그런 것 가지고 분개할 상황이 아닌 것 같은데……"

철학이 자꾸만 사장과 수지의 관계에 대해서 묻던 게 생각났다. 뭐? '제수씨가 그렇게나 대단한 여자야?'라더니. 이 새끼가 아주 나를 갖고 놀고 있었던 것이다. 내가 뭐라고 하면 태연한 낯짝으로 그러겠지. 수지하고 자기는 '섹스를 한다'는 무거운 관념을 처리하고 있을 뿐이라고. 아, 나에게도 총이 필요하다. 철학에게 묻고 싶다. 너의 그 무거운 관념이 과연 가볍고 빠른 총알을 이길 수 있을까?

사장이 원고를 책상 위에 던졌다.

"자, 그건 잊어버리라고. 어차피 살아서 돌아가지도 못할 텐데 뭘. 이 소설에 대한 내 생각은 이래. 이건 쓰레기야. 나를 엿 먹이려고 쓴 글이란 말이지. 도대체 이런 소설을 쓴 저의가 뭐야?"

"쓰레기라니요? 이해가 잘 안 되네요. 물론 이 소설의 창작 동기가 불순, 아니 불명확했던 것은 저도 인정합니다. 그러나 막상 쓰기 시작하자 신비스러운 일이 일어났습니다. 모든 작가들이 어느 정도는 겪는 현상입니다만 작품이 작가 자신을 배반해버리는 것입니다. 이번 경우에는 작품이 저 자신을 초월해, 저의 비천한 문재와 사상을 훌쩍 뛰어넘어 저 홀로 놀라운 경지로 가버린 겁니다. 그러니까 이 원고는 작가 박만수가 쓰는 것이 아니라 저의 손을 빌려, 아기 예수가 성모마리아의 몸을 빌려 이 세상에 오셨듯이, 이 세상에 지금 오고 있는 것입니다. 기독교식으로 말씀드려 기분이 나쁘실 수 있는데, 그렇죠, 선승들 같았다면, 한 소식을 했다, 뭐 그런 식으로 말들 했겠죠."

"내가 월스트리트에서 돈놀이나 하다 왔다고 지금 사기를 치려는 모양인데."

"그런 거 아닙니다."

"골드만삭스에서 내가 하던 일이 뭔지 알아?"

글쎄…… OPM밖에는 생각이 안 났다.

"채권의 정확한 가치를 산정하는 거야. 채권이 뭔지 알아? 쉽게 말해 빚이야. 내가 말야. 채권을 산정하는 데에서만큼은 실수가 없었다고. 이놈의 출판사 인수해보니까 전부 채권이더라고. 작가라는 인간들이 계약금만 받아 처먹고는 원고를 안 넘겨서 발생한 악성 채권. 당신은 악성 중의 악성이고."

"그건 좀 말씀이 심한……"

"남의 마누라까지 덮쳤잖아. 이게 쉽게 갚을 수 있는 빚인 줄 알아? 죽음으로밖에는……"

사장은 흥분하여 말을 더듬기 시작했다.

"엉, 주, 죽음으로밖에는 갚을 수가 없는 채무야."

"그런 선입견을 갖고 작품을 읽으시니까……"

"선입견? 내가 한 말 뭐로 들었어. 선입견으로 채권을 평가해서 내가 골드만삭스에서 그렇게 많은 돈을 받은 줄 알아? 난 냉정한 사람이야."

"이 소설은 정말 다르다니까요."

"내가 당신 소설 다 읽어봤잖아. 솔직히 내가 좀 좋아하기도 했어. 그런데 이 소설에는 당신 소설이 그나마 갖고 있었던 장점마저 없어. 한마디로 최악이야."

"그렇지 않아."

영선이었다.

"뭐야? 너도 읽었어? 넌 소설 모르잖아?"

놀란 것은 나도 마찬가지였다. 그녀가 읽고 있는 줄은 몰랐다.

"모르는 건 당신이야. 돈밖에 모르는 주제에. 나도 어릴 땐 소설깨나 읽었다구. 당신 같은 남자하고 사는 바람에 멀어졌지만."

"어쨌든, 그래서 결론이 뭐야?"

작가는 언제나 독자의 견해를 알고 싶어한다. 그 독자가 옷을 벗고 있든 입고 있든 그건 그렇게 중요하지 않다. 영선은 그 아름다운 입술로 이렇게 말했다.

"그래, 나는 문학은 몰라. 그래도 소설은 알아. 이 소설은 죽여줘. 사실 주인공의 생각은 잘 이해가 안 되고 줄거리도 어떻게 흘러갈 건지 도무지 모르겠더라. 그렇지만 한번 잡으면 끝까지 읽게 된다니까. 마치 좋은 팟을 진하게 한 그런 느낌이랄까?"

"팟이 뭡니까?"

# 콕콕 서가가 찾아나선 진짜 이야기들

"세상에는 아직 발견되지 않은 좋은 이야기가 숨어 있다고 믿습니다."

콕콕서가

## 에르메스 수첩의 비밀

도라 마르가 살았던 세계

우연히 손에 넣은 수첩이 비밀. 피카소의 〈우는 여인〉에 박제된 한 예술가의 진재 삶이 거기 숨어 있었다.

브리지트 벤케른 지음 / 윤진 옮김 / 17,000원

르노도상 논픽션 부문 후보

## 완벽한 아이

무엇으로도 가늠할 수 없었던 소녀의 이야기

"나는 위한 거야."

'완벽한 아이'는 어떻게 부모로부터 스스로를 지켜내고 해방시킬 수 있었을까?

모드 쥘리앵 지음 / 윤진 옮김 / 16,000원

## 에피쿠로스의 네 가지 처방

불안과 고통에 대처하는 철학의 지혜

"인간의 고통에 지료불을 제스하지 않는 철학자의 말은 공허할 뿐이다." 오해와 편견에 가려진 에피쿠로스 철학에 대한 현대적 해석.

존 셀라스 지음 / 신소희 옮김 / 12,000원

## 금주 다이어리

어느 애주가의 맨정신 체험기

"중독에서 탈출하는 이야기를 이렇게 재미있게 쓸 수 있다니! 경이로면서 다독이면서 베스트셀러 작가로 위트와 유머, 눈물이 금주 성공기

클레어 풀리 지음 / 허진 옮김 / 16,500원

## 플롯 강화

길 잃은 창작자를 위한 글쓰기 수업

"플롯 강화는 당신 책상 위에 두고 필요한 부분에 페이지를 접고 접을 그어가며 읽어야 할 책이다."

노아 루크먼 지음 / 신소희 옮김 / 15,800원

## 하프 브로크

부서진 마음들이 서로 만날 때

"전에 무슨 일이 있었든, 다신 그런 일 없을 거야." 상처받은 동물과 사람이 주고받는 마법 같은 대화와 우애를 그린 감동 실화.

진저 개포니 지음 / 허형은 옮김 / 16,500원

대답은 사장이 대신했다.

"그것도 모르면서 무슨 작가라고. 대마초. 마리화나."

"일단 정말 열심히 쓰더라니까. 타이핑도 얼마나 빠른지. 잠도 안 자고 밤새도록……"

나는 그녀가 내 몸의 특정 부위의 신비한 상태에 대해서 언급할까 봐 마음을 졸였다. 그러나 다행히 그녀도 지각은 있었다.

"뭔가 신기가 들린 것 같았어. 그런 상태에서 쓴 거라면 뭐가 달라도 다를 거야. 사실 당신도 신나게 읽었잖아?"

너구리가 인상을 찡그렸다.

"나하고 둘은 문학적 견해가 다른가보군. 모든 광기가 예술혼은 아니지. 통성기도 하고 방언 한다고 다 성자는 아니듯이 말야. 쓰레기라도 잘 읽힐 수는 있는 거야. 그리고 작가가 무슨 생활의 달인이야? 타이핑 속도가 뭐가 중요해? 좋아. 책은 내겠어. 작가 박만수의 마지막 작품. 미완성 유고 소설이라고 선전하면 계약금은 회수할 수 있겠지. 뭐, 운이 좋다면 꽤 많이 팔릴 수도 있겠어. 아, 뉴욕에서 총 맞아 죽기 전까지 쓰던 소설이라고 언론에서 떠들면 좀더 나가려나? 이미 원고지 천 매가 넘는 것 같던데. 그럼 책 한 권 분량은 될 거고, 오히려 어설픈 후반부가 없으니 독자들은 마음대로 상상하겠지. 아, 완결됐다면 걸작이 되었을지도 모르는데, 하면서 아쉬워도 하겠고. 아무리 봐도 이게 최선이야. 박작가는 이쯤에서 죽어주는 게 그간 써온 작품들의 운명을 위해서도 좋을 거야."

"아니, 다음 얘기가 궁금하지도 않습니까? 영선씨도 재밌다고 하잖아요? 일단 소설을 끝마칠 기회를 한번 줘보세요."

"소설에 무슨 줄거리가 있어야 다음이 궁금하지. 읽을 땐 그럭저럭 읽히는데 덮고 나니 다음이 하나도 안 궁금해. 내가 궁금한 건 바로 여기에서 벌어지는 일이야. 나는 아주 오랫동안 영선이 너를 죽이는 상상을 해왔거든. 얼마나 오래 그걸 생각해왔는지 넌 모를 거야. 내 상상 속에서 너는 무수히 죽었어. 실행에 옮기려 한 적도 있었지. 그런데 그때마다 계획에 결함이 발견되곤 했어. 그래서 수정을 하고, 또 수정을 하고, 오늘에야 완벽해진 것 같아. 살인 계획이라는 건 말야, 이민하고 비슷한 것 같아. 한번 그쪽으로 생각을 하기 시작하면 멈출 수가 없어."

영선이 쏘아붙였다.

"나라고 당신 죽이고 싶은 순간이 없었는 줄 알아? 늘 혼자만 옳지. 이번 계획은 완벽한 것 같아? 제 꾀에 제가 빠지고 말걸? 내가 죽으면 당신이 가장 유력한 용의자야. 당신 입국 기록도 있을 거 아냐?"

"완벽한 알리바이를 만들어놓고 왔으니까 그건 걱정 안 해도 돼."

둘의 감정이 더 격해지지 않도록 내가 끼어들었다.

"완벽한 알리바이? 그거야말로 허상입니다. 반드시 허점이 있게 마련이죠. 작가들도 말이죠. 구상 완벽하게 하고 작품 시작하는 사람들치고 별 볼 일 있는 사람이 거의 없다 이겁니다. 실패한다는 거죠. 써나가보면 인물들이 살아서 움직이기 시작하고, 그렇게 되면 전혀 다른 이야기가 돼버리거든요. 내가 볼 때 당신은 강박증이에요. 계획한 대로 다 돼야 한다고 믿는 어린애란 말입니다. 자, 총 내려놓으세요. 살인이라는 건 말입니다. 돌이킬 수 없는 거예요. 그런 짓을 함부로 저지르면 안 돼요. 인생이 무슨 게임입니까?"

"시끄러워. 하여간 입만 살아가지고는. 그렇게 잘 아시는 분이 소설은 왜 그 모양일까?"

사장이 다시 권총을 치켜들었다.

"이쯤에서 거절할 수 없는 제안을 하지."

사장은 주머니에서 약봉지 두 개를 꺼내 우리에게 던졌다.

"총이 마음에 안 드나본데, 그렇다면 선택의 여지를 줄게. 이 약을 먹든지 내 총에 맞든지."

"무슨 약입니까?"

"그걸 모른다는 게 여기서 재미있는 부분이야. 청산가리일 수도 있고 그냥 수면제일 수도 있어. 약을 먹지 않겠다면 나는 주저 없이 방아쇠를 당길 거야. 이 동네에선 밤에 총소리 좀 들린다고 경찰 부르고 그러지 않으니까 그건 걱정 안 해도 돼."

"잠깐."

영선이었다.

"이거 먹으면 죽을 수도 있는 거지?"

"그렇지."

"정말 날 죽여야겠어? 이 한심한 인간아."

"응. 더이상은 널 참을 수가 없어. 아니, 널 죽이고 싶은 욕망을 더는 견딜 수가 없어."

"이혼해줄게. 이번엔 정말이야."

"그건 돈이 너무 많이 들어. 그리고 내 오랜 구상이 너무 덧없잖아?"

"나쁜 자식."

"마음대로 욕해. 그럴 시간도 이제 얼마 안 남았으니까."

그녀가 입술을 깨물었다. 나는 영선의 아름다운 옆모습을 슬쩍 살폈다. 너구리는 정말 저 아름다운 육체를 끝장내려는 걸까? 그녀는 청순하고 조신한 자세로 다리를 포개고 앉아 비극적인 표정으로 약봉지를 손에 쥐었다. 나는 약봉지를 물끄러미 내려다보았다. 월스트리트에서 성공한 놈은 역시 달랐다. 협상력이 한 수 위였다. 100퍼센트의 확률로 죽는 총이냐, 그래도 그나마 희망이 있는 약이냐의 양자택일. 그런데 만약 저 약이 치명적인 독약이라면 살인자에게는 참으로 유리한 살해 방법이다. 누가 봐도 음독자살이다. 소설에서라면 별로겠지만 현실에서는 꽤 쓸 만한 플롯이다.

"그럼 마지막으로 한 가지만 부탁합시다. 미완성이지만 부디 교정과 교열에 신경을 많이 써주세요. 참고로 말씀드리면 그래도 내 원고는 수지가 잘 봅니다."

사장은 종이와 펜을 내게 던졌다.

"약을 먹는다고 반드시 죽는 것은 아니라니까. 자, 약을 먹기 전에 우리 약속을 하나 하자고. 혹시 그 약을 먹고 살아나더라도 오늘 일은 없던 걸로 하는 거야. 그냥 짓궂은 장난을 했다 치는 거지. 나도 더이상 둘의 관계를 문제삼지 않을 테니 두 사람도 경찰에 신고한다든가 하지 말라는 거야. 어때? 그러니 그 종이에 각서를 하나 써줘."

"쓰겠습니다, 쓰겠습니다."

나는 서둘러 펜을 집었다.

"문구는 내가 불러줄게."

나는 펜을 더욱 굳게 쥐었다.

"모든 것을 용서한다. 그 어떤 용서 못할 일도 다 용서하니 여러분도 나를 용서해주길."

"어, 그건 너무 유서 같은데요?"

나는 항의했다.

"뭐, 관점에 따라서는 그렇게 볼 수 있는 여지도 있겠지."

사장은 입가를 슬쩍 올리며 웃었다. 그러고는 총을 들어 내 미간을 겨누었다.

"얼른 안 써?"

시키는 대로 쓸 수밖에 없었다. 이제 유서까지 있으니 그야말로 완벽해졌다. 나는 고개를 들어 사장을 바라보았다. 그제야 그가 달리 보였다. 그는 분노에 사로잡힌 오쟁이 진 남편이 아니었다. 그의 계획은 빈틈없고 완벽했다. 단 하나의 아귀도 어긋남이 없이 딱딱 맞아들어간다. 그러고 보면 플롯이라는 단어는 음모로도, 그리고 구성으로도 번역된다. 범죄자와 작가는 비슷한 구석이 있다. 은밀히 계획을 세우고 그것을 실행에 옮긴다. 계획이 뻔하면 덜미를 잡힌다는 점에서도 그렇다. 때로는 자기 꾀에 자기가 속는다는 점도 그렇지. 이 아파트에서 내가 쓰고 있던 소설은 정해진 플롯이라고는 없는 중구난방의 이야기라고 할 수 있었다. 반면 사장의 음모는 아주 짜임새 있는, 그러나 바로 그렇기에 저급한 추리소설의 냄새를 풍긴다. 그런데도 승자는 사장이라니. 이것은 혹시 잘 짜인 플롯이 결국에는 중구난방 요령부득의 서사를 이긴다는 의미일까? 너무 비약인가? 나는 내 곁에서 조용히 죽음을 받아들일 준비를 하고 있는 영선을 바라보았다. 이 범죄 치정극의 마지막 퍼즐. 그런 소설에는 꼭 등장하는 절대 미모의 팜파탈. 그런데 이 여자, 너무 얌전하다. 죽음을 목전에 둔 사람치고는.

"잠깐만요!"

나는 손을 들었다.

"또 뭐야?"

"부인하고 약을 바꾸면 안 될까요?"

"왜?"

"똑같은 약이라면 바꿔도 상관없을 것 같아서요. 왜요? 안 되나요? 안 된다면 왜 안 되죠?"

사장은 인상을 찌푸렸다.

"후회하지 않을 자신 있어?"

영선은 약봉지를 움켜쥐고 내놓지 않았다.

"이리 내놓으시지."

나는 억지로 그녀의 약을 빼앗아 내 것과 바꾸었다.

"그런다고 결말이 달라질 거라고 생각해?"

사장이 물었다.

"그럴 수도……"

"음…… 당신의 문제가 뭔지 알아? 인생에 대한 진지함이 부족하다는 거야. 이게 지금 당신이 쓰고 있는 소설인 줄 알아? 여기서 당신은 작가가 아니라 등장인물이야! 종속변수라고. 알아?"

종이 봉지를 뜯자 흰 알약 하나가 굴러나왔다.

"자, 이제 약을 삼켜. 이번에는 정말 쏠 거야. 나 화장실 가야 되거든. 자, 셋 셀 동안에. 어서! 하나, 둘……"

그가 권총을 들어 나를 겨누었다. 나는 눈을 질끈 감고 약을 입안에 털어넣었다. 약은 혀에 닿자마자 쓴맛을 내며 녹기 시작한다. 이봐, 너구리, 내가 등장인물일 뿐이라고? 무슨 소리! 나는 언제나 내 인생이라는 난해하고 음란하고 해체적인 책의 저자였어. 이렇다 할 줄거리도 없고 누구도 출판해주지 않을 이야기의 주인공이기도 하지. 내가 종속변수라고? 천만의 말씀, 내가 바로 저자고 일인칭 시점 화자고 이야기의 종결자야. 너나 네 마누라가 아니라 내가 죽어야 끝나는 거지. 그래야 마지막에 '끝'이라고 쓸 수 있는 거라고.

그런데 왜…… 안 끝나지?

나는 천천히 눈을 뜬다. 방이 조금 커졌다는 느낌이 든다. 아니, 아주 커졌다. 천장이 아주 높고 현관도 멀어 보인다. 어느새 아파트의 가구들도 모두 사라져 있다. 의자도, 침대도, 심지어 창문도 없다. 마치 감옥에 있는 것 같다. 저기 보이는 줄무늬, 저것은 철창인가, 아니면 벽지의 문양인가? 나는 고개를 돌려 사장이 있던 쪽을 본다. 사장의 모습이 이상하다. 서서히 변해가는 것 같다. 정수리에서 붉은 볏이 자라 나오기 시작하더니 입도 점점 튀어나와 짧고 날카로운 부리가 된다. 옆에서도 푸득푸득 하는 소리가 들린다. 영선 역시 변신 중이다. 가느다란 팔은 날개가 되고 아름다운 발은 세 조각으로 나뉘어 갈라진다. 두 마리의 거대한 닭이 매서운 눈길로 나를 내려다본다. 나는 오금이 저려 점점 더 작아지고 방은 더욱 커진다. 구륵구륵구륵. 두 마리의 닭이 목을 울리며 기괴한 소리를 낸다. 구륵구륵구륵. 두렵다. 너무도 두렵다.

　……

　마침내 아득한 의식의 안개를 뚫고 하나의 문장이 서서히 형체를 드러낸다. 나는 그 문장을 소리내어 읽는다.

　나는 옥수수가 아니다.

　나는 옥수수가 아니다.

　나는 옥수수가……

　그러나 그것만으로는 충분하지 않다는 생각이 자꾸만 든다.

슈트

후배인 지훈이 연락을 해온 것은 눈이 몹시도 내려, 뉴욕 시내가 마비되다시피 한 12월 중순이었다. 급히 이쪽으로 올 일이 생겼는데 크리스마스 시즌이어서 호텔을 구하기가 너무 어려우니 며칠만 내 집에서 신세를 질 수 없겠는가 물었다. 나는 아내와 침실 하나짜리 아파트에 머물고 있어 내줄 수 있는 게 거실의 이인용 소파밖에 없는데 그거라도 괜찮으면 오라고 했다.

지훈과 내가 평소 가깝게 지낸 사이라고는 할 수 없었다. 그는 출판사에서 편집자로 일하면서 시를 썼다. 문학판에선 시인으로 통하고 출판계에선 유능한 편집자로 더 쳐주지만 나하고는 별 인연이 없었다. 보통 문인들은 출판사에서도 국내문학을 주로 맡는 편인데, 그는 특이하게도 미국 장르문학 전문이었다. 굳이 나와의 인연을 찾는다면 아내가 결혼 전에 다니던 출판사의 동료라는 것 정도인데,

막상 아내는 그와는 말을 섞어본 기억이 별로 없다고 했다. 책상 위에 책으로 담을 쌓아 세상으로부터 스스로를 격리한 뒤, 하루종일 원고만 들여다보다 가는 사람이라고 했다. 그런 사람이 내게 부탁을 했을 정도면 꽤나 큰맘먹었을 게 분명했다.

그는 택시를 타고 브루클린에 있는 우리집에 나타났다. 뉴욕에 두 번인가 출장을 오기는 했어도 브루클린은 처음이라고 했다. 짐은 기내에 들고 탈 수 있을 정도로 단출했다. 신세를 지게 되어 미안하다며 몇 번이나 고개를 숙였다. 택시에서 내려 현관까지 들어오는 그 잠깐 사이에 그의 어깨에는 눈이 소복하게 쌓였다. 그는 꼼꼼하게 눈을 털고 신발을 현관 매트에 박박 비벼 물기를 닦아내려고 애썼다. 우리는 함께 저녁을 먹었다. 무슨 일로 이렇게 황망히 뉴욕에 왔냐는 질문에 그는 몇 번을 망설이다가 사연을 털어놓았다.

"아버지가 돌아가셨어요. 아니, 그렇다고 들었어요."

"부친이 뉴욕에 사셨어?"

며칠 전, 뉴욕의 한 탐정으로부터 연락을 받았다고 했다. 미스터리나 범죄물을 주로 편집하는 그이다보니 탐정이 보내온 이메일의 영어는 해석하기가 어렵지 않았다. 처음에 그는 누군가의 짓궂은 농담이라고 생각했다.

"꼭 폴 오스터의 소설 같은 얘기잖아요?"

"게다가 배경은 뉴욕이고."

"그러게요."

그 이메일에 따르면, 그의 아버지가 얼마 전 퀸스에서 죽었는데,

유언인즉, 유골은 한국에 뿌려지기를 원한다는 것, 아들이 하나 있을 테니 찾아서 부탁하라는 것이었다. 탐정을 고용한 사람은 아버지와 함께 사는 여자라고 했다. 이메일은 그의 어머니의 이름을 적시하고 있었고(심지어 한글로도 병기되어 있었다), 그곳에 적힌 그의 생년월일까지도 얼추 비슷했다. 아버지는 그의 생일을 1980년 2월 7일로 기억하고 있었다.

"여태 저는 3월 10일로 알고 있었다니까요. 호적에 그렇게 나와 있으니까요. 어쩌면 아버지의 기억이 더 정확할지도 몰라요. 음력, 양력 뭐 그런 것일 수도 있고요."

그의 어머니는 그가 열다섯 살 되던 해에 세상을 떠났다. 그의 모친은 세상을 떠나기 전 그를 불러 아버지에 대해서 소상하게 일러주었다. 어머니보다 두 살 연하인 아버지는 어머니와 마찬가지로 미술을 전공하는 대학생이었다. 둘은 같은 대학에서 만나 연애를 하고 동거에 들어갔지만 그가 태어나자마자 아버지가 어머니를 떠났다고 한다.

"제가 80년생이잖아요."

그가 쓸쓸하게 웃으며 말했다.

"그래서 엄마에게 물었죠. 서울의 봄이나 광주항쟁 같은 일에 휘말렸던 거죠? 그렇죠?"

어머니는 1980년에 그런 일이 있었다는 것조차 기억하지 못하는 사람이었다.

"그 남자는 그런 일에는 아무 관심이 없었어. 자기만의 세계에서 살아가는 좀 이상한 사람이었어. 마음이 물러서 여자가 꼬였지. 나중에 알고 보니 그때 나 말고도 여자가 여럿 있었어. 나만 모르고 있었지."

그의 어머니는 작은 서민 아파트 거실에서 동네 아이들을 상대로 미술 교습을 하며 그를 키웠다. 삼촌이라며 찾아와 자고 가는 남자들이 여럿 있었지만 아이는 그 하나뿐이었다. 지훈이 자기 어머니의 남자관계에 대해서 말할 때, 아내는 듣기가 거북한지 갑자기 일어나 과일을 깎는다, 쿠키를 내온다 수선을 떨었지만 정작 그는 남의 이야기하듯 차분했다. 소심하고 내성적이지만 일단 입을 열면 단호하고 냉정하게 모든 것을 털어놓는 사람들이 있다. 내부 고발자들이 대체로 그렇다는 얘기를 어디선가 들은 적이 있다. 그들은 원래 떠버리가 아니라 조용히 일만 하던 사람들이라고.

그의 아버지를 미국에서 보았다는 소문이 여러 경로를 통해 그들 모자에게 들어왔다. 그러나 80년대에는 여권을 발급받는다는 것부터가 어려웠다. 90년대에 들어서면서 그의 어머니는 암과 싸우기 시작했고 진단을 받고 오 년째 되던 해에 세상을 떠났다.

"범죄소설 편집하면서 탐정이라는 단어를 수도 없이 봤지만 내가 그들로부터 연락을 받을 줄 누가 알았겠어요?"

그가 말했다.

"부친께서는 미국에서 뭘 하셨대?"

"소문에는 화가라고, 그림을 그린다고 들었어요. 배운 도둑질은 못 버린다잖아요."

아버지에 대해 말할 때마다 그의 얼굴이 일그러졌다. 원망이 있는 게 당연했다.

"혹시 부친이 너를 떠나지 않았다면 지금과는 다른 사람이 됐을 거라고 생각해?"

아내가 내 옆구리를 쿡 찔렀다. 그가 대답했다.

"시를 안 썼을 거예요."

"그럼?"

"그림을 했을 거예요. 엄마가 아이들을 데리고 늘 그림을 그리고 있었으니까 저도 자연스럽게 어려서부터 뭘 그리곤 했죠. 그럴 때마다 엄마가 나무 자로 제 손등을 내리쳤어요. 너는 공부를 해야 한다고, 글을 읽어야 한다고 말했죠. 남자가 그림에 손을 대면 개망나니가 된다고요. 마치 왼손잡이가 억지로 오른손을 쓰듯이, 저는 미술을 더 좋아하면서도 시를 쓴 거예요. 그러니 제 시가 이 모양 이 꼴이죠."

나는 빈말로라도 네 시가 어때서, 라고 말해주지 못했다. 사실 나는 그의 시를 별로 좋아하지 않는다. 문인들은 상대의 글에 대해서 말을 안 하면 안 했지 호오를 속이지는 않는다. 아내가 대신 그를 위로했다.

"지훈씨 시 좋아하는 사람이 얼마나 많은데. 그런 말 하지 말아요."

그는 아내의 말에 우쭐하지 않았다. 문득 그런 점이 마음에 들었다. 나는 그의 시를 다시 들춰봐야겠다고 생각하고 있었다. 어쩌면 내가 미처 발견하지 못한 뭔가가 있을지도 몰랐다.

다음날 아침, 지훈은 일찌감치 일어나 수선을 피웠다. 아니, 잠을 자지 않았는지도 모른다. 아내가 베이글을 커피와 함께 차려주었지만 그는 거의 먹질 못했다. 집을 나서는 그는 위아래로 검은 정장을 입고 있었다.

"어쩐지 이런 옷을 입어야 할 것 같아서."

그가 변명하듯 말했다. 장례는 이미 끝났을 테고 몇 가지 사무적인 절차만 남았을 가능성이 크지만 검은 정장을 입어서 손해볼 일은 없을 것이었다. 백화점에서 할인 판매할 때 사두고는 상갓집에 갈 때만 꺼내 입은 것 같은 값싼 기성복이었다. 그런 옷은 살 때는 단단하고 멀쩡해 보이지만 드라이클리닝을 몇 번 맡기면 옷의 형태가 허물어진다. 바느질로 마감해야 할 부분을 접착제로 대신하기 때문이다. 그래서 그런 재킷은 뒤에서 보면 마고자를 걸친 것처럼 맵시가 안 나고 후줄근해 보인다. 그가 신은 검정 구두도 코가 하얗게 닳아 있었다. 그러나 편집자나 시인으로서는 잘 어울리는 옷차림이라고 할 수 있었다. 옷을 잘 빼입은 편집자는 어쩐지 신뢰가 안 간다. 시인이야 더 말할 필요가 없고.

"내가 같이 가줄까?"

"고맙지만 됐어요. 검은 양복을 입은 동양 남자 둘이 나타나 문을 두들기면 어떻게 생각하겠어요?"

그가 처음으로 킬킬 웃었다. 농담은 죽음의 공포를 처리하는 방식이라고 말한 것이 커트 보니것이었던가.

"저 혼자 가도 충분해요. 관을 들고 오는 것도 아니고요."

그는 혼자 감당하기를 원하고 있었다. 바람둥이 아버지가 자신을 떠난 후 어떻게 살아왔는가를. 어떤 여자와 어떤 집에서 살아왔는가를.

"그럼 잘 다녀와. 도움이 필요하면 전화하고."

"도움이 필요한 건 내가 아니고 아버지예요."


오후 늦게쯤엔 돌아올 거라고 생각했는데 그에게선 밤이 이슥하도록 아무 소식이 없었다. 우리는 한식으로 저녁을 차려놓고 기다렸다. 아내는 처음에는 화를 내다가 나중에는 걱정하기 시작했다.

"탐정의 이메일이라는 게 좀 수상쩍지 않아요? 신종 피싱 아닐까?"

"가난한 시인을 유인하고 납치해서 누가, 무슨 이득을 보겠어?"

"전화번호도 없어요?"

"안 적어놨네. 이메일만 있어."

그는 다음날 오전에야 돌아왔다. 미안하다는 말도 없이 집으로 불쑥 들어오는 그의 손에는 연보랏빛 단지가 들려 있었다. 유골 단지임이 분명했다. 아내가 자기도 모르게 팔을 뻗어 단지를 받아들었다. 그는 온몸에 진이 빠진 듯 소파에 털썩 주저앉았다.

"뭐 좀 줄까?"

"혹시 독한 술 좀 있어요?"

그는 스카치위스키를 더블로 들이켰다. 그는 좀 달라져 있었다.

전날 아침 집을 나설 때의 그가 아니었다. 무엇 때문이라고 딱히 특정할 수는 없지만 분명 변화가 있었다. 충격적인 일을 겪어서인가 생각했지만 그런 것만은 아니었다. 적의 돌연한 기습에 맞서 격렬한 전투를 치르다 지원 병력의 도착으로 겨우 한숨 돌린 병사 같은 태도가 있었다. 어설픈 농담으로 죽음의 공포를 이겨내보려던 전날의 그는 온데간데없었다. 두 잔의 스카치위스키를 연거푸 스트레이트로 마신 그가 갑자기 미친듯이 말을 하기 시작했다.

지훈은 플러싱에는 처음이었다. 동아시아 이민자들이 모여 산다는 것만 들어 알고 있을 뿐이었다. 출장 왔을 때는 맨해튼에 묵었다. 아버지가 그렇게 가까운 곳에 살고 있을 줄은 꿈에도 모른 채.

그는 지하철을 여러 차례 갈아타고 플러싱에 도착했다. 역에서 밖으로 나왔을 때는 여기가 중국이 아닌가 잠깐 어리둥절했다. 인도를 슬금슬금 먹어들어오는 입간판과 매대, 요란하게 떠들며 지나가는 중국인 무리, 공격적으로 전단지를 나눠주는 호객꾼들, 고추기름에 채소를 볶는 냄새. 사이렌을 울리며 달려가는 붉은 소방차만이 거기가 뉴욕임을 알려주었다.

그는 노던 불러바드를 향해 걸었다. 중국인이 운영하는 금은방 앞에서 그는 잠시 발걸음을 멈추었다. '우리는 금을 산다'라는 한글 문구가 그의 시선을 잡아끌었기 때문이다. 가게는 영어, 중국어, 스페인어, 한국어로 금을 매입한다는 의사를 밝히고 있었다. 구글 번역으로 돌린 건가? 그가 타고 온 지하철 안에도 뉴욕시 교통 당국이 붙인 어색한 한글 안내문이 있었다. '분주하더라도 안전하게 승차해야 한다.' 더 심한 문구도 있었다. '열차 서핑을 하다가는 만신창이가 되어 사망할 수가 있다.' 그는 붉은 펜을 꺼내들고 교정을 보고 싶은 충동을 느꼈다. 죽은 아버지의 유골 같은 복잡한 문제는 잊고 책상 앞에 앉아 잘못된 문구나 고치고 싶었던 것이다.

그러나 그는 어느새 탐정이 알려준 주소지 앞에 도착해 있었다. 아이폰에 받아둔 구글맵을 따라가니 실수가 없었다. 우주의 인공위성이 자신을 죽은 아버지에게로 인도했다고 생각하니 이상한 기분이 들었다. "여기에 신은 없다." 우주 공간으로 올라간 유리 가가린이 말했었지. 신은 없지만 아버지는 있어. 위성의 눈으로 나를 보고 있지.

그는 벨을 눌렀다. 여자가 나왔다. 피부가 흑단처럼 까만 흑인으로 생각보다 아주 젊었다. 키도 크고 날씬했다. 당연히 그는 잘못 왔다고 생각했다. 그러나 여자가 말했다.

"한국에서 온 피터의 아들이군요. 그렇죠? 들어와요."

집 안은 어두웠다. 그는 거실 소파에 앉았다. 눈이 천천히 암순응을 시작했다. 싸구려 향초를 피워놓은 것 같은 냄새가 희미하게 떠돌고 있었다. 집은 소박했다. 벽에는 조잡한 크리스마스 장식들이 걸려 있었고 구석에는 일 미터 높이의 크리스마스트리가 놓여 있었다. 여자는 와인을 내왔다. 그녀의 이름은 알렉스 화이트였다. 자메이카에서 이민을 왔다고 했다.

"개인적인 질문을 좀 해도 될까요? 아버지와는 어떤 관계였나요?"

"그는 내 파트너였어요."

파트너라는 말이 잘 와닿지를 않았다. 뭐라고 말을 해야 할지 몰라 머뭇거리는 것을 보고 알렉스는 구두상자 하나를 들고 왔다. 알렉스와 그의 아버지가 함께 찍은 사진들이었다. 둘은 한 침대에 누워 있기도 하고 플로리다쯤으로 보이는 휴양지 수영장에서 칵테일을 마시고 있기도 했다. 사진 속의 피터는 건강해 보였다. 가슴근육은 젊은 지훈의 것보다도 더 단단한 것 같았고, 평생 여자들에게 사랑받은 사람에게서만 느껴지는 자신감이 카메라 렌즈를 향해 육박해오고 있었다. 깨끗하게 빡빡 밀어버린 둥근 머리에서는 광채가 났다. 세렝게티 평원에서 느긋하게 제 발을 핥고 있는 사자를 연상시켰다. 여유, 숨겨진 공격성, 대담한 교활함 같은 것들.

"피터는 멋진 남자였어요."

알렉스가 꿈꾸듯이 말했다.

"만난 지는 얼마나 됐나요?"

알렉스는 잠깐 생각을 해보더니 말했다.

"한 이 년?"

"이 년밖에 안 됐다고요?"

"왜요? 이 년이면 긴 시간이에요."

"왜 돌아가셨나요?"

"암이었어요."

"무슨 암이었나요?"

그건 지훈에게도 중요한 정보였다. 언젠가부터 의사들은 그에게 가족의 병력을 묻기 시작했다. 어머니는 유방암이었다. 아버지마저 암이라는 것은 좋은 소식이 아니었다. 어머니의 말대로 그를 임신했을 당시 아버지가 스물넷이었다면 아직 환갑도 안 된 나이에 간 것이다.

"췌장암. 진단받고 두 달도 못 살았어요."

알렉스가 유골 단지를 가져왔다.

"가져가실 게 이것밖에 없네요. 피터는 멋진 남자였지만 재산은 없었어요. 내가 들은 바로는 평생을 여자들에게 얹혀살았대요. 좋아하는 여자들이 많았어요."

"하나만 더 물어봐도 될까요?"

알렉스가 고개를 끄덕였다.

"당신은 젊고 아름다운데 왜 아버지 같은 늙은 남자와 살았습니까? 그러니까 내 말은, 내 아버지에게 구체적으로 어떤 매력이 있었냐는 겁니다. 가난하기까지 했는데."

"고마워요. 하지만 몇 가지 교정할 게 있어요. 첫째, 나는 젊고 아름답지 않아요. 전남편과 결혼할 때만 해도 나도 좀 쓸 만했죠. 이 집은 원래 전남편 것이었어요. 처음 이 미국 땅에 발을 디딜 때만 해도 몸뚱어리 하나밖에 없는 깜둥이 계집애였다고요. 하지만 이젠 더 이상 젊지 않아요. 그리고 둘째, 피터는 별로 늙어 보이지 않았어요. 동양 사람들은 나이를 잘 모르겠더라고요. 그는 언제나 기운이 넘치는 남자였어요. 그 사람한테 당신 같은 아들이 있으리라고는 정말 상상도 못했어요."

"좋아요. 무슨 말인지 알겠어요. 그런데 내 말은 아버지의 어떤 점이 당신을 잡아끌었냐는 거예요."

"음, 피터는……"

알렉스는 골똘히 생각을 해보더니 이렇게 말했다.

"……고귀해요."

알렉스는 노블noble이라는 단어를 썼다.

"고귀하다고요?"

"혈통이 그래서 그런 건지는 모르겠지만 기품이 있었어요. 당신 집안이 로열패밀리라면서요?"

아버지가 이씨인 것은 맞지만 왕가의 후손이라는 이야기는 들은 바가 없었다. 그의 성은 김씨로 엄마의 성을 따른 것이었다. 알렉스에 따르면 아버지는 자신을 몰락한 조선 왕실의 후손이며, 그 때문에 이렇게 망명생활을 할 수밖에 없다고 소개했다고 한다. 왕조를 싫어하는 군사독재 정부의 탄압을 피해 미국으로 왔다고.

"결국 한국 사람들은 왕을 필요로 할 거라고 말하곤 했어요. 이천년 동안 왕이 통치하던 나라는 결국 왕조로 돌아가게 돼 있다고 했어요."

"아버지는 여기서 무슨 일을 했나요? 화가라고 들었는데요."

"화가요? 비슷한 거죠."

알렉스가 배시시 웃었다.

"비슷한 거라고요?"

"그는 죽은 사람들을 메이크업하는 일을 했어요. 한국에는 그런 것 없어요?"

"있지만 좀 다르죠. 여기는 관을 열어놓고 조문객을 받지만 우리는 그렇게 하지 않아요."

"솜씨가 아주 좋았어요. 벌이도 나쁘지 않았어요. 씀씀이가 커서 버는 족족 다 써버렸지만요."

"술이나 도박을 했나요?"

"아뇨, 그는 아름다움에 투자했지요."

아름다움이라.

"그림은 안 그렸나요?"

"나는 본 적 없어요."

알렉스는 유골 단지를 지훈 쪽으로 밀었다. 그러면서 장례 비용과 탐정 고용 수수료를 달라고 했다. 그래야만 유골 단지를 넘겨줄 태세였다.

"아버지가 남긴 유산은 하나도 없나요?"

"없어요."

알렉스는 단칼에 잘라 말했다. 조금 전 추억을 나눌 때와는 완연히 다른 태도였다.

"그런 눈으로 둘러볼 것 없어요. 아까도 말했듯이 이 집은 내 거니까요. 피터는 브롱크스의 다른 여자 집에 살다가 이리로 옮겨왔답니다."

그제서야 알렉스가 탐정을 고용해 미국으로 불러들인 이유를 알았다. 그녀는 장례를 치렀고 그 비용을 정산받고 싶었던 것이다. 그는 지갑을 꺼냈다. 현금은 충분하지 않았다. 알렉스가 집에서 멀지 않은 주유소에 현금지급기가 있다고 알려주었다. 현금 다발을 받자 알렉스의 표정이 환해졌다.

"아 참, 옷이 있어요. 그건 가져가요."

알렉스가 그를 이층으로 데려갔다. 옷장을 열자 양복들이 줄줄이 걸려 있었다. '아름다움에 투자했다'는 게 무슨 뜻인지 알 수 있었다.

"저는 필요가 없어요."

그가 말했다.

"그럼 전부 구세군 자선 상점에 기부해도 돼요?"

"잠깐만요."

그는 옷걸이에 걸린 옷들을 손으로 쓰다듬어보았다. 손끝에 닿는 감촉이 좋았다. 보드랍고 촘촘하면서 단단하다는 인상이었다. 아버지의 살이 닿았던 옷이라는 점도 마음을 끌었다.

"다는 못 가져가겠고 몇 벌은 가져갈게요. 그래도 유품이니까."

"그래요. 어차피 나는 상관없어요. 참, 아래 서랍에 그의 속옷들도 있어요."

그런 이야기를 나누고 있는데 벨소리가 들렸다. 알렉스가 내려갔다가 금세 다시 뛰어올라왔다.

"잠깐 내려와봐요."

조금 전까지 지훈이 앉아 있던 거실 소파에 젊은 동양 남자가 앉아 있었다. 위아래로 검정색 정장을 입고 있는데다가 체구도 비슷해 마

194

치 조금 전의 자기 모습을 유체 이탈을 통해 내려다보는 듯한 느낌이 들었다. 남자 역시 계단을 내려오는 지훈에게 이상한 기분을 느꼈음이 분명했다. 남자는 자리에서 벌떡 일어났다. 알렉스가 둘 사이에 서서 싸움을 말리려는 미식축구 심판처럼 팔을 양쪽으로 벌렸다.

"지훈, 이쪽도 탐정에게서 연락을 받았대요. 어떻게 된 일인지 나도 모르겠어요."

알렉스가 탐정에게 전화를 걸었다. 그러더니 난처한 얼굴로 말했다.

"탐정은 한국 쪽 파트너에게 일을 맡겼던 모양이에요. 수배는 한국 쪽에서 하고 공식 이메일은 탐정 사무소에서 보냈대요. 한국 쪽에서 일러준 곳으로 몇 군데 보내기는 했지만 이렇게 둘이나 올 줄은 몰랐대요."

"한국에는 탐정이 없어요."

지훈이 뚱하게 말했다. 그러자 어정쩡하게 서 있던 남자가 말했다.

"심부름센터 같은 거겠죠. 비슷한 일을 하잖아요? 불법이긴 하지만."

지훈은 남자에게 악수를 청했다. 남자 역시 같은 이메일을 받았다. 둘의 어머니는 이름이 모두 김희경이었다. 흔한 이름이었다. 둘은 모두 서울에서 미술을 전공한 김희경이라는 여자의 1980년생 아들이었다. 공교롭게도 둘의 어머니는 모두 세상을 떠났다. 피터라는 남자가 김희경이라는 미대생 두 명과 동시에 사귀어 같은 해에 두 여자에게서 모두 아들을 얻은 게 아니라면 둘 중의 하나는 그와 무

관했다.

"탐정은 이 사태가 자기들 책임은 아니라면서 이메일 하단에 단서 조항이 있었다네요. 이 이메일이 유전적으로 당신이 그의 아들이라는 것을 보증하는 것은 아니며 그것을 입증하는 것은 전적으로 당신의 책임이라고."

남자는 알렉스의 이 말을 잘 알아듣지 못하는 것 같았다. 그래서 지훈이 한국말로 통역해주었다. 남자는 고맙다고 말했다. 지훈이 명함을 건넸다.

"저는 출판 일을 합니다."

남자도 명함을 꺼냈다. 그는 자동차 회사의 영업사원이었다. 그는 지금이라도 유전자 검사를 하는 게 어떠냐는 의견을 냈다.

"미국에서는 아무리 빨라도 몇 주는 걸린다던데요."

알렉스가 말했다.

두 사람 다 곧 회사로 복귀해야 하는 상황이었다. 유전자 검사가 끝난 후에 다시 온다는 것도 쉬운 일이 아니었다. 결론 없는 대화는 저녁 식탁으로까지 이어졌다. 알렉스는 캘리포니아산 멜롯을 한 병 땄다. 메인디시는 스테이크였다.

"이 구운 감자, 맛있네요."

자동차 영업사원이 말했다.

"서로 닮은 두 사람이 식탁에 같이 앉아 있으니까 두 사람, 형제 같아요."

알렉스가 말했다. 두 남자는 서로의 얼굴을 바라보았다. 뭔 소리야? 우리는 하나도 닮지 않았다고.

"동양 사람들 얼굴을 잘 구별 못하겠더라고요. 다 비슷해 보여요."

지훈이 영업사원에게 물었다.

"생전 함께 살아보지도 못한 아버지의 유골이 어디에 필요할까요?"

"그러게요. 얼굴도 모르는데."

"그럼 일단 제가 가져갈까요?"

"그건 안 되죠."

남자는 의외로 강하게 반발했다.

"왜요?"

"저도 일껏 연차 내서 뉴욕까지 왔는데 빈손으로 돌아간다는 게……"

그런 겉도는 대화가 반복되고 있을 때, 알렉스가 안을 냈다.

"좀 바보 같은 말처럼 들릴 수는 있는데…… 두 사람, 피터의 양복을 입어보는 게 어때요? 피터가 오래전에, 아마 십 년도 더 전에 맞췄을지 모르는 옷인데, 그걸 입어보고 더 잘 맞는 사람이 일단 유골을 가져가는 거예요. 그러고 나서 한국에 돌아가 유전자 검사를 해요."

별다른 방법이 없었으므로 둘은 알렉스의 중재에 따랐다. 알렉스가 양복을 한 벌 가지고 내려왔다. 안감을 보니 이탈리아산 고급 정장이었다. 유행과는 거리가 멀었지만 한눈에 보기에도 윤기가 자르르했다.

"유골이 아니라 그걸 가져야겠다는 생각이 들더군요."

지훈은 스카치위스키를 입안으로 털어넣으며 씁쓸하게 말했다. 먼저 남자가 옷을 들고 방으로 들어가 갈아입고 나왔다. 알렉스가 날카로운 눈으로 살펴보더니, "어때요, 팔이 좀 짧은 것 같지 않아요?"라고 지훈에게 물었다.

"좀 작아 보이긴 하네요."

"그렇지만 이 정도면 아주 잘 맞는 건데요."

남자가 항의했다. 이어 지훈이 그 정장을 입었다.

"재킷을 걸치는 순간, 딱 감이 오더라고요. 바지의 허리 사이즈까지 딱 맞았어요. 입고 나가니까 게임 오버. 둘 다 한동안 아무 말도 없었어요. 승부가 끝났다는 걸 안 거죠. 특히 알렉스의 그 눈빛은 정말…… 죽은 애인을 다시 보는 것 같았나봐요. 여자들한테 그런 눈빛을 받고 살았었다니, 피터라는 그 남자, 정말 부러웠어요."

지훈이 마치 그 순간을 재현하려는 듯 소파에서 벌떡 일어났다. 그러고는 아내와 내 앞에서 마치 패션모델처럼 유연하게 한 바퀴를 돌았다. 그가 일어나기 전까지만 해도 아내와 나는 그의 옷이 바뀌었다는 것을 알아차리지 못하고 있었다. 그냥 사람이 조금 달라졌다고만 생각했던 것이다. 우리는 그가 입은 정장을 자세히 살폈다. 아침에 입고 나간 옷과 색조는 비슷했지만 좀더 진청색 쪽에 가까웠다. 마틴 스코세이지의 〈좋은 친구들〉에 나오면 그대로 어울릴 것 같은 디자인으로, 갑옷처럼 단단하게 상체를 감싸고 있었다. 몸의 굴곡에 타이트하게 잘 맞아떨어지면서도 전혀 불편해 보이지 않았다.

예컨대 당장 옆 사람과 주먹질을 해도 아무 일 없을 것처럼 보였다.

"우리는 머리카락을 뽑았어요. 알렉스에게도 주고 우리 둘도 나눠가졌지요. 유골 분도 조금 나눠줬어요. 그 친구, 그것들을 받자마자 벌떡 일어나 바로 가버리더라고요."

그의 말이 이어졌다.

"서울에 돌아가는 대로 유전자 검사를 해보려고요. 그 친구도 그 친구대로 하겠지요. 혹시 몰라서 피터의 칫솔도 가져왔어요. 미드에서 보니까 칫솔에서도 유전자를 검출해내더라고요."

"만약 아니라고 판정이 난다면?"

"그 친구에게 보내야지요. 남의 아버지 유골 갖고 있어봐야 뭐하겠어요?"

"그 정장은?"

지훈은 그 질문에 대해서는 입을 굳게 다물고 답하지 않았다. 우리는 모두 어떤 옷과 사랑에 빠진다. 그리고 그 사랑은 때로 매우 굳건하다.

"그런데 어제는 어디서 주무신 거예요?"

아내가 물었다. 지훈은 이번에도 대답하지 않았다. 출판사의 구석진 책상에 앉아 하루종일 범죄소설을 편집하는 이 시인이 어쩌면 우리가 생각하던 그런 사람이 아닐 수도 있다는 좀 섬뜩한 생각이 들어 나도 입을 다물었다. 그가 짐을 챙겨 JFK 공항으로 떠난 후, 아내는 전에 없던 규모의 대청소를 했다. 마치 그의 머리카락 하나도 집에 남기지 않겠다는 듯이.

최은지와 박인수

# 1

최은지가 나를 찾아온 것은 1월 2일 오전의 시무식이 끝나자마자
였다.

"사장님."

"왜?"

나는 고개를 들고 최은지를 올려다보았다. 말이 없었다. 그만두려
는 걸까. 그렇다면 12월에 이야기했을 것이다. 시무식 직후는 회사
를 그만두기에 적당한 때가 아니다. 소속된 팀의 일이라면 분명 팀
장이 들어왔을 것이다.

"무슨 일이야?"

그 순간 사장실 문을 열고 편집주간이 불쑥 들어섰다. 최은지를

힐끔 보더니 나중에 다시 오겠다며 나가버렸다. 분위기는 더 이상해졌다. 최은지는 여전히 말이 없이 입을 꾹 다물고 있다. 그러는 사이 두 명의 팀장이 들어왔다가 편집주간과 똑같이 행동했다. 방에는 다시 최은지와 나, 그리고 곤약 같은 질감의 무겁고 미끈거리는 공기만 남았다.

"최은지씨, 할말이 있으면 얼른 해. 오늘은 알다시피 새해 첫날이잖아. 다들 정신이 없어."

"⋯⋯상의드리고 싶은 일이 있어요."

"혹시 회사 그만둘 거야?"

"그건 아닌데 그래야 할지도 몰라요."

"그래야 할지도 모른다니?"

"사장님, 저 이 회사 절대 그만두고 싶지 않아요. 책 만드는 일도 너무 좋아하고요."

"그런데 왜 그만둔다는 거야?"

"비밀 지켜주실 거죠?"

"그래, 아무한테도 말 안 할게. 말해봐. 뭔데?"

그녀가 시선을 자기 배 쪽으로 떨구었다.

"출산을 해요."

"출산휴가 있잖아?"

최은지는 내리깔고 있던 눈을 살짝 치떠 내 눈을 바라보았다. 모욕인지 장난인지 알기 전에 우선 진의를 살펴야겠다는 눈길이었다. 그 순간 디자이너 정규리가 들어왔다가 눈치를 보며 표지 시안만 올려놓고 사라졌다. 노르웨이 작가의 동화책 표지였는데 한눈에도 별로였다. 순록의 뿔이 너무 크게 그려졌잖아.

"그거, 결혼하지 않은 사람도 쓸 수 있어요?"

아, 그렇지. 최은지는 미혼이었다. 그제서야 프로필이 좀더 선명하게 떠올랐다. 인도네시아인가 말레이시아인가, 하여간 동남아에서 태어났다고 들었다. 필리핀과 홍콩을 거쳐 잠깐 영국에서 살다가 고등학교 2학년부터 한국에서 다녔고 대학은 서울에서 나왔을 것이다. 영어와 중국어, 타갈로그어에 능통했다. 타갈로그어는 출판사에서 쓸모가 거의 없지만 영어와 중국어는 요긴하다. 오랜 해외생활때문인지 얼굴에 엷은 그늘이 있다. 그 기운에 끌리는 걸까, 아니면 작고 갸름한 하얀 얼굴에 끌리는 걸까. 사내의 얼마 안 되는 남자 직원들에게도 인기가 있다. 파티션 사이를 걸어가는 최은지의 뒤로 남자 직원들의 시선이 얽히는 것을 자주 봐왔다. 반면 여성들 사이에서는 늘 겉도는 듯한 인상이었다. 말수가 적고 요염한 기운을 풍기는 여자들은 회사에서 곧잘 왕따가 된다. 게다가 살아온 이력도 보통 직원들과 다르지 않은가. 사업을 하는 부모는 홍콩에 있다고 한다. 한때는 언니와 함께 일산의 작은 아파트에 살았는데, 언니가 미국 회사에 취직이 되어 떠나간 뒤로는 혼자 살고 있다는 것 같았다.

뭔가 실수를 저질렀다는 생각에 나는 어서 이 상황을 수습하고만 싶은 심정이었다.

"아무래도 얘기가 길어질 것 같으니, 가만있자, 내일 점심을 같이하지."

"어쩌죠? 내일은 제가 시간이 안 될 것 같은데요."

최은지가 고개를 더 숙였다. 미안해하는 걸까, 부끄러워하는 걸까, 아니면 표정을 숨기는 걸까. 알 수 없었다.

"그럼 모레 어때?"

"모레는 될 것 같아요."

"아, 점심은 사람들 눈이 있으니 좀 그렇겠다. 저녁을 같이하지. 어때?"

"괜찮아요."

최은지가 나가자 꽉 쥔 넥타이를 푼 것처럼 홀가분했다. 방안을 가득 채웠던 무거운 공기도 그녀를 따라 순식간에 빠져나가버린 것 같았다. 분명 고민 상담으로 시작한 얘기가 결과적으로 데이트 신청 비슷하게 되어버린 게 좀 찜찜하긴 했지만 타인의 비밀을 선취하는 데에서 오는 흥분도 없지 않았다. 사장 자리에 앉아 있으면 원하든 원하지 않든 직원들의 이런저런 비밀을 알게 된다. 반면 직원들은 사장에 대한 루머를 서로 나눈다. 비밀과 루머의 교환. 얼핏 공평해 보인다. 나는 꽤 정확한 정보를 대체로 혼자 간직하는 반면, 그들은 부정확한 정보를 널리 나눈다. 대나무숲에 가서 외치고 싶은 게 자기들만은 아니라는 걸 직원들은 잘 이해하지 못할 것이다.

나는 푸, 하고 한숨을 쉬었다. 기다렸다는 듯이 직원들이 들이닥쳤다. 대놓고 묻지는 못해도 최은지가 그토록 오래 내 방에 머물렀던 이유를 다들 궁금해하고 있을 것이었다. 호기심은 젤리와 같아서 강한 점성이 있다. 사장의 책상 위에는 언제나 이런 젤리들이 덕지

덕지 붙어 있다. 밀물처럼 몰려든 한 무더기의 일을 처리하고 난 후에야 최은지가 내게 던지고 간 충격의 강도가 새삼스럽게 느껴졌다. 뭐가 그렇게 당황스러웠던 걸까. 최은지가 아이를 가졌다는 것? 미혼의 몸으로 아이를 낳겠다는 것? 아니면 싱글맘으로 계속 회사를 다니겠다는 것?


## 2


처음에는 동료였는데 시간이 지나면서 적으로 바뀌었다가 언젠가부터 은근슬쩍 가까이 지내오다보니 어느새 둘도 없는 친구처럼 돼버린 녀석이 이제는 암 병동 병상 하나를 차지하고 오래 누워 있다. 거듭된 수술과 항암 치료로 몸은 쇠약할 대로 쇠약해져 있지만 입은 아직 살아 있다.

"나 왔어."

병상 옆에 비치된 세정제로 손을 소독했다. 박인수가 힘겹게 고개를 돌리며 웃었다. 아니 웃는 것처럼 보였다. 그는 손을 내밀었고 나는 그 손을 맞잡았다. 낯익은 조선족 간병인이 인사를 하고는 방을 빠져나갔다.

"아주 출근을 해라. 뭘 이렇게 자주 와? 환자 힘들게."

"새해 인사지 뭐. 우리 박사장님, 새해에는 일어나야지. 건강도 되찾고."

"놀리러 왔구나. 차라리 새해 복 많이 받으라고 해라."

나는 간병인이 앉아 있던 낮고 긴 벤치에 궁둥이를 얹었다.

"오늘 회사 시무식 했어."

박인수는 내 얼굴을 빤히 쳐다보다가 불쑥 이렇게 말했다.

"내 회사 너 가질래?"

"뭔 소리야?"

"내 회사 너 가져. 직원들 월급도 좀 주고."

"인심 쓰는 척하시네. 빚더미 회사를 얻다 갖다 안기려고."

"싫음 말고. 그리고 빚은 다 갚았어."

우리는 잠시 아무 말 없이 앉아 있었다. 창밖으로 구름이 빠르게 흘러갔다. 병실 안에 있으니 영하 10도인 바깥도 따사로운 봄날처럼 보였다.

"오늘 편집자 하나가 내 방으로 찾아오더니 이상한 소리를 하더라."

"이상한 소리라면?"

"애를 낳겠대."

"니 애야?"

"아아아아아니, 이 인간이 미쳤나?"

나는 펄쩍 뛰었다.

"근데 왜 너한테 말해?"

"결혼을 안 했거든. 애를 낳고도 회사를 다닐 수 있을지 고민하더라고."

"잘라버려. 이상한 애야. 뭔가 느낌이 안 좋아."

박인수는 마른기침을 하더니 한참 동안 거친 숨을 몰아쉬었다.

"그럴 수야 있나."

"내가 곧 죽을 거잖아. 그래서인지 좀 지혜로워진 것 같거든."

"착각이야. 곧 죽을 것도 아니고."

"너 나한테 무슨 신탁 비슷한 거 바라고 온 거 아니야? 곧 죽을 인간이니 뭔가 영험한 게 있을 것 같기도 하고."

"지혜로워진 게 아니라 정신이 이상해진 것 같다."

"너 그 직원 좋아해?"

"아니. 전혀."

"그럼 잘라. 너한테 수작 부리는 게 벌써 수상해. 내가 이렇게 병상에 누워 죽을 날만 기다리면서 느끼는 게 뭔지 알아?"

"무슨 자기계발서에 나오는 것 같은 개소리 할 거면 집어치워. 죽을 때 죽더라도 약은 팔지 말자."

"살아오는 동안 내 영혼을 노렸던 인간들이 너무 많았다는 거야."

말이 끝나기가 무섭게 박이 갑자기 주먹을 뻗었다. 병자답지 않은 날카로운 공격이었다. 나는 반사적으로 고개를 숙여 피했다.

"그렇지, 주먹이 날아오면 이렇게 잘도 피하면서 왜 영혼을 노리는 인간들에게는 멍하니 당하냐는 거야."

"걔는 그냥 상담을 하러 온 것뿐이야. 내가 사장이고 어른이니까."

"어른? 여자들은 그런 경우에 보통 다른 여자와 상담을 하지 사장한테 직접 찾아오지는 않아. 그 여자가 자기 직속 상사나 선배에게 먼저 의논을 하면, 상사나 선배가 너한테 보고를 하는 게 순서야."

박과 내가 처음 만난 곳은 교과서와 참고서를 만드는 출판사였다. 군대를 다녀오지 않은 그는 나와 동갑이었지만, 회사에는 그가 나보다 이 년이나 먼저 들어와 있었다. 일을 가르쳐주는 그에게 사사건건 대들다가 어느새 정이 들어버렸다. 몇 년 후 각각 다른 회사로 이직한 후에는 술친구가 되면서 자연스럽게 말을 놓았다. 그리고 십오 년. 우리 둘은 출판사의 대표가 되었고 앞서거니 뒤서거니 몇 종의 베스트셀러를 내면서 자리를 잡았다. 평판도 나쁘고 친구도 없는 사람인데 이상하게 나는 그가 밉지 않았다.

"아무래도 드러내놓기가 껄끄러운 일이잖아. 안 그래?"

"어차피 곧 배가 불러올 텐데? 다 알게 될 텐데?"

"근데 왜 나한테 온 거야?"

"그러니까 개수작이지. 그냥 아무 이유도 없이 타인에게 개수작을 하는 인간들이 있어. 잔잔한 호수만 보면 돌을 던지는 어린애들처럼."

"아무리 그래도 자기 인생이 걸린 문제를 가지고 그럴까?"

박이 눈을 감았다. 얼굴에서 핏기가 빠져나가면서 창백해졌다.

"미안. 내가 이제 좀 힘드네. 그만 꺼져줘. 와준 건 고마워."

나는 오리털 파카를 집어들고 자리에서 일어났다.

"또 올게. 필요한 것 있으면 얘기하고."

"나에게 필요한 것은 생이야. 그런데 그건 네가 줄 수 없잖아. 그 여자나 조심해. 생은 짧아."

박의 말이 맞을지도 몰랐다. 시무식을 하고 모두가 새로운 마음으로 한 해를 계획하는 이날, 오전부터 지금까지 온통 최은지 생각에 사로잡혀 있었으니까.


3


퇴근한 아내와 시내에서 만나 밥을 먹는데도 자꾸 최은지 일이 마음에 걸렸다. 그렇지만 왠지 아내에게 털어놓고 싶지는 않았다. 꾸역꾸역 밥만 퍼넣고 있자니 아내가 물었다.

"뭐 안 좋은 일 있어? 얼굴이 왜 그래?"

"박사장 문병 다녀왔어."

"살겠어?"

"아니. 오래 못 살 것 같아."

"나도 한번 가봐야겠지?"

아내를 나에게 소개시켜준 사람이 박인수였다. 아내가 그의 회사에서 디자이너로 일하던 시절의 일이었다.

"나보고 자기 회사를 인수하래."

"그냥 해본 소리겠지. 우리 사정 뻔히 알 텐데."

"그럴 수도 있고."

"은행은 다녀왔어? 뭐래? 대출 연장 안 해준대?"

"내일 지점장하고 신년 인사 겸 만나기로 했어."

"우리도 언젠간 죽겠지?"

아내가 젓가락으로 나물을 헤집으며 무심한 얼굴로 물었다.

"박사장 마누라들은 요새 뭐해? 들은 소식 있어?"

"첫번째 부인은 재혼했고 두번째는 프랑스에 가 있고 세번째
는…… 알잖아?"

안다. 그녀는 삼 년 전 어느 날, 욕조에서 팔을 그어 자살했다. 박
인수가 울면서 전화를 했었다. 아내가 그 전화를 받았다. "거기 가만
히 계세요. 저희가 갈게요." 아내는 그렇게만 말하고 나를 깨웠다.
"당신은 가지 마." 내가 말렸지만 아내는 듣지 않았다. 그런데 서둘
러 계단을 내려가던 아내가 발을 헛디디며 공처럼 굴렀다. 오른팔이
부러질 정도의 중상이었다. 아내를 먼저 병원으로 데려가느라 박인
수의 집으로는 금방 가지 못했다. 도착했을 때는 이미 수습이 끝난
후였다. 그는 공식적으로 세 명의 여자와, 비공식적으로 다섯 명의
여자와 살았지만 지금은 곁에 아무도 없다. 마치 '죽을 때는 누구나
혼자 죽는다'라는 말을 몸소 입증이라도 하겠다는 듯이.

"당신이 알아서 할 일이지만 그 회사 인수하지 않았으면 좋겠어."

"할 능력도 없어. 말은 거저 준다고 하지만."

"내 상사였고 또 개인적으로도 잘 아는 분이지만 이상하게 그 양
반이 나는 늘 꺼림칙했어. 곧 돌아가실 분한테 이런 얘기 하기 뭐한
데, 하여간 그래. 미신이라고 해도 어쩔 수 없어. 그 사람 손 닿은 걸
우리 집으로 들이기는 좀 그래."

아내가 평소와는 다르게 꽤 결연하게 말했다. 자기 의견을 강력하

게 피력하는 일이 드문 사람이다.

"좋은 사람이야."

"좋고 나쁘고의 문제가 아니야. 그 사람한테는 뭔가 섬뜩한 게 있어. 내가 얘기했었던가? 그 회사에 입사할 때 모든 직원이 사진을 다시 찍어야 하는 거 알아? 사장실 한쪽 벽에 조명하고 스크린이 설치돼 있거든. 예외 없이 거기에서 사진 찍혀야 되는 거야. 그리고 그 사진은 사장만 가지고 있어. 언젠가 일요일에 가져올 게 있어서 회사에 들어갔는데 그 사진들을 모두 A4 사이즈로 프린트해서 벽에 압정으로 붙여놓고는 노려보고 있는 거야. 마치 무슨 주술이라도 걸듯이 말야. 아주 이상한 장면이었어."

"왜 그러고 있었던 거지?"

"뭐하고 계시냐고 물으니까 직원들을 알아가는 중이라고 하더라고."

"이상한 종교에도 한참 빠져 있었잖아? 외계인이 오면 불로장생하게 된다던가 하는 뭐 그런 거 믿었잖아?"

"그러다 저렇게 암이 말기에 이를 때까지 방치하게 됐던 거구."

"죽고 싶었나보지."

나는 생대구의 머리를 헤집으며 살을 발랐다. 제철을 만난 대구의 살이 통통하고 찰졌다.

"당신 사진도 갖고 있겠네?"

"사장실 파일 더미 속 어딘가에 있을 거야."

"왠지 기분 나쁜데, 그 인간."

"그렇다니까. 죽으면 가서 그거부터 챙겨."

우리는 집으로 들어와 샤워를 하고 각자의 방으로 들어가 시간을 보냈다. 미국에 가 있는 딸내미와 영상통화를 잠깐 하고 잠자리에 들었다. 문득 최은지의 얼굴이 다시 떠올랐다. 도대체 어떤 놈 애야?


4


1월 3일 역시 분주했다. 새해 기획안들이 팀별로 쉴새없이 올라왔다. 그러는 와중에도 최은지가 자꾸 눈에 띄었다. 일부러 내 앞을 오가는 걸까, 아니면 그 무슨 심리적 효과 때문일까. 신경을 쓰지 않으려 하면 할수록 더 자주 눈에 띄었다. 오후가 되자 최은지가 불쑥 사장실로 찾아오면 어떡하나 하는 걱정마저 생겨났다. 왜 이런 걱정을 하지? 나는 사장이고 그녀는 직원일 뿐인데. 하지만 걱정을 멈출 수는 없었다. 최은지가 사장실 근처로 접근할 때마다 마음속에서 요란하게 경보가 울려댔다. 사장실 벽을 유리로 한 것을 후회했다. 블라인드라도 달아놨어야 하는 것이었다.

"최은지씨 말야."

보고를 위해 들어온 편집주간을 돌려세웠다.

"네?"

"들어온 지 얼마나 됐지?"

"삼 년쯤 됐을걸요."

편집주간의 얼굴에 끈적한 호기심이 들러붙어 있었다.

"무슨 문제라도?"

"문제는 무슨. 그냥 갑자기 궁금해서."

나는 파일을 뒤적거리는 척했다.

"정미라는?"

물타기를 위해 한 명을 더 끼워넣었다.

"오 년 됐죠. 둘 다 일 잘해요."

"그래?"

편집주간이 빼꼼 열린 문을 조용히 밀어 닫으며 은밀하게 속삭였다.

"자르실 거면 최은지를 자르세요."

"왜?"

"딸린 식구가 없으니까요. 정미라는 애가 둘이에요. 남편은 몇 달 전부터 실직 상태고요. 아직 실업 급여는 나오는 모양이지만 언제까지 그걸로 버티겠어요?"

"직원들 사정을 잘 아네."

"어쩌다보니 알게 됐어요. 정미라 남편 친구가 제 대학 후배라."

"하여간 알았어."

편집주간이 나갔다. 몇 시간이 안 돼 사내의 분위기가 술렁거리고 나를 보는 직원들의 눈빛이 흔들리기 시작한 것을 보면 사내에 난데없는 정리해고 소문이 퍼진 건 이때부터인 것 같았다. 최은지는 그날 내내 눈길에 걸렸다. 심지어 양치질하러 화장실에 가다가도 마주쳤다. 조용히 목례만 하고 지나가는데도 괜히 가슴이 덜컥 내려앉았다.

오후에는 주거래 은행에 갈 일이 있어 최은지 생각으로부터 잠시 벗어날 수 있었다. 지점장은 상환 기한이 다가오는 대출에 대해 넌지시 환기시킴으로써 나를 최은지의 수렁에서 구해주었다. 그 덕분에 나는 잠깐이나마 내가 처한 냉정한 현실로 돌아올 수 있었다. 지점장은 대출 연장에 대해서는 자신도 최대한 노력해보겠지만 최근 본점과 금융 당국 분위기가 좋지 않으니 내 쪽에서도 최소한의 상환 노력은 해야 할 거라고 했다. 다시 말해 전부가 안 되면 일부라도 갚아야 연장을 해주겠다는 소리였다.

"감사합니다."

일어나면서 인사를 하자 지점장이 손사래를 쳤다.

"아유, 무슨 말씀을요. 저희가 늘 감사하죠. 사장님, 올 한 해 건승하세요."

그는 입에 발린 소리를 하며 배웅했다.


5


최은지와 만나기로 한 것은 일곱시였는데 내 쪽에서 십 분 정도를 늦었다. 허둥지둥 약속 장소에 가보니 정작 그녀가 와 있지 않았다. 대신 문자메시지가 들어왔다. 갑자기 인쇄소에 다녀와야 할 일이 생겨서 한 시간쯤 늦겠다는 것이었다. 흰 테이블보가 깔린 이탈리안 레스토랑의 원탁을 혼자 차지하고 앉아 있자니 적잖이 뒤통수가 시렸다. 스마트폰을 손에 쥐고 온 나라의 뉴스란 뉴스는 다 검색하는 동안 배에서는 꼬르륵 소리가 요란했다. 최은지는 정확히 여덟시 이십오분에 도착했다.

"사장님, 죄송해요. 인쇄 쪽에서 사고가 나는 바람에."

회사 일이면 내 일이고, 내 일 때문에 늦었다는데 누구를 책망하리.

"잘 수습됐어?"

"팀장님은 지금도 거기 계세요."

"그럼 뭐라고 하고 빠져나온 거야?"

"대충 둘러댔어요."

"잘했어."

"다행히 심각한 건 아닌 것 같아요. 최실장님이 내일까지는 끝낼 수 있다고 장담하더라고요."

일단은 조용히 밥을 먹었다.

"출산을 한다고?"

최대한 무심하고 쿨하게 물었다.

"네."

"그러니까 싱글맘이 되겠다는 거지?"

"말하자면 그런 거죠."

"그럼 그렇게 하면 되잖아. 왜 나한테 상의를 하지?"

"회사에 선례가 없잖아요."

"나는 가능하면 근로기준법을 준수하려는 사람이야. 법은 지켜야지."

"출판계는 다른 데와는 좀 다르긴 하지만 그래도 여긴 한국이잖아요. 사람들이 과연 저를 받아줄지 의문이에요."

"안 받아주면 어쩔 건데? 법에 명시된 권리를 행사하겠다는 건데."

"온갖 나쁜 소문에 시달릴 거예요. 왕따가 될 거고요."

"그 정도는 각오해야지."

"사장님께서는 회사의 주인이자 제일 어른이시잖아요. 사람들은 사장님 눈치를 볼 거예요. 그러니까 사장님이 이 문제를 명확하게 정리해주시면 다들 저를 함부로 대하지 못할 거예요."

"그러니까 나한테 원하는 게 뭐야? 최은지는 싱글맘이 될 예정이니까 다들 그렇게 알고 있으라고 말하라는 거야?"

"네, 그래주시면 저야 정말 감사하죠."

"나도 뭣 좀 물어봐도 될까? 불편하면 대답하지 않아도 돼."

"애 아빠가 누구냐고요?"

"응, 혹시 내가 아는 사람일까?"

"아뇨, 모르실 거예요. 애가 너무 갖고 싶어서 오랫동안 알고 지내던 대학 동창한테 부탁을 했어요. 하루만 나랑 자자고. 정말 딱 하루였는데 다행히…… 됐어요."

내가 알고 있는 '부탁'이라는 단어의 의미가 몇 년 사이에 혹시 변한 것은 아닌가 의심스러웠다. 나는 멍한 얼굴로 최은지를 바라보고 있었다.

"사장님, 제가 설명을 잘 못했나봐요. 이해 못하셨죠?"

최은지가 내 표정을 살피며 물었다.

"아니, 아니, 알아들었어. 약간 충격적이네. 그럼 그 대학 친구는 최은지씨가 임신한 걸 모르고 있는 거야?"

"그 직후에 인도 배낭여행 떠나서 아마 지금도 돌고 있을 거예요. 일부러 알리진 않을 생각이에요. 부담 주고 싶지 않아요."

"회사 사람들한테는 뭐라고 할 거야?"

"사실대로 말해야지요."

"사람들이 그 말을 믿어줄까?"

최은지의 눈에 물기가 어렸다.

"제가 그만두기를 원하세요?"

"아니, 아니, 그런 게 아니고."

나는 황급히 손사래를 쳤다.

"좋은 선례가 되고 싶어요. 결혼은 싫지만 아이는 갖고 싶어하는 여자들이 의외로 많아요. 제발 도와주세요."

나는 대답 대신 반쯤 남은 샤르도네를 단숨에 들이켰다.

"천주교에 대부라는 거 있잖아요. 영세 받을 때 아이의 대부나 대모가 되면 설령 친부모는 아니더라도 어려운 일이 있을 때 도와주고 그러잖아요. 사장님께 정말 부탁드리고 싶었던 게 그거예요. 제가 존경하는 사장님이 제 아이의 대부가 되어주세요."

"나는 불곤데?"

"부담은 드리지 않을게요. 그냥 심적으로 기대고 싶은 분이 있었으면 했거든요. 부모님은 너무 멀리 계시고 원래 사이가 안 좋기도 하고요."

최은지는 말끝마다 부담은 주지 않겠다고 말하고 있다. 정자를 준 동창에게도, 그리고 나에게도. 그런데 이미 나는 엄청난 부담을 느끼고 있었다.

"부모님도 이 일을 모르시나?"

"알면 저 죽일 거예요. 외국생활을 오래하셨지만 그렇기 때문에 더 보수적이세요. 본인들이 떠난 무렵의 한국에 고착돼 있어요. 윤리도, 정서도 딱 80년대에 머물러 계세요. 사장님하고는 완전 다르세요."

그렇게 나는 최은지가 낳을 아이의 대부가 되었다.


6


1월은 정신없이 흘러갔다. 은행에서는 추가 담보를 요구해왔다. 장인 장모가 아파트를 담보로 내주었다. 아내의 신경이 날카로워졌다. 이 위기를 넘기지 못하면 처가까지 거리에 나앉을 수 있었다.

"4월부터 기대작들이 줄줄이 나와. 조금만 버티면 돼."

아내에게 한 말이었지만 실은 스스로에게 거는 주문이었다. 1월이 다 갈 무렵, 최은지가 다시 찾아왔다.

"이제는 감추기가 어렵네요."

최은지가 다시 자기 배로 시선을 내렸다. 그렇게 봐서인지 정말 불룩해 보였다.

"사람들한테 알리려고요."

"베이비 샤워라도 하려는 거야?"

"당연히 해야죠. 남들 하는 거 다 할 거예요."

"내가 하지 말란다고 안 할 거 아니잖아?"

"언젠가는 알려야 하잖아요."

"그게 지금이야?"

"실은 어제 꿈을 꿨어요."

천사가 내려와 아이가 구세주가 될 운명이라고 말해주었겠지.

"꿈에서 잠을 자고 있었는데요."

묻지도 않았는데 최은지는 꿈에 대해 떠들기 시작했다.

"눈을 떠보니 침대 옆에 커다란 날개를 단 남자가 서 있었어요."

"천사구만."

"아주 특별한 아이이니까 저 자신을 소중히 해야 한다고 그러더라고요."

수태고지가 따로 없구나.

"계시인 것 같아서 오늘 마음의 준비를 하고 회사에 왔어요."

"어떻게 알릴 거야? 지금 나가서 사람들을 불러모은 다음 발표를 할 거야? 기자회견처럼?"

"왜 자꾸 비꼬기만 하세요?"

"내가? 진심으로 궁금해서 묻는 거야."

"제가 점심을 쏠 거예요. 사람들이 왜냐고 묻겠죠. 그러면 그때 말할 거예요."

"해."

"사장님도 같이 가주실 거죠?"

"난 기자하고 점심 약속이 있어."

"약속하셨잖아요."

"그럼 좀 미리 얘기를 했어야지."

"꿈을 예고해드릴 수는 없잖아요."

"하여튼 나는 안 돼. 중요한 약속이어서 취소할 수가 없어."

최은지는 홱 돌아서서 사장실을 나갔다. 문이 쾅 하고 거칠게 닫히자 근처에 있던 직원들이 깜짝 놀라 파티션 너머로 고개를 들었다. 나는 문을 열고 나가 최은지를 불러세웠다.

"최은지씨, 들어와봐."

뾰로통한 얼굴로 들어온 그녀를 향해 야단을 쳤다.

"지금 그게 무슨 태도야?"

"제가 뭘요?"

"어디 사장실 문을 쾅 닫고 뛰쳐나가?"

"먼저 약속을 안 지키신 건 사장님이잖아요."

최은지는 금세 울음이라도 터뜨릴 듯한 얼굴로 따졌다. 나는 한 발짝 뒤로 물러서지 않을 수 없었다.

"그럼 내가 어떻게 해줘야 돼?"

"같이 식당에 가서서 제가 발표를 한 다음에 사장님께서 공식적으로 축하를 해주셔야죠. 나는 최은지의 결정을 지지한다. 우리 회사는 근로기준법을 준수하며 최은지는 출산휴가와 그 밖의 여러 혜택을 누릴 권리가 있다. 모두 잘 도와주기 바란다. 이런 말씀 해주셔야죠."

"그러니까 그게 꼭 오늘이어야 하냐고."

"그럼 언제가 좋으세요?"

"내일 하자. 어차피 천사가 나타나서 고지를 해줬는데 하루이틀 늦어진다고 특별한 운명을 가진 애가 갑자기 평범한 애가 될 것도 아니잖아. 천사라면 자기 말에 책임을 지겠지."

"계속 비꼬시면 저 정말 화낼 거예요."

"내일 해. 알았지? 대답해."

최은지는 묵묵부답이었다.

"최은지씨."

"네?"

"정말 진지하게 생각한 거야? 이건 인생이 달린 문제야. 충동적으로 결정할 문제가 아니라구."

"스물네 시간 이 문제만 생각하고 있어요."

그러시겠지.

"책으로 쓸 거예요."

"책으로 쓰든 영화로 만들든 발표는 내일 해."

"정 그러시면 내일 할게요."

# 7

병실에 들어서니 박인수는 저녁을 먹고 있었다. 힘겹게 한술 한술 떠넘기는 모습이 안쓰러웠다.

"숭고하다고 생각하고 있지?"

박인수가 우물거리며 말했다.

"뭐가?"

"다 죽어가는 인간이 살아보겠다고 꾸역꾸역 먹고 있으니…… 뭔가 숭고하지 않아?"

병실에 설치된 텔레비전에서는 뉴스가 나오고 있었다. 박인수가 숟가락을 놓았다. 나는 밖에 세워진 이동식 수거대에 식판을 집어넣고 돌아왔다.

"간병인은 어디 갔어?"

"몰라. 밥 먹으러 갔겠지. 이상한 장을 만들어와서는 그거하고만 밥을 먹어. 조선족 풍습인가봐."

나는 손을 소독하고 의자에 앉았다. 그가 물었다.

"참, 그 편집자 어떻게 됐어?"

"누구?"

"애 낳겠다는."

"낳겠대."

"아직 안 잘랐고?"

"불쌍한 여자를 어떻게 잘라?"

"누구 애래?"

"대학 동창한테 애가 필요하니 한번 도와달라고 그랬대. 애 아빠는 이런 줄도 모르고 인도 배낭여행중이고."

"도와달라고?"

"자자고 했다는 거지."

"아. 씨내리네. 요즘 애들 재밌다."

"나더러 아이의 대부가 돼달래."

"예상대로 개수작이 진행중이군."

"의지할 데가 없으니까."

"걘 왜 의지할 데가 없을까? 그 생각은 안 해봤어?"

그 말을 마치자마자 그는 한동안 가래를 뱉어냈다. 누런 가래가 통으로 흘러들어갔다.

"책으로도 쓸 거래."

"그 기상 마음에 드는데? 그 책 우리 출판사에서 내줄게."

"농담할 기분은 아니고."

"실은 맹렬한 질투심이 생겨. 죽이고 싶을 정도로."

아닌 게 아니라 박인수의 눈에서 살기가 번뜩였다가 사라졌다.

"왜?"

"생을 가지고 장난칠 여유가 있다는 거잖아. 그 낭비, 그게 부러워."

"만약에 암이 낫는다면……"

"기적이 일어나야겠지."

박이 말을 잘랐다.

"알았어. 그 기적이 일어난다면 뭘 제일 하고 싶어?"

"희망고문인가?"

말은 그렇게 했지만 박은 진지하게 그 질문을 곱씹는 것 같았다.

"내가 대학원 다닐 때 참 좋아했던 여자가 하나 있었어. 그 여자를 만나고 싶어."

"아직도 인생에 여자가 더 필요해?"

"해주지 못한 얘기가 있어."

"이쯤에서 〈로망스〉가 배경음악으로 깔려야 되는 건가?"

"결혼을 생각하고 진지하게 사귀던 여자였거든. 속궁합도 아주 잘 맞았어. 여자네 부모는 나를 그닥 반기지 않는 눈치였지만 크게 반대하는 것 같지도 않았어. 일이 제대로 됐다면 그 여자가 내 첫 마누라가 됐을 거야. 그런데 갑자기 다 틀어져버렸어."

"왜?"

"내가 병에 걸렸거든."

그는 손가락으로 사타구니를 가리켰다.

"그때도 여전했구나. 설마 그 여자한테 옮길까봐 헤어진 거야? 그건 또 무슨 순애보야?"

"아니야, 믿기지 않겠지만 그 시절의 난 순결했어. 그 여자 하나밖에 몰랐어. 정말이야. 여자를 산 적도 없어."

"그럼 그 여자 쪽이?"

"그렇지. 다른 남자가 있었던 것 같아. 몇 가지 의심스러운 정황이 있었지만 그냥 무시했었거든."

"그래, 그렇다 치고. 그럼 그 여자를 만나서 뭐하려고?"

"그 여자는 내가 자기를 차버렸다고 생각해. 그 오해를 풀어주려고. 내가 너와 헤어진 것은 실은 너의 병 때문이었다고. 억울했거든. 날 속인 건 그 여자인데 내가 악역이 돼버렸거든. 도대체 뭘 위해서 그랬을까? 그때는 몰랐는데 지나고 보니까 억울해. 가서 말해줄 거야. 우리가 헤어진 건 바로 너 때문이었다고."

"그럼 너는 뭘 얻는데?"

"마음의 평화?"

그가 큭큭 웃어댔다.

"못났다."

"내가 세 번이나 결혼에 실패한 건 어쩌면 그 여자 때문일지도 모른다는 생각이 들어. 나 그 여자 정말 사랑했었거든. 그런데 나를 감쪽같이 속인 거야."

"네가 나중에 결혼에 실패한 걸 왜 그 여자 탓으로 돌려? 네 바람기 때문이지. 만나던 남자가 있었는데 당신을 알게 된 거고, 그러다 보니 한동안 양다리였던 것이겠지. 부모님에게까지 인사시켰던 걸 보면."

"나도 지금까지는 좋게 생각하려고 노력해왔어. 그런데 다시 건강을 되찾게 된다면 우선 그 일부터 좀 바로잡고 싶어. 물론 기적이 일어나야겠지만."

"근데 너무 찌질하지 않아? 바로잡긴 뭘 바로잡아. 어떤 과거는 그냥 흘려보내야 되는 거야."

"사람들은 죽을 날이 다가오면 모든 것을 용서하고 뭐 그럴 줄 아나본데, 천만의 말씀. 새록새록 떠오르는 일들은 전부 이런 일들이야. 괜히 남한테 좋은 사람 노릇하기 시작한 기원이 언제인가 따져보니 바로 그때부터야. 병도 옮고 나쁜 남자까지 돼주었잖아? 이런 개 같은 경우가 어딨어?"

나는 박인수의 얼굴을 물끄러미 바라보았다. 오래 알던 사람인데 문득 낯설었다.

"그 여자 소식은 들었어?"

"재작년에. 잘살고 있는 것 같더라. 페이스북에서 글쎄 그 여자를 '알 수도 있는 사람'으로 추천하는 거야. 들어가봤더니 애를 둘이나 낳고 해외여행깨나 다니더군. 사진 많이 올려놨더라. 직장생활도 잘했는지 어디 이사더라고."

그의 얼굴이 고통스럽게 일그러졌다.

"다 자기 복이지. 그만 쉬어."

나는 자리에서 일어났다. 마침 간병인도 병실로 돌아오고 있었다. 인사를 하고 돌아섰다가 다시 발길을 돌렸다. 박은 고개를 푹 숙인 채 쉑쉑 숨을 몰아쉬고 있었다.

"박사장."

"가는 거 아니었어?"

그가 힘겹게 고개를 쳐들었다.

"그 정도 얘기를 하기 위해서 꼭 암이 완치돼야 하는 건 아니잖아? 내가 그 여자 데려다줄까?"

박이 고개를 번쩍 치켜들더니 맹렬한 눈길로 나를 쏘아보았다.

"진심이야?"

내 진짜 의도를 반드시 알아내고 말겠다는 눈초리였다.

"죽는 사람 소원이잖아. 그런데 정말 그 여자 봤으면 좋겠어? 잘 생각해봐."

박은 오래도록 나를 탐색했다. 침묵이 이어졌다. 그가 마침내 결심을 한 듯 메모지를 꺼내 회사와 그녀의 이름을 적었다.

"잘하는 짓인지 모르겠다."

나는 메모지를 받아들며 말했다.

"회사 옮겼을지도 몰라. 이직이 잦은 바닥이니까."

"너무 기대는 하지 마. 내가 탐정은 아니잖아."

"꼭 불러다줘. 부탁이야."

박인수는 내 두 손을 덥석 잡았다. 너무 차고 축축해 마치 젖은 행주를 만지는 기분이었다.


8


아버지가 세상을 떠난 것은 재작년이었다. 심장마비였다. 비교적 건강하던 분이 자식들 고생 안 시키고 가셨으니 호상이고 복이라고 했다. 문제는 장소였다. 아버지의 시신은 운현동의 여관방에서 발견

됐다. 동침했던 육십대 여자가, 돈을 받고 몸을 파는 여자가 119에
신고를 했다. 그건 자식들이 바라던 죽음의 모습이 아니었고 물론 아
버지가 바라던 모습도 아니었다. 아니, 아버지는 죽음 그 자체를 바
라지 않았다. 영원히 살게 되리라 믿는 것 같았다. 그래서 자기 죽음
에 대한 어떤 준비도 해놓지 않았다. 그는 그런 사람이었다. 형과 나
는 아버지가 여기저기 분산해놓은 예금이며 보험이며 부동산을 찾아
내느라 애를 써야 했다.

"아버지 말야. 돌아가시기 전에 시간이 좀 있었다면 유언 같은 걸
남기셨을까?"

함께 은행에서 차례를 기다리던 형이 물었다.

"무슨 말 하셨을지 나는 알지."

"뭔데?"

"'나는 죽고 싶지 않다. 제발 살려다오.' 그게 다였을 거야."

형도 고개를 끄덕였다. 그런 죽음과 박인수의 죽음에는 어떤 차
이가 있을까? 박인수는 정신적 총기 난사범이 되고 싶은 걸까? 분노
와 복수심으로 자동소총을 들고 마음의 감옥으로 들어가 간수들을
다 쏴죽이고 싶은 걸까?

나는 박인수가 건네준 메모를 오랫동안 들여다보았다. 어떤 일이
벌어지게 될까? 그 여자는 응할까? 옛 연인이 다 죽어간다는데 한
번쯤은 들여다보겠지. 나는 메모지를 일단 서랍 속에 집어넣었다.

# 9

유리벽 너머 직원들의 움직임이 이상했다. 하나둘씩 최은지의 자리로 다가가 얘기를 나누고 자기 자리로 돌아오고 있었다. 걱정스러워하는 얼굴도 있었고 짐짓 환하게 웃는 얼굴도 있었다. 외따로 떨어져 있다시피 한 최은지의 자리로 저렇게 사람들이 모여드는 일은 드물었다. 답은 하나였다. 최은지가 예고대로 동료들에게 임신 사실을 알린 것이었다. 같이 가자고 할까봐 점심때 슬쩍 자리를 비웠는데도 최은지는 결행해버린 것 같았다.

퇴근을 앞두고 편집주간이 들어왔다.

"정말 알고 계셨어요?"

그의 표정이 은근하다.

"뭘?"

"최은지 건이요."

"최은지가 뭘 어쨌는데?"

"모르셨어요?"

"말을 해봐."

"사장님께도 벌써 말씀드렸다던데요?"

"아…… 그거. 며칠 전에 제 입으로 말을 하더라구."

"그래서 그렇게 하라고 하셨어요?"

"어떻게 해? 법은 지켜야지."

"그러시면 뭐, 알겠습니다."

"거기에 뭐는 왜 들어가?"

"……다들 애 아빠가 누군지 궁금해해요. 혹시 사장님은 아세요?"

"최은지가 말 안 했어?"

"그 말을 누가 믿겠어요? 아무리 세상이 달라졌다지만……"

입꼬리를 올리며 웃는 그의 미소가 미묘했다.

"외국에서 나고 자랐으니까 우리하고는 좀 다르겠지."

편집주간이 나가고 나서야 나는 비로소 그 기분 나쁜 미소의 의미를 알아차렸다.

## 10

박인수의 옛 연인은 직장에서 정이사로 불리고 있었다. 박인수가 죽기 전에 만나고 싶어한다는 얘기를 전했더니 정중하지만 냉랭한 대답이 돌아왔다.

"죄송합니다. 그건 좀 어렵겠네요."

"죽는 사람 소원인데요."

"저는 가정이 있어요."

"정 그러시다면 그렇게 전하겠습니다."

정이사는 한동안 말이 없었다.

"여보세요?"

"……그렇게 안 좋아요?"

"네, 안 좋습니다."

"세상에 혼자 잘났더니 그 사람도 별수 없군요. 가보지 못해 미안하다고 전해주세요. 아마 그 사람도 이해할 거예요. 이해심이 많은 사람은 아니지만."

나는 전화를 끊었다. 점심은 디자이너들과 같이 먹었다. 서먹한 점심식사였다. 정적을 깨려 질문을 던지면 무성의한 단답들만 돌아왔다. 최은지 때문인가? 그러나 내 쪽에서 먼저 그 얘기를 꺼낼 수는 없었다. 먹는 둥 마는 둥 하고 돌아온 회사에도 온기가 없었다. 오직 최은지만이 생기로 충만했다. 한구석에서 또래의 직원들과 깔깔대고 있다가 내가 들어오자 모두와 함께 무성의한 목례를 하더니 다시 손뼉을 치며 웃어댔다. 사장실로 들어와 의자에 몸을 파묻고 내가 처한 상황을 생각하기 시작했다. 고민스러운 문제가 있을 때마다 그랬듯 이번에도 나는 백지를 한 장 꺼내 거기에 그것을 적었다.

최은지

이름 석 자를 써놓기는 했으나 그다음에 뭘 써야 할지 전혀 떠오르지가 않았다. 애를 낳고 안 낳고는 개인의 결정이다. 법과 새로운 시대의 윤리도 그녀의 결정을 지지하고 있다. 나 역시 그렇다. 나는 백지의 중앙에 세로로 선을 그어내리고 왼쪽에 '개인의 결정' '노동법' '새로운 시대의 윤리'라고 적었다. 왼쪽은 최은지의 결정을 존중

해야 할 이유들이다. 오른쪽은 텅 비어 있었다. 이상한 일이었다. 내 마음이 이렇게 혼란스럽다면 오른쪽에도 뭔가 써넣을 것이 있어야 마땅했다. 아, 그게 있었지. 나는 '나쁜 소문'이라고 적었다. 사람들은 나와 최은지 사이를 의심하기 시작했다. 그러자 하나가 더 생각났다. '리더십의 상실'. 직원에게 임신을 시키고 그 직원을 계속 회사에 다니게 하면서 말도 안 되는 스토리까지 만들어내도록 한 사장의 말을 누가 진심으로 따르겠는가. 갑자기 오른쪽 칸에 들어갈 문구가 하나 더 떠올랐다. '대나무숲'. 곧 누군가가 트위터에 익명으로 말을 퍼뜨리기 시작할 거야. 박인수의 충고가 새삼 떠올라 그것도 적었다. '개수작'.

이제야 오른쪽 왼쪽의 균형이 맞는 것 같았다. 최은지의 행위는 윤리적, 정치적으로는 옳다. 나는 지금까지 최소한의 도리는 지켜오면서 기업을 운영해왔다고 자부하고 있었다. 솔직히 나만한 출판사 사장도 없을 거라고 생각하기도 한다. 나 개인에게는 심각한 피해를 끼치고 있다. 그렇다면 어떻게 해야 할까. 이 상황에서 최은지를 내보낼 수도 없다. 더 나쁜 소문이 퍼질 수도 있고 법에도 저촉될 수 있었다. 그리고 곧 출산할 임신부에게 그렇게까지 하고 싶지 않았다. 적어도 나만은 최은지의 진실을 알고 있지 않은가. 이 상황에서 그녀를 내친다면 나에 대한 직원들의 신뢰는 땅에 떨어질 것이다.

# 11

퇴근을 하고 집으로 돌아가니 아내가 소파에 앉아 있었다. 텔레비전은 꺼져 있었다. 그러니까 아내는 멍하니 벽을 바라보고 있었던 것이다. 조짐이 좋지 않았다.

"왜 그러고 있어? 무슨 일 있어?"

"최은지."

가슴이 덜컥 내려앉았다.

"뭐?"

"최은지라는 여자하고 어떤 사이야? 그것만 말해주면 돼."

"당신이 그 친구를 어떻게 알아?"

"무슨 일이 있었는지만 얘기해. 다 받아들일게."

"일은 무슨 일, 아무 일도 없어."

아내가 고개를 홱 돌리더니 매서운 눈길로 나를 쏘아보았다.

"아무 일도 없다고? 아무 일도 없다고? 아무 일도 없다고?"

"진정해. 왜 이래, 당신?"

"오늘 전화를 두 통이나 받았어."

"아, 응, 그게, 그래, 그 친구가 그러니까, 임신을 했어. 그래서……"

"뭐, 임신을 시켰다고?"

아내가 놀란 고양이처럼 소파에서 펄쩍 뛰어오르더니 나에게 달려들었다.

"이 나쁜 자식아, 니가 인간이냐!"

나는 깜짝 놀라 뒤로 물러서다 엉덩방아를 찧었다. 화가 났다.

"왜 이래 정말! 진정해, 진정하라니까."

그러나 아내는 진정할 상태가 아니었다. 몸을 부들부들 떨었고 입가에서는 침이 흘렀다. 그야말로 기절하기 직전이었다. 말이라고 할 수 없는 수준의 고함을 치며 발광했다. 아내의 그런 모습은 정말 처음이었다. 아내의 어깨를 끌어안아 안정을 시켜보려 했지만 불가능했다.

"이상한 소문을 들은 모양인데 나하고는 아무 관계가 없는 얘기야."

아내는 진이 빠진 듯 아무 대꾸도 하지 않았다.

"애가 낳고 싶어서 대학 동창한테 하룻밤 자자고 부탁을 했대. 그런데 애가 생겨서 그 애를 낳을 생각인 거고."

말하는 동안 아내는 피식피식 웃었다. 그녀는 이마로 흘러내린 앞머리를 쓸어올리면서 말했다.

"디자이너 후배한테 전화가 왔어. 나 되게 걱정해주는 척하더라. 사실은 아니겠지만 회사에 이런 나쁜 소문이 있으니 알고나 있으라면서. 당신이 나한테 미리 말만 해줬어도 나는 그런 소문 같은 거 안 믿었을 거야. 그런데 당신은 그 일에 대해서 나한테 일언반구 없었잖아. 회사에 일어난 일 시시콜콜 나한테 다 말하는 사람이잖아, 당신. 그렇게 신기하고 재미있는, 자기하고는 아무 관계도 없는 가십을 왜 나한테만 감췄을까. 그게 난 이상한 거야."

"그거야 요 며칠 너무 바빴고……"

"우리 엄마 아빠 아파트 저당잡히는 일 하시느라고 그렇게 바쁘셨나요?"

아내가 비아냥거리며 몸을 일으켰다.

"아들이래, 딸이래?"

"내가 그걸 어떻게 알아?"

"아들 갖고 싶어했잖아, 당신?"

"이게 무슨 막장 드라마니, 지금."

"듣자 하니 회사도 난리래. 당신도 짐작하겠지만 최은지 말 믿어주는 직원은 거의 없나봐. 말은 안 해도 다 당신 의심하는 것 같더라. 왜 아니겠어. 최은지가 그렇게 뻔질나게 사장실을 드나드는데. 둘이 저녁도 같이 먹는 사이라며? 직원 하나가 일산에서 봤다더라."

"오해야."

"나도 막장 드라마 싫어. 그래, 당신 해명이 맞다고 치자. 그래도 한번 생각해봐. 직원들이 왜 대번에 당신부터 의심하고 그러는지. 인심 너무 잃은 거 아니니?"

그 말은 좀 가슴이 아팠다. 나는 스스로를 출판사의 사장이라기보다 그들의 선배 편집자 정도로 생각해왔기 때문이었다.

"하여간 나하고 최은지하고는 아무 상관도 없어. 그건 당신이 믿어야 해. 자꾸 이러면 정말 당신한테 서운해."

"애 나오면 머리카락 뽑아와. 유전자 검사 결과 나오면, 그러면 믿을게."

"사과도 해야겠지."

"물론이지. 하지만 그래도 당신이 왜 최은지 얘기를 나한테 미리 안 했는지는 여전히 의문으로 남는 거야. 그건 알아둬."

나는 그대로 집을 뛰쳐나왔고 그날부터 우리는 각방을 썼다.

## 12

병동 입구 휴게실에서 링거를 꽂은 환자들이 아홉시 뉴스를 보고 있었다. 나는 왜 박인수를 찾아왔을까. 그의 말대로 나는 무슨 신탁이라도 바라는 것일까.

병실 안으로 들어서는데 먼저 온 방문자가 있었다. 단정한 투피스를 차려입은 여자가 박인수의 무릎에 얼굴을 파묻고 울고 있었다. 박인수는 눈을 감고 있어 내가 들어온 것을 몰랐다. 그는 오른손으로 여자의 뒤통수를 빗질하듯 쓸었다. 그럴수록 여자는 더 거세게 흐느꼈다. 나는 휴게실로 물러나와 환자와 간병인들 사이에서 텔레비전을 보았다. 뉴스가 끝나고 휴게실을 나오는데 마스카라가 흉하게 번진 여자가 나를 스쳐지나갔다. 정이사라는 확신이 들었다. 박인수는 지친 얼굴로 눈을 감고 있었다. 겨우 눈을 뜨더니 힘없이 내뱉었다.

"다녀갔어."

"봤어. 울면서 가던데."

"미친년. 뭘 잘했다고 울어."

"그러니까 그런 얘기는 뭐하러 해? 다 지난 얘기를."

"무슨 얘기?"

박인수가 나를 빤히 바라보더니 힘없이 웃었다.

"바보 아니야? 내가 정말 그 말을 할 줄 알았어?"

"어쩐지."

박인수는 한참을 물끄러미 창밖으로 시선을 던지고 있다가 고백하듯 말했다.

"그건 그냥 핑계였지."

"뭐에 대한?"

"내가 그 여자 만났을 때 나는 그냥 대학원생이었거든. 집은 가난하고 전망도 없었지. 그런데 꼴에 소설을 쓰겠다고 돌아다녔고. 그런데 그 여자는 그때 이미 취직해서 직장 다니며 잘나가고 있었어. 데이트 비용도 혼자 다 냈어. 여관비까지. 지금은 무슨 일인지 기억이 안 나지만 뭔 일로 자존심이 엄청 상했더랬어. 그래서 내가 막 퍼부어댔어."

"그럼 병은? 그런 일은 없었던 거야?"

"있었지. 다른 남자가 있었던 것도 분명해. 내 쪽은 전혀 접촉이 없었으니까. 나보다 잘난 어떤 놈을 만나고 있다고 생각했지. 분명 돈도 많고 능력도 있는 놈을. 그러니까 돈이 남아서 나한테 쓰겠지. 그놈한테 얻은 병도 나한테 옮기고. 정말 기분이 더러웠지. 남녀가 헤어지는데 이유가 설마 하나뿐일까."

"결혼은 당신하고 하려고 했다면서?"

"그게 좀 미스터리야. 그걸 보면 날 좋아했던 것 같기도 하고. 나도 평생 헷갈렸어."

"그런데 아까 그 여자는 왜 그렇게 울었어?"

"그건 나도 모르지. 날 보자마자 대뜸 울더라고. 울 만큼 울더니 그냥 나가데. 그게 끝이야."

"얘기는 한마디도 못하고?"

"응, 그쪽도 보기와는 달리 인생이 순탄하진 않나봐. 그런 느낌이 들었어."

"그럴 수도."

"당시에, 내가 그 여자한테 결별을 통보하고 피해다녔을 때 말야. 그 여자가 미친듯이 나한테 매달렸었거든. 전화하고 집으로 찾아오고. 스토커가 따로 없었어. 그런데 내가 정말 매몰차게 대했어. 심한 말도 퍼붓고 받은 선물도 다 다시 소포로 보내버렸어. 정나미 떨어지게 한 거지. 그러니까 결국은 포기하고 마음을 정리하더라. 그런데 하루는 샤워를 하다가 문득 내 거시기를 보게 됐어. 균, 그 여자한테 옮은 성병 균이 아직도 거기 있을까 하는 생각이 들더라고. 항생제 먹어서 다 죽었겠지만 일부는 남아 있지 않을까, 뭐 그런 생각이 들었어. 남아 있었으면 좋겠더라고. 어쨌든 그 여자한테 받은 거잖아. 말을 안 했으니 그때도 그 여자 몸속에는 당연히 그 균들이 남아 있었을 거고. 우리가 마지막으로 공유한 유일한 존재가 바로 그 균이었던 거야."

"얘기가 뭔가 지저분하게 감상적이다."

"따로 모아놓을걸 그랬어. 어디 시험관 같은 데다가 기념으로. 그랬다가 지금쯤 다시 걸려보고 싶어. 어차피 죽을 몸인데."

"아니 에르노 소설에도 비슷한 얘기가 나왔던 것 같아. 남자하고 헤어지고서는 에이즈 검사나 받아볼까 생각하는 여자가 있었던 것 같아. 박사장하고 비슷한 심정으로."

"아, 마지막까지도 진부하구나, 나라는 놈은."

"하는 말의 뽄새를 보니 어쩐지 오래 살 것 같다."

"또 희망고문하시네."

그러나 그 순간 그의 눈에는, 아마도 내 마음이 그래서 더 그렇게 보였을지도 모르겠지만, 뜨겁고 강렬한 빛이 아주 잠시 떠올랐다가 천천히 사그라들었다.

"왜 그 임신했다는 우리 회사 여직원 있잖아."

"미스 개수작?"

"그래, 그 여자. 회사에 공표를 했어."

"그럴 줄 알았어."

"그런데 사람들은 전부 애 아빠가 나라고 생각해. 심지어 우리 마누라까지도."

"그러니까 평소에 덕을 좀 쌓았어야지."

"내가 뭘?"

"너 좀 평판이 안 좋잖아?"

"내가?"

"영업자들 서점에서 만나잖아. 무슨 얘기 하겠어? 자기네 사장 뒷담화들 하겠지. 술 먹다가 나도 소문 좀 얻어들었지."

"뭐라는데?"

"듣고 싶어? 이런 건 모르는 게 약인데."

"뭐라는데?"

"예쁜 여자들만 편애한다. 눈빛이 느끼하다. 엄청 짠돌이다. 민주적인 척하면서 직원들 의견은 하나도 안 받아들인다. 잘난 척이 심하다. 회의 때도 혼자 떠든다."

"너희 회사 영맨들이 네가 듣고 싶어하는 얘기만 전해준 건 아니고?"

"근데 너 좀 충격받은 얼굴이다?"

"기분좋은 얘기는 아니잖아?"

"씹히라고 있는 게 사장이야. 잘 씹혀주는 게 사원 복지고. 좋은 소리 들으려고 하지 마. 그럴수록 위선자처럼 보여."

"어쨌든 그 여자 어떻게 하면 좋을까? 직원들한테 유전자 검사 결과를 공표할 수도 없고. 공표한다고 믿을지도 의문이지만."

"그냥 감당해. 오욕이든 추문이든. 일단 그 덫에 걸리면 빠져나갈 방법이 없어. 인생이라는 법정에선 모두가 유죄야. 사형선고 받은 죄수가 하는 말이니까 새겨들어."

# 13

박인수는 봄에 죽었다. 연락을 못 받아서였겠지만 정이사는 나타나지 않았다. 박인수의 두번째 부인이 프랑스에서 귀국해 어린 아들과 함께 조문객을 받았다. 최은지의 배는 눈에 띄게 불러왔다. 직원들은 최은지를 더 멀리하는 부류와 갑자기 친하게 대하는 부류로 나뉘었다. 4월에 낸 자기계발서가 터지면서 회사의 재무 상태는 좋아질 조짐이 보이기 시작했다. 아내는 여전히 냉랭했다. 처음에는 최은지 때문이라고 생각했는데, 이제는 다른 남자가 있는 건 아닐까 하는 쪽으로 의심이 갔다.

최은지 건에 대해서는 박인수가 조언한 대로 별다른 행동을 취하지 않고 가만히 있었다. 다만 3월에 편집자를 추가로 뽑았다. 경쟁률이 꽤 높았다. 마침 지원자들 중에 이혼하고 아이를 혼자 키운다는 싱글맘 두 명이 있었다. 그게 불리하게 작용할까봐 전전긍긍하는 눈치였다. 나는 그 둘을 모두 뽑았다. 너무 좋아들 해서 내가 다 미안할 지경이었다. 그들을 최은지와 한 팀으로 묶었다. 생계형 싱글맘들 사이에 묻혀버린 최은지는 예전처럼 도드라지지 않았다.

며칠 후, 남자 직원 하나가 회식 자리에서 술을 먹고는 내게 행패를 부렸다. 울면서 소리소리 질러댔다. 최은지를 사랑한다고 했다. 정말정말 사랑한다고 했다. 사장님 나쁘다고 했다. 개새끼라고도 했다. 직원들이 끌고 나갔다. 와중에 상이 엎어지고 화분이 박살나고 접시들이 깨졌다. 부서진 집기는 모두 내가 물어줬다. 다음날 아침

출근하자마자 그를 사장실로 불렀다. 회사를 그만두는 게 좋겠다고 했더니 그는 말없이 고개를 끄덕였다. 속이 시원했다. 나는 서랍 속에서 백지를 꺼내 이렇게 적었다.

위선이여, 안녕.

신의
의
장
난

방을 나갈 수가 없다. 공포와 권태의 방. 무슨 수를 써도 도저히 탈출할 수가 없다. 이것이 그들이 내린 결론이었다.

"어떻게 여기 오게 됐는지도 이젠 가물가물해."

혼잣말처럼 중얼거리는 수진의 말에 정은도 거들었다.

"그냥 원래부터 여기서 살아왔던 것 같아. 여기 오기 전의 과거는 전생인 듯. 도대체 며칠이나 지났을까?"

"똑같은 질문, 똑같은 대답. 이젠 그만합시다."

아직 미련을 버리지 못한 태준이 방 구석구석을 조사하다가 가벼운 짜증을 부렸다.

"힌트만 찾으면 돼. 그럼 지금이라도 나갈 수 있어."

"글쎄, 못 나가요."

자신이 몸을 파묻고 있는 일인용 소파로 접근하는 태준에게 강재가 말했다.

"저도 알아요. 근데 밑져야 본전이잖아요. 잠깐만 일어나봐요. 그 소파에 아무래도 힌트가 숨겨져 있는 것 같아요. 쿠션 좀 칼로 뜯어보게."

쓸데없는 짓. 강재는 고개를 저었다.

"괜히 멀쩡한 소파만 버린다니까요. 무슨 힌트를 이런 데다 숨겨요? 한 팀 들어왔다 나갈 때마다 소파 바꾸게요?"

"이게 정상적인 방 탈출 게임이에요? 아니잖아요. 우리가 들어온 게 벌써 며칠째예요? 할 수 있는 건 다 해봐야 한다구요."

태준이 그를 끌어내려 왼손으로 먹살을 잡았다.

"에이씨, 잠깐만 일어나주는 게 그렇게 어려워?"

강재가 발을 뻗어 태준의 낭심을 걸어찼다. 태준이 악 소리를 지르며 주춤주춤 뒤로 물러났다. 커터칼이 바닥에 떨어지며 챙그랑 소리를 냈다.

"하지 말라면 하지 마, 좀. 확 고자 만들기 전에."

강재는 소파에서 일어나 바닥에서 커터칼을 주워 드르륵드르륵 칼날을 올렸다 내렸다 해보고는 자기 주머니에 집어넣었다. 그러고는 급소를 차인 고통으로 데굴데굴 구르는 태준을 구둣발 끝으로 툭툭 건드렸다. 정은이 다가와 강재를 태준에게서 떼어놓았다.

"이제 그만하세요. 사람을 왜 때리고 그래요? 태준씨, 괜찮아요?"

강재는 다시 일인용 소파에 몸을 던졌다.

"저 자식이 가만히 있는 사람을 건드리잖아요. 어디서 먹살을 잡아?"

침대에 누워 있던 수진은 눈앞의 현실을 지우고 싶다는 듯 담요를 눈썹까지 끌어당겼다. 겨우 몸을 추스른 태준은 강재 쪽을 잠깐 노려보고는 아무 말도 하지 않고 수진이 누워 있는 침대 쪽으로 가 발치에 걸터앉았다. 정은은 '베이커가 221번지 B호'라는 주소가 적힌 문패를 물끄러미 바라보았다.

"좀 웃기지 않아요? 문패라는 게 원래 집밖에서 그 집이 어떤 집인가 알려주는 건데, 이건 안에 걸려 있네요."

"밖이 없잖아요, 여기는."

강재가 마치 즐거운 소식이라도 알려준다는 듯이 말하며 소파에서 몸을 일으켰다.

"그럼 다시 시작합니다."

강재가 양해를 구한 뒤 철문을 향해 돌진했다. 그러나 철문은 끄떡도 하지 않았다. 모두들 소용없는 짓이라고 하는데도 강재는 들으려 하지 않았다.

"우공이산이라잖아요. 두고보세요. 하루에 몇 번씩만 이렇게 해도 언젠가는 열릴 거예요."

강재는 지리산 자락에서 한학을 했던 할아버지 손에 자랐다고 했다. 그런 탓일까. 나이답지 않게 곧잘 사자성어를 썼다. 강재가 마지막으로 있는 힘을 다해 철문에 어깨를 부딪친다. 그러고는 헉헉대며 바닥에 대자로 뻗어버렸다. 강재 같은 남자가 가진 힘을 오직 철문 돌파에만 쓰고, 그후에 저렇게 탈진하여 쓰러지는 것은 다행스러운 일이라고 정은은 생각했다. 티는 내지 않았지만, 정은은 늘 남자들의 움직임을 주시하고 있었다. 아직 그들은 희망의 끈을 놓지 않고 있다. 그러는 한 도덕은 지켜질 것이다. 그러나 희망의 잔량은 점점 줄어들고 있었다.

"전 제가 지은 죄를 생각하고 있어요."

수진이 담요를 끌어내리며 말했다. 얼굴 크기에 비해 지나치게 크다 싶은 눈으로 멍하니 천장을 응시하고 있었다.

"죄라니요?"

침대 발치에 앉아 낭심의 고통을 다스리고 있던 태준이 물었다.

"이건 벌이에요. 아직도 모르시겠어요? 분명히 제가 지은 죄가, 무슨 죄가 있을 거예요. 그게 뭔지 아직은 모르겠지만 그 벌로 여기에 갇힌 거죠. 그러니까 우리 모두 힌트가 아니라 자기 죄가 뭔지, 뭣 때문에 여기 이렇게 갇혀 있게 됐는지를 알아내야 돼요. 그래야 얼마나 오래 여기 있을지도 알 수 있어요. 우리가 그 죄에 상응하는 죗값만 치르면 저절로 저 철문이 열릴 거니까요."

"수진씨가 무슨 그런 큰 죄를 지었다는 거예요?"

"아직은 모른다니까요. 하지만 죄 없는 사람은 없어요. 다들 같이 속죄해요. 그 수밖에 없어요."

"정말 어이없네. 속죄를 하면 저절로 문이 열린다고?"

한참을 철문과 씨름하다 나가떨어진 강재가 모두 들으라는 듯 중얼거렸다. 말없이 책꽂이 앞을 오가던 정은은 침대에 누워 있는 수진 쪽을 향해 몸을 돌리며 말했다.

"난 이건 그냥 실수라고 생각해."

"실수? 무슨 실수요?"

강재가 끼어들었지만 정은은 그를 무시하고 수진을 향해 말했다.

"그냥 우리를 잊어버린 거야. 우리 여기 데려온 사람 있었잖아? 그 사람이 갑자기 교통사고로 혼수상태거나, 아니면 회사가 부도나서 직원들이 다 도망을 갔다거나, 뭐 그런 거 아닐까? 수진씨가 뭘 그렇게 잘못했겠어? 우린 이십대잖아. 살면 얼마나 살고, 죄를 지으면 얼마나 큰 죄를 지었다고 이런 벌을 받아? 말도 안 돼."

수진이 훌쩍이기 시작했다.

"아니에요, 언니. 난 지었어요. 죄가 아주 많더라고요."

선후배 간의 위계가 엄격한 과에서 대학생활을 했던 탓일까. 한 살밖에 차이가 나지 않는데도 수진은 정은에게 언니 대접을 했다. 태준이 수진을 달랬다.

"또 울어요? 그만 좀 우세요. 힌트는 반드시 있어요. 실수든 벌이든 간에, 이 방이 원래 방 탈출 게임으로 설계됐다면 나갈 수 있는 방법도 마련해뒀을 거예요."

정은은 태준이 이토록 힌트에 집착하는 게 왠지 불안했다. 그는 하루종일 방을 뒤지고, 서가에 꽂힌 셜록 홈스 전집을 읽고 또 읽었다. 어느 날 그의 희망이 처절한 절망으로 귀결될 때, 그가 무슨 짓을 저지를지 몰랐다. 차라리 온몸으로 철문에 돌진하는 강재가 더 나았다. 태준, 넌 왜 우울을 모르니? 제발 가만히 앉아서 목까지 차오르는 절망감에 몸을 맡기렴. 수진처럼 자신이 지었을 죄나 생각하면서, 도대체 뭘 잘못했길래 이런 일을 당하는지 자책도 좀 하면서, 그렇게 묵묵히 시간을 견디면 안 되겠니?

"왜 아무도 우리를 찾지 않을까요? 이상하지 않아요?"

수진의 물음에 강재가 자신 있게 대답했다.

"찾고 있을 거예요. 여기 들어올 때 모두 휴대폰 맡겼잖아요. 그럼 거기서 신호가 발신돼요. 연수 들어간다고 했으니 며칠은 그러려니 하겠지만 결국은 가족들이 실종 신고를 하게 될 거고, 그럼 경찰이 우리를 찾아낼 거예요. 그러니까 우리는 가만히 있으면 된다니까요. 뻘짓하지 말고."

"이런 지하에서도 신호가 잡힐까요? 여기 들어올 때 공사장 엘리베이터 같은, 벽도 천장도 없는 이상한 엘리베이터 타고 한참을 내려왔잖아요?"

강재는 수진을 윽박질렀다.

"아, 글쎄, 신호가 마지막으로 끊긴 지점을 중심으로 수색을 할 거라니까요. 제발 좀 차분히 기다려보자구요."

신입 사원들은 예외 없이 거치는 연수의 한 과정이라고 들었다. 승합차가 그들을 태워 경기도 북부의 어딘가로 데려갔고, 차에서 내렸을 때는 이미 사위가 캄캄했다. 조폭 영화에서 채무자나 배신자를 끌고 와 고문하는 곳 비슷했다. 드럼통, 지게차, 그리고 샌드위치 패널로 된 벽들.

"다 설정인 줄만 알았는데."

연극영화과를 졸업한 수진에게 설정은 오히려 현실처럼 익숙한 것이었다. 그들 앞에 서 있는 인사 담당자라는 사람은 이렇게 말했다.

"방 탈출 게임이라고 들어보셨죠? 숨겨진 힌트를 찾아 정해진 시간 안에 방을 탈출하는 게임인데 요즘 세계적으로 대유행이잖아요? 이 과정을 통해 회사는 여러분의 지능, 임기응변 능력, 적응력과 친화력 같은 것을 보게 됩니다. 재밌을 거예요."

출신 지역과 전공은 달랐지만 그들은 모두 각자의 이유로 취업이 절실했다. 인사 담당자는 창고 입구에서 그들을 또다른 남자에게 인계했다. 넷은 그 남자를 따라 엘리베이터를 타고 지하 깊숙이 내려왔다. 견고한 철문 앞에서 그들은 휴대폰과 시계를 모아 남자에게 건네주었다. 남자는 말했다.

"정 탈출할 수 없다면 방 어딘가에 있는 인터폰으로 연락을 하세요. 치트키 같은 건데, 쓰는 분들은 거의 없어요. 특히 연수 과정에서는요. 감점 요소니까요."

그들도 처음엔 인터폰의 사용은 아예 고려하지 않았다. 그러나 아무리 시간이 흘러도 힌트 비슷한 것도 찾을 수 없자 강재가 먼저 수화기를 집어들었다. 이런 놈의 회사, 안 들어가면 그만이라면서. 그러나 인터폰은 먹통이었다.

"뭐야, 무서워."

수진이 말했다.

"이거 아무래도 게임 아닌 것 같아."

"거기 아무도 없어요?"

그들은 힘으로 할 수 있는 일은 다 했다. 천장과 바닥은 단단한 콘

크리트였고 철문은 난공불락이었다. 탈출이 불가능할지도 모른다는 것을 받아들이고 나서야 그들은 비로소 구석에 놓여 있는 고구마 자루와 소형 오븐에 주의를 기울이게 되었다. 그들은 일단 고구마를 구워 화장실에서 받아온 물의 도움으로 삼켰다. 배고픔은 가셨지만 위생의 문제가 남아 있었다. 세면도구를 준비해 오지 않았고 화장실에는 비누조차 없었기 때문에 남자들은 면도를 하지 못했고 여자들의 피부는 버석버석 말라갔다.

정은은 속옷을 갈아입고 싶어 미칠 것 같았다. 모두들 들어올 때 입은 그대로 살아가고 있었다. 오래전부터 수진에게서는 잘 마르지 않은 빨래 냄새가 나기 시작했다. 정은은 자신도 비슷할 것이라 생각했다. 더 걱정스러운 것은 생리가 터지는 것이었다. 몸에서 나올 그 많은 피를 처리할 방법은 화장실의 두루마리 휴지뿐이다. 게다가 수진은 변비로도 고통받고 있는 눈치였다.

"바뀌었으면 좋겠어요. 화장실은 가고, 생리는 멈추고."

수진의 말이었지만 정은 역시 절실히 바라는 바였다. 언젠가 극한 상황에 처한 여성들은 생리가 멈추기도 한다고 들었다. 나의 몸이여, 이 정도면 충분히 극한 상황이라고 할 수 있지 않은가. 걱정은 멈추지 않는다. 화장실은 막히지 않고 잘 작동할 것인가. 만약 막힌다면 어떻게 될까. 커피 전문점 알바로 일할 때, 가장 힘든 것은 툭하면 막히는 화장실의 변기를 뚫는 일이었다. 그래도 그때는 안 되면 도움을 받을 수 있었다. 지금은? 상상도 하기 싫었다. 돼지우리와 다를 바 없을 것이다. 똥오줌과 함께 뒹굴면서도 배가 고프면 더러운 손으로 뭔가를 주워먹겠지. 그럼 바로 자살할 거야. 물론 누군가 탈출의 방법을 찾아낸다면 정은은 다른 이들을 따라 밖으로 나갈 것이었다. 그리고 두 평짜리 고시원으로 돌아갈 것이었다(아무리 옆방 사람의 잠꼬대까지 들리는 공간이라 하더라도 그곳은 시선의 프라이버시와 최소한의 안전이 보장되는 곳이었다).

정은은 생각했다. 강제처럼 저렇게 철문에 몸을 부딪치고 싶지도 않고, 태준처럼 코를 킁킁대며 방 구석구석을 더듬고 싶지도 않고, 수진처럼 울며 속죄하고 싶지도 않다. 이곳을 나가고 싶지만 어떻게 해야 나갈 수 있을지를 모르겠다. 다른 셋은 왜 그 방법을 안다고 믿고 있을까. 나는 왜 그런 믿음이 전혀 생기지 않을까. 혹시 이런 태도 때문에 망한 걸까. 아니다. 오히려 이런 태도를 철저하게 견지하지 않았기 때문에 여기에 오게 된 것이다. 그런 좋은 일자리가 나에게 올 리가 없었다. 그런데도 덥석 물었고 그 결과 이런 함정에 걸려든 것이다. 알바나 하면서 나름 잘 살고 있었는데, 쉬는 날이면 만원에 네 캔인 수입 맥주를 감자칩과 함께 마시면서 밀린 드라마를 몰아 보던 평화로운 삶이었는데.

저 책이 왜 저기 있지? 셜록 홈스 시리즈 같은 추리소설로만 가득 찬 서가에 뜬금없는 책이 보였다. 정은은 책 앞에 멈춰 섰다. 태준이 자신의 움직임을 주시하는 것이 느껴졌다. 서가로 다가가는 것만으로도 자신의 탈출 방법을 지지하는 것으로 여기는 게 분명했다. 그렇게 생각하든 말든 알 바 아니지만 그냥 나에 대한 관심을 좀 끊어 줘, 태준씨.

책은 로버트 D. 아이셋이 지은 『긍정의 심리학』이었고 부제는 '내 인생이 행복해지는'이었다. 한때 꽤나 베스트셀러였던 듯, 그녀가 커피 전문점 알바 시절에 잠깐 사귄 남자의 방에도 있었다. '낙관의 힘' '간절히 원하면 온 우주가 도와준다' 같은 유의 말을 믿는 남자였다. 매년 다이어리를 새로 사고, 연간 계획을 짜고, 규칙적으로 운동을 하고, 자신에게 걸맞은 여자친구를 찾고, 아니다 싶으면 미련 없이 바로 헤어지는 사람. 그의 방에서 저 책을 보는 순간, 그녀는 그와 오래 만날 수 없을 것을 알았다. 그녀는 긍정이니 낙관이니 하는 말만 들어도 온몸에서 힘이 쭉 빠지는 체질이었다. 예감대로 그와는 오래가지 못했다. 그런데 바로 그 책이 서가에 꽂혀 있었던 것이다. 이건 질이 나빠도 너무 나쁜 농담이 아닌가. 정은이 그 책을 뽑아들자 태준이 소리쳤다.

"그 책 별거 없어요. 내가 다 봤어요."

태준과 의견이 일치할 때도 있구나. 네, 알아요. 별거 없겠죠. 정은은 서가 앞 바닥에 앉아 서문을 몇 줄 읽어보았다. 저자는 '행복은 외부에서 특별한 이벤트가 발생해 나에게 흘러들어오는 것이 아닌, 내가 내 안에서 감정과 정서를 조절해 만들어가는 것'이라 말하고 있었다. 위대한 아이셋 박사님, 저 대신 여기 좀 계셔주실래요? 박사님이 이런 공간에서도 감정과 정서를 조절해 능히 행복을 만들어갈 수 있는지 지켜보고 싶네요. 책은 제가 대신 써드리겠습니다. 제목은 '초긍정의 심리학'. 저는 그 어떤 일을 겪어도, 그 어떤 진상을 만나도, 그 어떤 곳에 갇혀도 긍정할 수 있습니다. 아니 할 수밖에 없었고, 하다보니 다 초월하게 되었습니다. 그렇게 되니까 정말 행복해지더군요. 아, 나는 남의 똥으로 막힌 변기를 척척 뚫는 커피 전문점 알바라네. 계산대 앞에서 전화번호를 따려는 중년의 아저씨들에게도 활짝 웃어줄 수 있는 초긍정의 아이콘이라네. 자존감이 마구마구 마구마구 높아지네. 이젠 그 어떤 일도 할 수 있네! 그랬더니 이런 곳에 오게 되었네요. 인생이 저를 시험에 들게 하는군요. 정은, 너는 과연 어떤 것까지 감당할 수 있는 사람인가. 깨어났을 때 아무 고통도 없으면 죽은 줄 알라, 는 말을 책에서 본 적이 있었다. 잠에서 깰 때마다 그 말이 생각났다. 서로에게서 풍기는 지독한 냄새, 숨이 막힐 것 같은 갑갑함, 가슴을 짓누르는 불안감, 차가운 바닥에서 올라오는 냉기 덕분에 살아 있다는 것을 알게 되고, 동시에 그것에 절망하게 되는, 그런 순간마다.

그들이 갇혀 있는 방의 테마는 셜록 홈스로 소설 속 명탐정의 하숙집을 조악하게 재현하고 있었다. 벽은 주기율표, 세계지도, 목검, 인간 해부도 같은 것들로 장식돼 있었다. 마호가니를 흉내낸 무늬목을 붙인 싸구려 MDF 책상이 중앙에 있었고 방 한구석에 싱글 침대가 놓여 있었다. 다른 테마도 아닌 셜록 홈스 아닌가. 힌트가 아예 없다는 것은 말이 안 되었다. 말하자면 그들은 19세기 영국 추리소설의 세계에 들어와 있는 셈이고, 그 세계에서 일어나는 일들은 예외 없이 뚜렷한 인과관계로 연결돼 있지 않던가 말이다. 그런 그들을 비웃기라도 하듯 침대 옆에는 낡은 그랜드피아노가 생뚱맞게 놓여 있었다.

"셜록은 바이올린을 연주하지 않았던가? 피아노가 아니라."

강재의 말에 수진은 어차피 실존 인물도 아닌데 무슨 소용인가 생각했고, 태준은 혹시 그게 무슨 힌트일 수도 있다는 생각에 피아노를 살폈고, 정은은 피아노 앞에 앉아 어렸을 때 치던 쇼팽을 조금 쳐보았으나 조율이 잘돼 있지 않아 치는 자신부터 듣기가 괴로웠다. 방은 항상 불이 켜져 있어 밤과 낮을 구분하기 어려웠고, 끝내 그들은 시간과 날짜에 대한 감각을 상실하게 되었다. 배가 고파지면 고구마를 구워먹었고 졸리면 잠이 들었다.

"정은씨는 밖에 나가면 어디를 제일 먼저 가보고 싶어요?

언젠가 강재가 물었다.

"넓은 곳이요. 한없이 넓은 곳을 하염없이 걸어가고 싶어요. 바닷가 모래사장 같은 데. 강재씨는요?"

"날 여기 가둔 놈을 찾아가야죠."

"찾아서요?"

"죽여야죠."

수진은 술집에 가고 싶다고 했다. 잘 아는 사람들과 잘 튀긴 닭다리를 뜯어먹으며 차가운 맥주를 마시면 소원이 없겠다고 했다. 태준은 손톱을 물어뜯으며 집에 가야 한다고 했다. 고양이 두 마리가 영문도 모른 채 굶고 있을 거라고 했다.

"새끼 때 데려와서 그놈들에겐 제 원룸이 세계의 전부일 거예요."

"태준씨는 신이겠고요."

수진의 말에 태준은 고개를 저었다.

"집사죠. 흔히들 말하는. 밥 주고 똥 치워주는."

"신도 우리의 집사일지 몰라요. 우리를 예뻐하다가도 가끔은 귀찮아하기도 할 거예요. 그러다 어느 날 훌쩍 사라져버리는 거예요. 아니면 우리가 신을 떠나거나. 그럼 고난이 시작되는 거죠. 밥이나 주는 집사인 줄 알았는데 실은 전 존재가 그에게 달려 있었던 거죠."

그때도 수진은 어서 속죄하자고 했다. 수진, 너는 모를 거야. 내 짧은 인생 전체가 내게 속죄를 강요하는 이들과의 투쟁이었다는 걸. 하지만 정은은 명치에서부터 치밀어오르는 유독한 분노의 기운을 겨우 억눌렀다. 만약 수진과 불화한다면 자신은 고립될 것이고, 테스토스테론이 끓어오르는 저 이십대 남자들의 먹이가 되고 말 것이라 생각했다.

"태준씨네 냥이들이 속죄 같은 걸 하겠어? 한다 해도 어느 주인이 그런 걸 원하겠어. 우리를 가둔 신, 혹시 그런 존재가 있더라도 속죄 따위 원하지 않을 거야."

"왜요?"

수진은 눈을 동그랗게 뜨고 도전적으로 물었다.

"우리를 사랑하고 예뻐한다면 죄 같은 거 알고 싶지 않을 거야. 그게 아니라 그냥 고통받는 걸 보고 즐길 심산이라면 회개하고 반성해 봐야 뭔 소용? 끝없이 시련이나 내리고 어떻게 하나 구경하겠지."

"언니, 속죄는 우릴 가둔 놈들 보라고 하는 게 아니에요. 하늘에 계신 진짜 신, 나의 주님께 하는 거라고요."

"나도 그 얘기거든. 자기가 창조한 인간에게 벌이나 내리는 신, 난 필요 없어."

수진도 지지 않았다.

"인간은 결코 신을 이해할 수 없어요. 그러니까 신인 거죠. 인간의 지혜로 신을 이해하려 애쓰는 것 자체가 죄란 말이에요."

강재가 끼어들었다.

"정은씨는 좀 무임승차 아니에요? 그래도 수진씨는 뭐라도 하잖아요? 여길 나가기 위해서요."

할말이 많았지만 정은은 입을 다물었다. 아, 수진은 속죄를 믿고, 강재는 자기 덩치를 믿고, 태준은 인과관계라도 믿는데, 나만 아무것도 믿지 않기 때문에 무임승차자가 된 것이로구나. 나도 믿는 것이 있어, 지리산 도령 강재씨. 나는 우울을 믿어. 인간은 천둥이 치고 비가 퍼붓는 궂은 날씨에는 울적하도록 진화했어. 가만히 동굴에 틀어박혀서 날씨가 좋아지길 기다리는 게 유리하거든. 에너지를 아끼면서 말이야. 인류가 이렇게 진보한 건 섣불리 움직이지 않고 끝없이 자신의 과오에 집착해온, 나 같은 우울증 환자들 덕분이야. 그들은 헛된 희망을 품지 않아. 스스로를 과신하지도 않고. 그래서 살아남은 거야. 알잖아? 이건 더이상 게임이 아니야. 우린 누군가에게 유인, 납치돼 감금당한 거야. 이건 정말이지 끔찍한 거라고. 제발 문에 그만 좀 돌진하고, 가만히 앉아 생각이라는 걸 좀 해봐. 물론 강재가 자신만큼 우울해질 필요는 없을지도 몰랐다. 그는 오직 외부의 적만 상대하면 된다. 이 방을 설계하고 자신을 감금한 자(들). 그들과 아직도 게임을 하고 있다고 생각하면서 애써 여유를 부릴 수도 있었다. 그럼 마음이 더 편할 테니까. 반면 정은에게는 두 겹의 적이 있었다. 어디선가 그녀를 지켜보고 있을, 정체를 모르지만 당장 위협은 되지 않는 무리와 정체를 알고 바로 눈앞에서 얼쩡거리는 저 두 남자. 정은은 저들이 언제든 자신을 공격하고 유린할 수 있다는 생각을 떨쳐버릴 수 없었기에 별로 호감도 없는 수진과 가까이 붙어 있었다. 애초에 남자 둘, 여자 둘로 짝을 맞춰 이 방에 넣은 것부터가 매우 불길했다. 이 불쾌한 게임, 혹은 실험 설계자의 궁극의 목적은 뭐지? 네 남녀가 마침내 도덕의 굴레를 벗어던지고 욕망에 굴복하여 짝짓기에 이르게 되는 것을 지켜보자는 것일까?

그러나 정은은 이런 우려를 절대 입 밖에 내지 않았다. 인류의 역사는 신의 뜻을 알고 있다고 확신한 이들이 저지른 악행으로 가득차 있다. 구약의 여호수아가 그랬고, 중세의 십자군이 그랬고, 가깝게는 알카에다와 ISIS가 그랬다. 저 두 남자가 이 게임의 설계자가 원하는 것이 그것이라고 짐작하게 된다면, 그것이 이 게임을 클리어할 수 있는 방법이라고 믿게 된다면, 그들은 설계자의 뜻이라는 명분으로 도덕의 굴레를 기꺼이 벗어던지고자 할 것이었다. 어차피 거추장스럽기만 했을 그것.

태준은 여전히 방 구석구석을 뒤지고 다녔다. 서가에 꽂힌 셜록 홈스 전집도 모두 읽었다. 수진은 자신의 죄를 찾아낼 때마다 잊지 않도록 종이에 적어두었다가 기도에 참고했다. 강재는 하루도 거르지 않고 강도 높은 운동을 했다. 팔굽혀펴기, 스쾃, 제자리높이뛰기, 런지 같은 운동을 끝없이 반복했다. 그리고 고구마를 먹었다. 그는 말했다.

"결정적인 순간에는요. 그때까지 길러놓은 체력으로 삶과 죽음이 갈리는 거예요."

운동으로 아드레날린이 솟구치면 그런 허황한 시나리오를 신나게 떠들어대곤 했다. 강재의 증조부는 전란을 피해 가족을 데리고 지리산 깊은 곳으로 들어갔다고 한다. 그런 피가 흘러서일까. 강재의 상상력은 재난에 닿아 있었다. 그의 부모는 지리산을 떠나 서울로 갔다가 이혼을 했고, 다시는 둘 다 지리산으로 돌아오지 않았다. 서당으로 생계를 유지하던 할아버지는 그에게 사서삼경을 가르쳤다. 그는 할아버지가 있을 때는 글을 읽는 척하다가, 할아버지가 다른 숙생들을 가르칠 때는 마을에서 빌려온 비디오테이프로 영화를 보았다. 그 얘기를 들었을 때 정은은 혼자 웃었다. 〈터미네이터〉나 〈에일리언〉 〈살아 있는 시체들의 밤〉 같은 영화를 좋아한 지리산 소년이라니.

"혹시 지금 바깥은 북한이 쏜 핵폭탄으로 초토화된 게 아닐까요? 아니면 무서운 전염병 같은 게 돈다거나, 좀비들이 창궐하는 세상이 되어 있는 건 아닐까요? 우리는 선택받은 거죠. 노아의 방주에 오른 동물들처럼. 우리로부터 새로운 인류가 시작되도록 누군가 이 모든 준비를 해놓은 거예요. 보세요. 딱 봐도 벙커 같잖아요?"

"강재씨는 좀비 영화 같은 걸 너무 많이 보셨나봐요."

정은은 강재의 눈길을 피하며 말했다. 새로운 인류의 시작이라니. 그 함의가 불쾌했다. 처음 만났을 때부터 강재의 눈길이 유난히 자신에게 오래 머물렀던 것을, 마치 더듬기라도 하듯 몸 곳곳을 훑어 나가던 끈적한 시선을 정은은 잊지 않고 있었다.

"좀비, 좀비는 도끼로 죽여야 돼요. 왜냐하면요……"

강재는 도끼로 좀비를 찍는 시늉을 하며 떠들어댔다. 정은은 강재의 말을 자르며 고구마 자루를 가리켰다.

"저 지긋지긋한 것도 언젠가는 바닥이 날 거예요. 우린 그전에 여기를 나가야 하고요."

강재가 빙글빙글 웃으며 비아냥거렸다.

"누가 또 압니까? 우리가 자는 사이에 누가 와서 다시 채워놓을지. 아까 뭐라더라. 우리가 고양이고 우릴 가둔 사람이 집사라면서요?"

강재의 예언은 조금 다른 방향에서 실현되었다. 며칠 후 그들은 갑자기 참을 수 없는 졸음을 느끼고 잠에 곯아떨어졌다. 가장 먼저 깨어난 것은 정은이었고 수진과 태준이 차례로 눈을 떴다. 강재만이 정신을 차리지 못한 채 함부로 던져놓은 외투처럼 소파에 몸이 걸쳐져 있었다. 수진이 팔꿈치로 정은을 쿡쿡 찌르며 눈짓으로 거무스름하게 변한 강재의 사타구니께를 가리켰다. 태준이 강재를 흔들어 깨웠다. 기다시피 화장실로 향한 강재의 울부짖음이 방을 뒤흔들었다. 태준이 바로 뒤따라 들어가 강재에게 일어난 일을 확인했다. 중성화. 고양이를 키우는 태준의 머릿속에 가장 먼저 떠오른 단어였다. 누군가 그들을 잠재운 후, 강재만 끌고 가 거세를 한 후 다시 데려다 놓은 것이었다.

'이건 장난이 아니잖아.'

여자들은 입을 가리고 고개를 돌렸다. 공포에 압도당한 수진은 이제 속죄를 소리내어 하기 시작했다. 그녀가 살아오면서 저지른, 죄라면 죄고 아니라면 아닌, 이런저런 소소한 악행들에 대해 모두들 알게 되었다. 고등학교 때 반 친구 하나가 왕따에 시달리다 자살을 기도했는데 그녀는 이를 외면했다. 반 아이들은 피해자의 자살 기도가 실패한 뒤에는 쇼하지 말라면서 SNS에서 비난하기까지 했다. 그 때도 그녀는 입을 다물었다. 자기를 좋아하던 남자에게 모진 말을 해서 그가 학교를 자퇴하게 만든 일도 있었다. 그 밖에도 가벼운 절도를 비롯한 자잘한 죄를 많이도 찾아내 하나하나 신의 용서를 구하며 시간을 보냈다.

수술의 후유증으로 열이 오른 강재는 담요를 뒤집어쓰고 방구석에서 바들바들 떨어댔다. 수진이 그에게 다가가 같이 속죄하자고 권했다. 그러나 강재는 당장은 자신이 지은 죄가 하나도 기억이 나지 않는다고 했다. 수진이 그를 안심시켰다. 속죄하기에 너무 늦은 때는 없다고. 강재는 수진을 따르기 시작했고 운동은 더이상 하지 않았다.

태준은 다음 차례는 자기라며 공포에 떨고 있었다. 아무래도 놈들은 수면 가스를 쓰는 것 같다. 그러지 않고서는 넷이 한꺼번에 곯아 떨어졌을 리가 없다고 했다. 일리 있는 말이었다. 그렇다면 막을 방법이 없었다. 환기구로 수면 가스를 흘려넣은 뒤, 방독면을 쓰고 들어와 데려가면 그만이었다.

"어떤 놈들일까요? 우리 가둔 놈들 말이에요."

정은이 천장 쪽을 슬쩍 올려다보며 태준에게 물었다. 마치 거기에서 누군가가 지켜보고 있다는 듯이.

"조직일 수도 있고, 종교 집단일 수도 있고."

"그렇겠죠. 어쨌든 그게 무엇이든 우리에게 원하는 게 있을 거 아니에요?"

"있겠죠. 문제는 그게 뭐냐는 거죠."

"태준씨가 고양이들에게 바라는 것과 비슷하지 않을까요? 기본적으로는 예뻐하겠죠. 사랑한다는 거예요. 자기가 주는 밥 잘 먹고, 잘 싸고 있으니까요. 그런데 번식은 원하지 않는 것 같아요."

번식이라는 말에 태준은 자기도 모르게 몸을 움츠렸다.

"네, 너무 많아지면 관리하기가 곤란해질 테니까요."

"한편 호기심도 있을 거예요. 이놈들이 뭘 하나, 어떻게 지내나, 늘 궁금해하잖아요. 싫어하는 건 뭘까요? 우리가 여기서 사라지는 거예요. 따라서 이 방에 탈출을 위한 힌트 같은 건 없다는 게 제 생각이에요."

"아무리 그래도 힌트는 있지 않을까요? 찾기가 어려울 뿐. 제가 롤플레잉 게임을 좀 해봐서 아는데, 아무리 어려운 레벨도 다 깨는 법이 있더라고요."

"그거야 돈 벌려고 만든 게임이니까 그렇죠. 이건 그냥 감금이에요. 아니면 질이 아주 나쁜 장난이거나."

"그럴까요? 그럼 어떻게 해야 할까요?"

"주인이 우리에게 싫증을 느끼게 하면 되지 않을까요?"

정은은 자기도 모르게 주인이라는 말을 쓰고 있었고, 태준은 그게 이상하다는 것을 눈치채지 못했다.

"하지만 그렇게 해서 어느 세월에 나가겠어요?"

태준은 담요를 뒤집어쓰고 벌벌 떨고 있는 강재 쪽을 힐끔거렸다. '주인'이 마음만 먹는다면 태준 역시 언제라도 강재의 운명이 될 수 있었다.

"다른 방법이 없잖아요."

정은은 피아노 앞에 앉아 건반을 두드리기 시작했다. 단조로운 음들이 반복되는 아농Hanon 연습곡을 정은은 제대로 조율도 안 된 피아노로 끝도 없이 쳐댔다. 꽤나 괴로울 이 소음을 강재와 수진은 영문도 모르면서 잘도 견뎌냈다. 속죄를 위한 고통쯤으로 생각하는 것 같았다. 태준은 궁리 끝에 단식을 시작했다. 며칠째 밥을 먹지 않던 고양이를 이동장에 넣어 동물병원으로 데려갔던 자신처럼 이곳의 주인도 그렇게 하리라. 그렇다면 그때가 유일한 기회일 것이다.

수진과 강재의 통성기도는 점점 더 잦아졌다. 그들은 이미 속죄한 죄를 또 속죄하고 또 속죄했다. 죄의 구체적인 내용은 중요하지 않았다. 죄를 공개적으로 고백하고 있다는 사실만이 그들에게 중요했다. 정은은 끝없이 아농을 연주했고 태준은 물만 마시면서 단식을 계속했다. 어느 날 그들이 다시 참을 수 없는 졸음을 이기지 못하고 잠이 들었다가 깨어났을 때, 태준은 강재에게 벌어진 일이 마침내 자신에게도 닥쳤음을 알았다. 피로 젖은 사타구니를 발견한 태준이 몸부림을 치며 바닥을 굴렀다. 그를 위로할 수 있는 사람은 강재 밖에 없었다.

"이미 일어난 일이에요. 돌이킬 수 없어요. 어서 받아들이고 같이 속죄해요."

강재는 버둥거리는 태준의 양어깨를 붙잡고 말했다. 태준은 정신 나간 사람처럼 중얼거렸다.

"여기가 지옥이야. 우린 이미 죽었고. 그걸 우리만 몰랐던 거야. 이건 살아 있는 게 아니야."

수진은 겁에 질려 정은의 뒤로 숨었다. 태준에게 벌어진 일은 끔찍했지만 사실 정은으로서는 안도하는 마음이 전혀 없진 않았다. 이로써 '주인'의 뜻은 분명해졌다. 번식은 원하지 않는다. 최소한의 질서가 유지될 것이다. 처벌은 상상을 초월하게 강력할 것이다. 그런데 '주인'의 그런 뜻은 남자에게만 적용되는 것일까? 그렇지 않을 것이다. 정은은 방을 둘러보았다. '중성화'를 당한 강재와 태준의 정신은 빠르게 붕괴해가고 있었다. 강재는 더이상 문으로 돌진하지 않았고, 태준은 자신을 이곳으로 이끈 모든 것을 후회, 저주하고 있었다. 태준씨, 그 분노와 좌절은 곧 체념과 우울로 바뀌어요. 정은은 그 과정을 잘 알고 있었다. 마음이라는 세계에 짙은 먹구름과 안개가 끼는 거예요. 그리고 그 먹구름과 안개는 영원히 걷히지 않을 것만 같죠. 그런데 정은은 태준의 처지를 동정하면서도 마음속 깊은 곳에서 어떤 새로운 힘이 밀고 올라오는 기미를 느끼고 있었다. 그동안 혼자 떠안고 있던 우울과 무기력의 부채가 남자들이 당한 끔찍한 일로 인해 모두 탕감된 것만 같았다. 갑자기 뭐든 할 수 있을 것 같았다. 이 방안에서 아직 멀쩡한 정신 상태를 유지하고 있는 건 자신밖에 없어 보였다. 나야. 나밖에 안 남았어. 내가 정신을 차려야 돼. 정은은 벌떡 일어나 방을 서성거렸다. 문득 오랫동안 관심을 가지지 않았던 게 하나 보였다. 그들이 들어온 철문이었다. 속죄를 시작한 이래로 강재는 문에 관심이 없었다. 정은은 문을 향해 걸어갔다. 문 중앙은 그동안 강재가 온 힘을 다해 여러 번 부딪친 흔적으로 움푹 들어가 있었다.

"이 문, 이 문만 열면 되는데……"

정은이 두 손을 철문에 대고 말했다.

"언니, 괜히 힘 빼지 말아요. 이리 와서 속죄해요, 우리."

정은은 고개를 저으며 손잡이를 잡았다.

"그냥 딱 이렇게 열고 나가면 될 것 같은 문인데……"

아무 기대 없이 그녀는 손잡이를 돌려보았다.

"어, 돌아가는데?"

가볍게 힘을 주어 밀자 육중한 철문이 거짓말처럼 스르르 열렸다.

"열린 거야? 열린 거야?"

기도하던 자세로 앉아 있던 수진이 벌떡 일어나며 외쳤다. 강재가 달려갔고 쓰러져 있던 태준도 몸을 일으켜 그 뒤를 따랐다. 문밖은 어두운 복도였고 복도 끝에는 또다른 문이 있었다.

"봐, 강재씨, 우리 기도에 응답이 있었어. 내가 그랬잖아. 충분히 속죄하면 철문은 저절로 열릴 거라고."

수진의 목소리는 한껏 들떠 있었다. 한꺼번에 달려나가려는 것을 강재가 제지했다.

"내가 먼저 가서 저 문을 열어볼게요. 괜찮으면 그때 모두 달려나와요."

수진이 강재의 등을 밀었다.

"어서 가봐요. 혼자 나가버리면 안 돼요."

강재가 조심조심 걸어가 복도 끝의 문을 열었다.

"여기도 열리는데?"

수진과 정은이 먼저 뛰고 태준이 뒤를 따랐다. 그들이 지내왔던 베이커가 221번지 B호의 철문이 등뒤에서 천천히 닫혔지만 아무도 그걸 의식하지 못했다. 그들은 강재가 열어젖힌 새로운 문으로 달려갔다. 그러나 문 너머의 광경은 그들의 기대와 크게 달랐다.

"여기도 그냥 또다른 방이네."

태준이 다리에 힘이 빠지는 듯 벽을 짚었다. 정은이 손가락으로 벽에 걸린 방의 테마를 가리켰다.

'연쇄살인범의 지하 감옥.'

방은 그들이 떠나온 셜록 홈스의 방보다 훨씬 어둡고 음산했다. 침대 대신에 딱딱한 고문대가 있었으며 샹들리에 대신 차가운 형광등 하나가 홀로 빛나고 있었다. 한쪽엔 철창이 있었고 쇠사슬이 천장에서부터 아래로 늘어뜨려져 있었다.

"차라리 아까 거기가 나았던 것 같아."

수진이 돌아서서 문을 열려고 했지만 철문은 이미 잠긴 후였고 꼼

짝도 하지 않았다. 수진은 목욕탕의 때밀이판같이 생긴 고문대 위에 몸을 뉘었고, 정은은 눈을 감은 채 바닥에 웅크리고 앉아 허공을 건반 삼아 피아노 치는 시늉을 했다.

"피아노 치고 싶다. 그 거지같은 피아노가 그리울 줄이야."

강재는 애꿎은 철문에다 발길질을 하고 있었다. 쾅, 쾅, 쾅. 태준은 캐비닛에서 시리얼 봉지를 찾아내 우걱우걱 씹어먹었다. 이제 단식 끝낸 거냐고 아무도 묻지 않았다. 수진은 다시 속죄와 통성기도를 시작했고, 강재는 지난번 같은 기적이 일어날지도 모른다며 한 시간에 한 번씩 문손잡이를 돌려보았다. 정은은 걸스카우트 시절에 배운 모스부호를 이용해 조난신호를 보낸다며 벽을 두들겨댔다.

"만약 영원히 여기서 못 나간다면 어떻게 될까요?"

태준의 물음에 정은은 대답하고 싶지 않다는 듯 눈을 감았다. 태준은 손가락으로 바닥에 의미 없는 도형들을 그리며 말을 이었다.

"정은씨, 난 언제나 현재가 내 인생에서 제일 힘든 시기라고 생각했거든요. 여기만 지나가자. 그럼 나아질 거야. 그런데 늘 더 나빠졌던 것 같아요. 돌이켜보면 나이가 어릴수록 더 행복했어요. 그럼 지금 이 순간도 최악이 아닐 수 있다는 거잖아요? 지금이 그래도 앞으로 내가 살아갈 인생에서는 가장 젊고, 제일 괜찮은 순간일 수 있다는 건데…… 우리 모두 여기서 늙어가다가는 언젠가 이런 말을 하게 될지도 몰라요. 처음 들어왔던 때가 그래도 좋았어. 그땐 젊었고, 희망도 있었다."

정은은 눈을 떴다.

"고등학교 때 담임이 만날, 우리가 헛되이 보낸 오늘은 어제 죽은 이가 그토록 원했던 내일이다, 같은 헛소리를 칠판에 적어놓곤 했어요. 그 시절 노트에 보니까 내가 이렇게 적어놨더라구요. 그토록 원했던 내일도 막상 오면 헛되이 보낸 어제보다 나을 게 없다는 걸 알게 된다. 너무 비관적인가요?"

"현실적인 거죠. 전 왜 여기서 나가려고 그렇게 발버둥을 쳤을까요? 나간다고 더 나아질 삶도 없는데."

태준이 무릎에 얼굴을 파묻으며 중얼거렸다.

"이 무시무시한 방을 어찌어찌 벗어나도 겨우 냥이들이 굶어 죽어 있는 원룸으로나 돌아가겠죠."

태준은 울먹이기 시작했다.

"아니, 난 이미 죽어 있는 것 같아요. 좀비가 꿈을 꾼다면 아마 이런 꿈을 꿀 것 같아요. 자기가 죽은 걸 모르니까 그렇게 돌아다니겠죠. 이런 상황에서도 인간은 삶의 의미 같은 걸 찾을 수 있을까요?"

정은은 고개를 저었다.

"불안은 영혼을 먹어치운다, 는 아랍 속담이 있더라고요. 몇 년 전 엄마가 수술을 받게 됐어요. 우리 가족은 엄마와 나뿐이거든요. 병원 대기실에서 수술이 끝나기를 기다렸어요. 다섯 시간이면 끝난다는 수술이 열 시간이 돼도 안 끝나는 거예요. 혹시 읽을까 싶어 책을 가져갔는데 펴보지도 못했어요. 보니까 대기실 사람들이 다 그래요. 모두 YTN 뉴스만 보고 있는 거예요. 본 걸 또 보고, 또 보고. 그게 할 수 있는 일의 전부였어요."

"정말 이게 영원이면 어쩌죠?"

"다음 생을 기약해야죠."

그것은 정은의 오랜 말버릇이었다. 친구들이 보자고 하는 영화가 취향이 아니면, 미안, 난 다음 생에 볼게, 라고 말하곤 했다. 누군가 그녀에게 하기 싫은 일을 재촉하면, 이번 생은 틀렸어요, 다음 생에 해볼게요, 라고 응수했고, 그러면 대부분 두 손 다 들었다는 표정으로 나가떨어지곤 했다. 그런데 습관처럼 사용하던 이 말에서 정은은 문득 탈출의 힌트가 떠올랐다. 그녀는 태준을 데리고 수진과 강재 쪽으로 갔다. 둘은 속죄의 기도를 멈췄다. 정은이 목소리를 최대한 낮춰 속삭였다.

"시체가 되는 거예요."

모두들 눈을 동그랗게 뜨고 서로를 바라보았다. 뜻을 알아차린 수진이 눈을 가늘게 뜨고 말했다.

"아, 〈로미오와 줄리엣〉. 과에서 공연한 적 있어요. 둘은 죽음으로밖에는 도시를 빠져나갈 수 없어서 약을 먹고 죽은 척을 했잖아요."

"맞아, 수진씨. 자, 우리도 죽은듯이 누워서 아무것도 하지 않는 거예요. 그럼 누가 와서 우리를 치우려고 하겠죠. 그때가 마지막 기회예요."

"우리가 자는 게 아니라 죽었다는 걸 주인이 어떻게 알아요?"

태준이 물었다.

"일어날 때가 돼도 일어나지 않고 버텨야 돼요. 절대로 움직여서는 안 돼요. 어디선가 분명히 보고 있을 거거든요."

수진이 물과 컵을 가져왔다. 그들은 둥글게 모여 앉았다. 수진이 주머니에서 뭔가를 꺼내는 척하며 모두에게 빈주먹을 내밀었다. 수진이 눈을 찡긋거리자 모두들 그 의미를 알아차렸다. 그들은 가상의 알약을 물컵에 담긴 물과 함께 넘겼다. 그리고 잠시 후, 하나둘 바닥에 몸을 뉘었다. 집단 자살 연기가 시작된 것이다.

방 탈출 게임이 시작된 이래, 그들은 늘 끊임없이 뭔가를 하고 있었다. 기도를 하거나, 피아노를 치거나, 강박적으로 문손잡이를 돌려보거나, 힌트를 찾는다며 방 곳곳을 뒤졌다. 모두가 동시에 뭘 도모해본 것은 이번이 처음이었다. 그동안은 서로가 서로에게 소음이었고, 짜증을 유발하는 원천이었고, 어리석음을 현시하는 증거처럼 보였다. 처음에는 이게 입사 시험의 일환이라고 생각했기 때문에 더욱 그랬다. 타인은 경쟁자이니 그가 하는 것을 그대로 따라 해서는 안 된다고 생각했다. 단순한 게임이 아닐 수 있다는 것을 알게 된 이후에도 그들의 행동 방식은 바뀌지 않았다. 모든 희망이 사라진 지금에서야 이들은 하나의 행동, 아무것도 하지 않는 행동에 동의했고, 최선을 다해 협력하기 시작했다. 최초로 그들이 공유하게 된 것, 그것은 아무것도 하지 않겠다는 강렬한 의지였다.

가만히 누워 있는 것은 의외로 어려웠다. 강재는 고등학생 때 시체 놀이를 해본 적이 있다. 반 친구들 모두가 교실 여기저기에 시체처럼 쓰러진 후, 그걸 사진으로 찍어서 SNS에 올리는 것이었다. 그러나 그때는 사진을 찍을 때까지만 움직이지 않으면 되었다. 이번에는 달랐다. 이번 놀이는 한도 끝도 없이 계속됐고 아무 재미도 없었다. 잠과도 싸워야 했다. 죽은 자는 뒤척일 수 없다. 그러자 계속 움직일 때는 애써 외면할 수 있었던 상념들이 날파리처럼 모두의 눈앞에서 웽웽거렸다. 수진은 이제 실수에 대해 생각하기 시작했다. 실수는 죄보다 더 고통스러운 면이 있었다. 아, 모르고 저지른 일이 왜 더 힘이 드는 것일까. 가장 큰 실수는 연극영화과로 진학한 것이었다. 다들 연기자가 되라고 했다. 얼굴이 예쁘장했기 때문이었다. 하지만 입시는 녹록지 않았다. 재수 끝에 그녀는 한 수도권 대학의 연극영화과에 겨우 들어갈 수 있었는데 막상 입학을 하고 나자 다들 입을 모아 말하기를 연기자가 되기에는 충분히 예쁘지 않다고 했다. 얼굴이 예쁘니 연기자나 되라고 했던 바로 그 입들이었다. 외부 오디션은커녕 학내 공연의 오디션에서도 번번이 떨어지자 그녀는 자신이 연기자가 될 소질이 아예 없다는 것을 받아들이게 되었다. 그녀에게 허용된 것은 '지나가는 사람 1'이나 '트로이 성의 시녀 3' 같은 역할뿐이었다. 어쩌면 이 시체 연기야말로 그녀 필생의 연기일지도 몰랐다. '연쇄살인범의 지하 감옥'이라는 방의 테마와 네 구의 가짜 시체는 잘 어울릴 것이었다. 그리고 이런 연기는 그녀로서는 자신 있는 것이었다.

태준은 모로 쓰러지면서 시체가 되었기 때문에 왼팔이 몸에 깔렸는데 피가 통하지 않으면서 감각이 사라졌다. 가만히 있어도 이렇게 힘들다니 육체란 참으로 번거로운 것이었다. 다족류 벌레 한 마리가 기어다니는 것처럼 몸 여기저기가 가려웠다. 마취가 풀린 사타구니의 아릿한 통증도 여전했다. 그 통증은 미래에 대한 어두운 예감으로 이어졌다. 그는 원룸에 갇혀 있을 고양이들로 생각을 돌렸다. 살이 많이 찐 놈들이니 어쩌면 잘 버텨내고 있을지도 모른다. 일년에 한 번 들를까 말까 한 엄마에게 구조됐을 수도 있다. 날마다 식당 일을 나가는 엄마가 데려갈 형편은 못 되니 어디 동물보호소 같은 데라도 보냈다면 다행일 텐데, 하지만 거기에서도 시한이 되면 안락사를 시킨다고 한다. 그전까지만이라도 나갈 수 있기를 그는 간절히 원했다. 실눈을 뜨자 정은과 눈이 마주쳤다. 정은이 살며시 손을 뻗어 그의 왼손 검지를 살짝 건드렸다. 정은은 입 모양으로 말했다. 잠들면 안 돼요. 조금만 더 버텨요. 태준은 정은이 좋았다. 처음에는 수진에게 눈이 갔지만 오랜 시간 같이 지내보니 점점 정은에게 끌렸다. 하루는 두 여자가 잠들어 있을 때, 아직 거세되기 전의 강재가 둘 중 어느 쪽이 좋으냐고, 먼저 한번 찍어보라고, 마치 선심이라도 쓰듯 물은 일이 있었다. 태준은 강재의 그런 느글느글한 태도도 마음에 들지 않았고, 혹시라도 정은에 대한 자신의 호감이 드러나면 오히려 화가 될까 싶어, 둘 다 제 취향 아닌데요, 라고 했다. 물러설 강재가 아니었다. 그때만 해도 그는 지상의 인류가 핵폭발로 절멸되거나 모두 좀비가 됐다는 시나리오에 빠져 있었기 때문에 이렇게 다시 물었다.

"지구상에 우리 넷만 남았다면요. 그럼 누구든 골라야 하잖아요. 아, 그냥 다 공유하면 되나?"

상상만으로도 즐거운지 키득대던 강재. 그의 거세는 신의 벌이었을지도 모른다. 하지만 나는 왜 그와 같은 벌을 받았단 말인가? 태준은 부르르 몸을 떨었다.

다시 눈을 감은 정은은 몇 년 전에 본 스탠리 큐브릭 전展, 그중에서도 한 장의 사진을 떠올리고 있었다. 큐브릭 감독이 영화 〈스파르타쿠스〉를 찍을 때 현장의 모습이었다. 들판 가득 시체 역할을 맡은 수백 명의 엑스트라가 다양한 모습으로 누워 있었는데, 그녀의 눈길을 끈 것은 시체마다 갖고 있던 숫자판들이었다. 감독은, 189번 시체, 얼굴을 땅 쪽으로, 372번 시체, 입을 더 벌려, 같은 지시를 내렸겠지. 엑스트라가 되고, 시체가 되고, 그것도 너무 많아지니 그저 하나의 번호로 대치되어 남는 운명이라니. 그때 시체 역할을 했던 배우들은 아직 살아 있을까? 가끔 처음 보는 사람들에게 떠들어대겠지. 나, 〈스파르타쿠스〉에 출연했었어. 시체였지. 그걸 찍어놓은 사진이 아주 유명해서 미술관에서 전시도 해. 난 268번 시체인데 왼쪽 하단에 있을 거야.

시간이 얼마나 지났을까. 발소리가 들려온다. 정은은 살며시 눈을 떴다. 올 것이 온 것인가. 쇠를 절단하는 날카로운 소리가 나더니 갑자기 쾅 소리와 함께 벌컥 문이 열린다. 빛을 등지고 방을 둘러보는 덩치 큰 남자의 실루엣이 어렴풋이 보인다. 태준과 강재가 벌떡 일어나더니 남자에게 달려든다. 정은은 수진과 함께 남자가 열어젖힌 문을 지나 달린다. 눈앞에 희미한 불빛이 보인다. 저 빛이다. 저기에 희망이 있다. 우리를 지상으로 올려보내줄 엘리베이터가 있는 것이다. 그러나 그 불빛들이 움직인다. 갑자기 누군가 그녀를 등뒤에서 껴안는다. 버둥대는 정은에게 그들이 말한다. 경찰, 경찰이라고. 아,

살았구나. 정은은 안도한다. 우리 어떻게 찾으셨어요? 경찰관은 동네 고양이들한테 고맙다고 하라고 말한다. 길냥이들이 살해당한다는 신고가 계속돼 탐문을 하던 중에 넷을 찾아냈다고 말한다. 아, 길냥이들의 희생으로 우리가 살았구나. 냥이들아, 지켜주지 못해 미안해. 그리고 고마워.

태준이 정은에게 고양이들이 죽어 있을 원룸으로 혼자 돌아가기 무섭다고 말한다. 정은은 그와 함께 가주기로 한다. 원룸의 문을 열자 고양이들이 있다. 비쩍 마르기는 했지만 둘 다 살아 있다. 아, 다행이다, 정말 다행이다. 태준이 두 마리를 양팔로 끌어안고 기뻐한다. 그런데 나오면서 보니 그는 원룸이 아니라 종이상자 속에서 잠들어 있고, 그의 고양이들이 상자 밖에서 안을 내려다보고 있었다.

어느새 정은은 고시원에 와 있다. 총무가 그녀의 짐들이 모두 창고로 치워졌다는 말을 한다. 그녀는 아무래도 상관없다고 말한다. 다만 내일 모든 걸 정리하고 떠날 테니 하루만 재워줄 수 있냐고 묻는다. 총무가 못마땅한 얼굴로 열쇠를 준다. 침대에 걸터앉으려는데 갑자기 문이 확 열리면서 도널드 트럼프와 강호동이 요란한 팡파르와 함께 등장한다. 이 좁은 고시원 방에 저런 거구들이 들어올 수 있다니 이상하다. 강호동은 박수를 치며 말했다. 이정은씨, 진심으로 축하드립니다. 이 어려운 방 탈출 미션, 성공적으로 클리어하셨습니다. 이정은씨는 이제 세계적인 대기업(그게 어디인지는 말해주지 않았다)에 정규직으로 특채되었습니다. 구석을 보니 강재와 수진이 무릎을 꿇고 기도를 하고 있다. 둘은 천천히 일어나 실망한 얼굴로 도널드 트럼프에게로 걸어간다. 도널드 트럼프는 그들이 다가오자 You are fired! 라고 외치면서 허리춤에서 권총을 뽑아 처형이라도 하듯 그들 둘의 머리를 차례로 쏘았다. 탕, 탕, 탕. 방청객들이 신나게 환호한다. 정은도 하는 수 없이 박수를 쳐야만 했다. 그게 쇼의 룰이라면 어쩔 수 없지 않은가. 강호동이 다가와 인터뷰를 한다. 이 정은씨, 어떻게 그 어려운 미션을 통과할 수 있었습니까? 그녀는 더듬거리며 말했다. 단지 운, 운이 좋았다고 생각합니다. 강호동이 호탕하게 웃으며 말한다. 우와, 겸손하기까지 하시네요. 운이 좋았다, 운이 좋았다, 운이 좋았다! 정말 겸손하시군요. 정말 겸손해요. 정말 겸손하십니다. 그런데 운 말고 뭐 더 없을까요? 성공의 비결이나 좌우명 같은 거요. 왕년의 천하장사는 거친 숨결이 느껴질 정도로 얼굴을 들이댄다. 그녀는 무슨 말이든 해야 한다는 강한 압박을 느낀다. 그, 긍정의 힘, 이 아닐까 싶어요. 막상 뱉고 보니 긍정의 심리학을 잘못 말한 것 같아 불안하다. 그녀는 서둘러 덧붙였다.

우리가 헛되이 보낸 오늘은 어제 죽은 이가 그토록 원했던 내일이다.

정말 멋진 말입니다. 역시 대단하십니다. 강호동의 칭찬에 객석은 열렬히 환호한다. 어떤 방청객은 일어나서 발을 구르기까지 한다. 아, 저러면 안 될 텐데, 층간 소음으로 아래층에서 항의할 텐데, 라고 생각하다가 그녀는 이 길고 어지러운 꿈에서 빠져나와 현실로 돌아왔다. 가장 먼저 깨어난 것은 후각이었다. 타인의 맹렬한 악취가 다시금 생생히 코를 찔렀다. 그녀는 눈을 떴다. 잠들어 있는 셋은 처음 시체 연기를 시작할 때와는 모두 자세가 달라져 있었다. 연기는 실패였다. 모두 잠들고 만 것이다. 희망은 또다시 사라졌다. 정은은 다른 사람들이 깨어나기 전에 자신을 가둔 존재에게 한번쯤 신호를 보내고 싶었다. 그녀는 조용히 오른손 가운뎃손가락을 들어 하늘로 쳐들었다. 신인지 집사인지 주인인지 모를 존재여, 이 엿이나 먹어라.

잠시 후, 태준이 눈을 떴다. 놀라움, 실망, 좌절 같은 감정이 차례로 그의 눈에 떠올랐다. 정은은 눈을 찡긋하며 그에게 윙크를 했다. 연쇄살인범의 지하 감옥으로 돌아온 것을 환영해. 이 지루하고 재미없고 으스스한 방 탈출 게임은 아직 끝나지 않았어. 아무래도 우리에겐 종료의 권한이 없는 것 같아. 다음은 강재였다. 그는 멍하니 한참을 누워 있다가 술에 취한 듯 비틀거리며 일어났다. 잠시 호흡을 가다듬고는 철문을 향해 달려가 몸을 부딪치기 시작했다. 쾅, 쾅, 쾅. 이 요란한 소음에 마지막으로 수진이 눈을 떴다. 모든 것을 확인한 그녀는 조용히 흐느끼기 시작했다. 정은은 그녀를 다독이고 태준은 다시 서성이고 강재는 철문으로 돌진하고…… 그렇게 그들의 일상이 다시 시작되었다.

.

**작가의 말**

칠 년 동안 쓴 일곱 편의 중단편을 묶어 소설집을 내게 되었다. 발표 순서대로 나열해보면, 「옥수수와 나」「슈트」「최은지와 박인수」「아이를 찾습니다」「인생의 원점」「신의 장난」, 그리고 「오직 두 사람」이다. 교정을 보며 이렇게 다시 읽어보니 나 자신의 변화뿐 아니라 내가 살아온 이 시대도 함께 보이는 것만 같다. 2014년 겨울에 발표한 「아이를 찾습니다」가 맨 중앙이다. 그해 4월엔 우리 모두가 기억하는 참혹한 비극이 있었다. 그 무렵의 나는 '뉴욕타임스 국제판'에 매달 우리나라에서 일어나는 일을 칼럼으로 쓰고 있었다. 4월엔 당연히 진도 앞바다에서 벌어진 의문의 참사에 대해 썼다. '이 사건 이후의 대한민국은 그 이전과 완전히 다른 나라가 될 것이다'라고 썼는데 팩트와 근거를 목숨처럼 생각하는 편집자가 그 발언의 근거를 물어왔다. '근거는 없다. 그냥 작가로서 나의 직감이다. 지금 대한민국의 모든 이가 그렇게 느끼고 있다'라고 답했더니 그런 과감한 예단은 받아들일 수 없다고 했다. 나는 얼마 지나지 않아 그 일을 그만두었다. 작가는 팩트를 확인하고 인용할 근거를 찾는 사람이 아니라 다른 이들을 대신하여 '잘 느끼는' 사람이 아니겠는가. 나는 잘난 팩트의 세계를 떠나 근거 없는 예감의 세계로 귀환했다.

「아이를 찾습니다」는 이듬해인 2015년에 과분하게도 김유정문학상을 받았다. 나는 이렇게 썼다.

수상의 기쁜 소식을 들을 무렵에 저는 알베르 카뮈의 『페스트』를 다시 읽고 있었습니다. 소설은 공교롭게도 4월 16일의 오랑시를 배경으로 시작합니다. 우리가 익히 알다시피 비극의 전조는 쥐떼였습니다. 쥐들은 백주의 거리로 비틀거리며 기어나와 떼로 죽어갑니다. 그러나 사람들은 아무 일도 없을 거라고 애써 그 징조를 무시합니다. 그러나 곧 페스트가 사람들을 덮치고 도시는 폐쇄되고 맙니다. 그들은 피해자인데도 도움을 받기는커녕 고립됩니다. 신의 징벌이라고 떠드는 이가 나타나는가 하면, 자기와는 아무 상관도 없는 일이라며 회피하려는 이도 있고, 어떻게든 이 문제와 직면하려는 이도 있습니다. 도시는 시체로 뒤덮이고 희망은 보이지 않습니다.

이 지옥도는 몹시 낯이 익습니다. 이것은 우리가 지난해 4월 16일 이후 목도한 일과 흡사합니다. 카뮈가 그 사건에서 영감을 받아 이 소설을 쓴 것은 아닐까 하는 엉뚱한 생각도 들었습니다. 물론 이런 황당한 발상은 프랑스의 철학자 피에르 바야르로부터 빌려온 것입니다. 그는 과거의 작가가 미래에 발표될 후배 작가의 작품에서 영감을 얻는다는 흥미로운 개념, '예상표절'을 우리에게 소개한 바 있습니다. 문학사를 불가역적인 일직선으로만 사고한다면 한갓 말장난에 지나지 않겠습니다만, 사실 우리가 살아가는 이 시대에 연대기적 시간이란 별 의미가 없다고 할 수 있습니다. 어떤 사람은 세월호 사고를 먼저 겪은 후, 나중에 『페스트』를 읽을 수도 있기 때문입니다. 그의 마음속에서 작품의 발표 순서 같은 게 뭐가 그리 중요하겠습니까? 수십 수백 년 전에 쓰인 텍스트와 불과 일 년 전에 일어난 사건이 동시에 존재하는 세계에 우리는 살고 있습니다. 후대의 수많은 소설에 영감을 주는 역사적 사건이 있는가 하면, 미래에 일어날 사건을 마치 예견이라도 한 것 같은 작품도 있습니다.

「아이를 찾습니다」를 구상하고 서두를 써둔 것은 몇 년 전, 해외 체류 시절로 지난해 봄에 일어난 사건과는 전혀 관련이 없었습니다. 그러나 묻어두었던 초고를 서랍 속에서 다시 꺼내 집필에 착수한 것은 그 일이 일어난 직후였으니 쓰는 내내 영향을 받지 않을 수 없었습니다. 이 소설의 주인공은 아이를 잃어버림으로써 지옥에서 살게 됩니다. 아이를 되찾는 것만이 그의 유일한 희망이었습니다. 그러나 진짜 지옥은 그 아이를 되찾는 순간부터라는 것을 그는 깨닫게 됩니다. 이제 우리도 알게 되었습니다. 완벽한 회복이 불가능한 일이 인생에는 엄존한다는 것, 그런 일을 겪은 이들에게는 남은 옵션이 없다는 것, 오직 '그 이후'를 견뎌내는 일만이 가능하다는 것을.

문학에 어떤 역할이라는 것이 있다면 그것은 과거와 현재, 미래를 언어의 그물로 엮는 것이라고 생각합니다. 다시 말해 문학은 혼란으로 가득한 불가역적인 우리 인생에 어떤 반환의 좌표 같은 것을 제공해줍니다. 문학을 통해 과거의 사건은 현재의 독자 앞에 불려오고, 지금 쓰인 어떤 글을 통해 우리는 미래를 예감합니다.(하략)

이 수상 소감을 다시 읽어보면서 이 소설을 기점으로 지난 칠 년간의 내 삶도 둘로 나뉘었구나 하는 생각이 들었다. 이전 세 편에선 「옥수수와 나」의 찌질하고 철없는 작가, 생물학적 아버지의 유골을 받으러 뉴욕으로 떠나는 「슈트」의 편집자, 싱글맘이 되겠다는 직원 때문에 골머리를 썩는 출판사 사장이 나온다. 그에 비해 이후의 네 편은 훨씬 어둡다. 희극처럼 시작했으나 점점 무거워지면서 비극으로 마무리되는 영화를 보는 기분이다. 아이를 유괴당했거나, 첫사랑을 잃었거나, 탈출의 희망을 버렸거나, 아버지의 죽음을 지켜보는 딸의 이야기를, 나도 모르게 쓰고 있었던 것이다.

그런데 다시 읽어보니 앞의 세 편도 뭔가를 상실한 사람들의 이야기이기도 하다. 작가는 창작의 희열을 잊어버렸고, 편집자는 오랫동안 찾던 아버지의 존재 대신 이상한 일만 겪고 돌아오고, 사장은 오랜 친구의 죽음을 겪는다. 다만 이들은 그 상실을 인정하지 않을 뿐이다. 옥수수가 아니라 믿으면 됐고, 아버지의 양복이 있으니 됐고, 위선과 작별했으니 된 것이다. 그들은 모두 자기 자신을 위안하기 위한 연기를 하고 있다. 하지만 「아이를 찾습니다」 이후는 조금 다르다. 그들은 자위와 연기는 포기한 채 필사적으로 '그 이후'를 살아가고 있다.

"이제 우리도 알게 되었습니다. 완벽한 회복이 불가능한 일이 인생에는 엄존한다는 것, 그런 일을 겪은 이들에게는 남은 옵션이 없다는 것, 오직 '그 이후'를 견뎌내는 일만이 가능하다는 것을." 2015년에 쓴 이 문장은 그 이후에 쓰게 될 소설들을 암시하고 있는 것만 같다.

깊은 상실감 속에서도 애써 밝은 표정으로 살아가고 있는 이들이 세상에 많을 것이다. 팩트 따윈 모르겠다. 그냥 그들을 느낀다. 그들이 내 안에 있고 나도 그들 안에 있다.

2017년 5월

김영하

작가는 그들의 비참한 현실적 삶과 걷잡을 수 없이 황폐해지는 내면을 날카롭게 서술하면서, 우리 인생을 부서뜨리고 뒤엎는 예기치 못한 일, 돌발사태, 우연성이란 기실 누구나의 삶에든 은밀히 깃들어 있다는 것을 섬뜩하게 일깨운다. 언제든, 싱크홀, 블랙홀로 입을 벌릴 우리 안의 미세한 균열들을 응시하게끔 하는 것이다. 또한 이 작가는 소설의 인물들이 치러내는, 회복도 복원도 불가능한 시간 즉 관계들을 낯선 풍경처럼 펼쳐 보여 독자로 하여금 이상한 꿈을 꾸고 있는 듯한 느낌으로 이끌어가면서 가족이란 과연 무엇인가, 혈연이라는 것이 절대명제가 될 수 있는가를 정면으로 묻고 있다.

삶에 대한 믿음, 관계에 대한 성찰 없는 믿음을 뒤흔들고 전복시킴으로써 끝내 그것에 대한 신뢰를 회복한다는 역설을 이 소설을 통해 잘 보여주고 있는 것이다. **오정희(소설가, 제9회 김유정문학상 심사평 중에서)**

가족과 관련된 이야기는 그동안 많은 작품들을 통해서 다루어져왔지만 김영하의 「아이를 찾습니다」는 가족에 대한 새로운 관점을 중층적으로 겹쳐놓고 있다. (…) 가족을 바라보는 새로운 문학적 관점을 마련하고 가족문제를 둘러싼 한국사회의 감수성을 새롭게 배치하고자 하는 작가의 문제의식은, 오늘날 한국사회와 한국문학이 기억하고 성찰해야 할 장면이라고 생각된다. 김유정 문학의 유전자가 김영하의 소설을 통해 보존되고 전달되고 있음을 확인할 수 있었다고 한다면, 지나친 과장이 될까. 아마도 꼭 그렇지만은 않을 것이다. 소설이란 어중간한 답변을 제시하는 것이 아니라 현실을 향해 물음을 던지는 일이라는 생각을, 김영하의 작품을 읽으며 다시 갖게 되었다.
**김동식(문학평론가, 제9회 김유정문학상 심사평 중에서)**

「옥수수와 나」는 인간의 정신과 그것을 파괴하고자 하는 욕망을 생태학적 상상력으로 서사화함으로써 환상소설의 새로운 가능성을 제시했다. **제36회 이상문학상 선정 이유**

「오직 두 사람」은 인간의 삶에 어떤 설명을 할 수 없고 또한 불가역적인 지표들이 존재함을 암시해준 수작이다. **제26회 오영수문학상 선정 이유**

소설 속 등장인물들은 주변에서 흔히 볼 수 있는 지극히 현실적인 사람들이지만 그들 속에 얽혀 있는 이야기는 한 편의 '환상특급'처럼 흥미롭고 몽환적이다. 압축적이지만 위트를 잃지 않고, 스릴러적인 구성으로 마지막까지 궁금증을 자아내는 스타일이 여전하다. 오랜 시간의 흐름과 복잡한 감정의 충돌을 간결하지만 부족하지 않게 엮었다. 문득문득 보이는 쓸쓸한 유머는 비극적 상황 속에서도 리얼리티를 높여주는 역할을 한다. **문화일보**

김영하는 인간에 대한 위트 있는 통찰, 지적 유희, 전복적인 상상력으로 세월이 지나도 늘 '젊은 문학의 기수'로 꼽혀왔다. 그런데 이제 그가 '실험성'이 아닌 '보편성'에 더 깊이 다가갔다. 타인의 아픔에 대한 통각이 세심하게 발달한 채로. **서울신문**

이 뛰어난 단편소설집은 강렬한 스릴러로부터 고통에 대한 자기성찰적 사색까지 모든 범위를 아우르고 있다. 김영하는 현실을 비틀어 그것이 얼마나 무의미한지 이야기하는 데 탁월하다. 이것은 날카로운 일상적 초현실주의다. 암울한 만큼이나 밝은 빛줄기가 소설집 전체를 관통하고 있는데 그 빛줄기의 이름은 '재능'이다. **뉴욕저널오브북스**

김영하는 행복과 윤리의 본질에 대한 철학적 논쟁을 인물들의 내적 독백에 섬세하게 녹여낸다. 분위기 있으면서도 날카롭게 곤두세우는, 지적 만족감을 안겨주는 소설집. **북리스트**

이 소설집은 작가의 다방면에 걸친 예술적 재능에 대한 생생하고 매혹적인 입문이 될 것이다. **커커스리뷰**

# 오직 두 사람

ⓒ김영하 2022

초판 인쇄  2022년 6월 20일
초판 발행  2022년 7월  4일

지은이  김영하

펴낸곳  복복서가(주)
출판등록  2019년 11월 12일 제2019-000101호
주소  03707 서울특별시 서대문구 연희로11다길 41
홈페이지  https://www.bokbokseoga.co.kr
전자우편  edit@bokbokseoga.com
문의전화  031) 955-2696(마케팅)  031) 941-7973(편집)

ISBN  979-11-91114-25- 6 03810

**구판 정보**
문학동네 (2017년)